LE FILS DE ROSEMARY

Du même auteur
aux Éditions J'ai lu

Un bébé pour Rosemary, *J'ai lu* 342
Un bonheur insoutenable, *J'ai lu* 434
Les femmes de Stepford, *J'ai lu* 649
Ces garçons qui venaient du Brésil, *J'ai lu* 906

IRA LEVIN

LE FILS DE ROSEMARY

TRADUIT DE L'AMÉRICAIN PAR IAWA TATE

À Mia Farrow

Titre original :
SON OF ROSEMARY
First published by Dutton, an imprint of Dutton Signet,
a division of Penguin Books USA Inc.
© Ira Levin, 1997

Lyric excerpts of "Let's Face The Music And Dance" by Irving Berlin
copyright © 1935, 1936 by Irving Berlin
Copyright Renewed International Copyright Secured
Used by permission, all rights reserved

Lyric excerpts of "Change Partners" by Irving Berlin
copyright © 1937, 1938 by Irving Berlin
Copyright Renewed International Copyright Secured
Used by permission, all rights reserved

Lyric excerpts of "Blue Skies" by Irving Berlin copyright © 1927 by Irving Berlin
Copyright Renewed International Copyright Secured
Used by permission, all rights reserved

Lyric excerpts of "Isn't This a Lovely Day" by Irving Berlin
copyright © 1935 by Irving Berlin
Copyright Renewed International Copyright Secured
Used by permission, all rights reserved

Lyric excerpts of "Cheek to Cheek" by Irving Berlin
copyright © 1935 by Irving Berlin
Copyright Renewed International Copyright Secured
Used by permission, all rights reserved

Pour la traduction française :
© Éditions J'ai lu, 2001

« *La Bible le démontre avec clarté : Satan existe bel et bien,
son pouvoir est considérable. Il ne s'agit nullement d'un mythe,
pas davantage d'une chimère engendrée par l'esprit humain
dans une faible tentative pour expliquer l'énigme du mal.
Satan est une force spirituelle qui poursuit, inlassablement,
un seul et même objectif : la destruction de l'œuvre divine.* »

Billy GRAHAM
Newsweek, 13 novembre 1995

« *L'avenir peut être incertain,
Tant qu'il nous reste la musique et le clair de lune
Tant qu'il nous reste l'amour
Prenons la vie du bon côté, dansons.*

*Avant que les violons ne s'envolent,
Avant qu'il ne faille payer l'addition
Profitons du répit offert,
Dansons.* »

Irving BERLIN
En suivant la flotte
(Film de Marc Sandrich, 1936,
avec Fred Astaire et Ginger Rogers)

Première partie

I

À Manhattan, en ce matin clair et frisquet du 9 novembre 1999, le docteur Stanley Shand, dentiste à la retraite, deux fois divorcé, quitte son domicile de l'Amsterdam Avenue pour s'adonner à sa promenade quotidienne. Son pas est alerte pour un homme âgé de quatre-vingt-neuf ans, son œil, vif sous la casquette de tweed. Il est deux explications à cette allure juvénile du docteur Shand : une santé de fer et le secret, le merveilleux secret qui fait de chaque instant de sa vie éveillée un enchantement. N'est-il pas devenu, depuis peu, le dernier témoin survivant d'un événement prodigieux dont la gestation, d'une durée de trente-trois ans, arrive à son terme dans deux mois ?

À Broadway, à la hauteur de la Soixante-Quatorzième Rue, un taxi s'emballe subitement et monte sur le trottoir. Cueilli de plein fouet, le docteur Shand est écrasé contre la façade du Beacon Theater. Il meurt sur-le-champ.

Au même instant, quelques secondes après 11 h 03, à Upper Montclair, dans l'État du New Jersey, la patiente de la chambre 215 de la maison de repos Halsey-Bodein, ouvre les yeux. D'aussi loin que s'en souvienne le personnel de l'établissement, ses paupières sont demeurées closes depuis son arrivée, dans le courant des années soixante.

L'infirmière occupée à masser le bras droit de la patiente fait preuve d'un sang-froid remarquable. C'est une vieille dame de couleur au visage décharné et ridé. Elle tressaille, sa respiration se précipite un peu, puis tout rentre dans l'ordre. Elle reprend ses massages.

— Bonjour, mon ange. Bienvenue parmi les vivants.

La plaque d'identité épinglée sur son uniforme indique « Clarisse ». Au-dessus pend un médaillon sur lequel on peut lire « *I ♥ Andy* ».

D'une main elle tâtonne en direction de la table de nuit, presse le bouton d'appel.

Le regard fixé au ciel, la patiente cligne des paupières. Ses lèvres luisantes de salive s'entrouvrent et palpitent, elle semble sur le point de parler. On lui donne la cinquantaine. Elle a le teint pâle, une physionomie délicate, tout entière contenue dans d'immenses yeux bleus. Ses cheveux auburn, striés de gris, sont brossés avec soin. Sa tête roule de côté, son visage exprime une tension soudaine.

— Tout ira bien, dit Clarisse dont l'index s'impatiente sur la sonnette. Vous allez mieux, beaucoup mieux. Vous êtes en bonne voie de guérison.

Ayant reposé le bras de la patiente, très lentement, elle se lève.

— Je vais chercher le médecin. Ne vous inquiétez pas, surtout. Je reviens dès que possible.

La patiente la suit du regard tandis qu'elle se dirige vers la porte.

TIFFANY ! Ôte-moi ce sacré Walkman. Préviens Atkinson, et vivement ! La malade du deux cent quinze a ouvert les yeux. La deux cent quinze s'est enfin réveillée !

Bonté divine, qu'était-il arrivé ?

Elle se trouvait dans la chambre, assise à son secrétaire, non loin de la fenêtre. Elle tapait une lettre destinée à sa famille, leur faisant part de son projet d'aller s'installer à San Francisco. Andy était à plat ventre sur le tapis, devant la télévision. Elle s'efforçait d'oublier les psalmodies provenant de chez Minnie et Roman, leurs voisins de palier, quelques nouvelles incantations à l'orage, conduites par les voix de Kukla et de Ollie, auxquelles faisait écho toute la fichue congrégation. Et voilà qu'elle reprenait conscience dans une chambre d'hôpital ensoleillée, la canule d'un goutte-à-goutte fichée dans le bras gauche, le droit livré aux patients massages d'une infirmière.

Andy avait-il eu des ennuis, lui aussi ? Seigneur, faites qu'il n'en soit rien, faites que mon fils soit indemne ! Un malheur était-il arrivé ?

Pourquoi ne pouvait-elle évoquer le moindre souvenir ?

Elle se passa la langue sur les lèvres et leur trouva un goût de menthe. Un onguent, sans doute, que l'on avait appliqué. Son sommeil avait-il duré longtemps ? Un jour… deux, peut-être ? Elle ne ressentait aucune douleur, nulle part, seulement l'étrange incapacité de faire le moindre mouvement. Il lui en coûta de s'éclaircir la gorge.

L'infirmière revint en hâte.

— Le docteur ne tardera plus. Restez très calme, ne vous faites aucun souci.

— Mon fils… murmura Rosemary, est-il hospitalisé, lui aussi ?

— Non, non, vous seule. *Elle a retrouvé l'usage de la parole. Dieu soit loué !*

L'infirmière s'approcha du lit, elle fit glisser la manche le long du bras inerte. L'espace d'un instant, elle garda dans la sienne la main de Rosemary.

— Que s'est-il passé ? demanda celle-ci.

— Ça, mon ange, personne n'en sait rien. Vous avez plongé dans le coton en un clin d'œil. Une lumière qui s'éteint.

— Cela remonte à quand ?

Clarisse lui remonta la couverture jusqu'au menton. Il lui vint une expression soucieuse.

— Vous m'en demandez trop. Je ne travaillais pas encore ici quand vous êtes arrivée. Le docteur, lui, saura répondre avec précision.

Bienveillante Clarisse. Attendrie, elle dévisageait la patiente. *I ♥ Andy*, proclamait le curieux médaillon. Rosemary lui rendit son sourire.

— Mon fils se prénomme Andy, confia cette dernière. Ce cœur est un symbole d'amour, n'est-ce pas ?

— J'aime Andy, c'est ce qu'il faut comprendre. Ce cœur a fait son apparition il y a… pas mal de temps. Depuis, on le met un peu à toutes les sauces. *I ♥ New York,* par exemple, ou n'importe quoi.

— Charmant, dit Rosemary. Je n'avais jamais rien vu de tel.

Un petit attroupement s'était formé sur le seuil de la chambre. Des personnes âgées, pour la plupart. Un homme en blouse blanche se fraya un chemin en s'excusant. Un gaillard, tignasse rousse et barbe rousse embroussaillée. Il ferma la porte. Clarisse s'était levée à son entrée. Elle s'écarta du lit.

— Docteur, elle a retrouvé l'usage de la parole ! Elle a même bougé la tête.

L'homme accueillit la nouvelle avec un large sourire. Il posa sa serviette, ainsi qu'une grande enveloppe de papier bulle, sur une chaise au chevet du lit.

— Hello, mademoiselle Fountain !

D'un geste ample, il baissa drap et couverture afin de dégager le bras de la patiente. Il lui prit le pouls, les yeux fixés sur sa montre.

— Je suis le docteur Atkinson, murmura-t-il. Pour une surprise, c'en est une grande que vous nous faites là !

— Pourquoi suis-je ici et depuis combien de temps ?

— Je vous prie de m'excuser un petit instant.

Il comptait les pulsations, son attention concentrée sur l'aiguille des secondes. Cette barbe florissante dissimulait un visage encore jeune, estima Rosemary. Guère plus de trente-cinq ans, son âge à peu de choses près. Il portait en sautoir un stéthoscope ultramoderne. Elle remarqua aussitôt l'insigne *I ♥ Andy*, à côté de la plaque d'identité. «Dr Atkinson», déchiffra-t-elle. Qui était ce mystérieux Andy, tellement populaire ? Un membre de l'équipe, très apprécié de ses collègues, un malade fétiche ? Elle se promit de ne pas quitter l'hôpital avant de s'être fait offrir un médaillon ou un insigne à l'effigie du cher Andy.

Le docteur Atkinson lui lâcha le poignet. Il portait comme un masque son sourire cousu de fils roux.

— Tout est en ordre jusqu'à présent. Stupéfiant. Encore quelques minutes de patience, s'il vous plaît. Le temps de m'assurer que votre retour parmi nous est définitif. Ensuite, je vous dirai le peu que nous savons. Éprouvez-vous la moindre douleur, la moindre gêne ?

— Non.

— À la bonne heure. Détendez-vous. C'est beaucoup demander, je m'en doute.

En effet. *Le peu que nous savons…*

Pourquoi tant de mystères ?

Et ce nom dont il l'avait affublée, *mademoiselle Fountain…*

Un creux s'ouvrit dans sa poitrine, elle ressentit un peu de froid. Le médecin, pendant ce temps, auscultait différentes parties de son corps. Il examina ses yeux, prit sa tension.

Elle avait à présent la certitude d'être restée plus de deux jours à l'hôpital. *Deux semaines ?*

Ils lui avaient jeté un sort. Minnie, Roman et toute la clique. Les psalmodies sauvages, tandis qu'elle écrivait à ses parents, n'avaient pas d'autre but. Ils avaient éventé sa décision de soustraire Andy à leur influence, de l'emmener à cinq mille kilomètres de là. Les billets d'avion étaient déjà achetés, ils l'avaient appris.

N'avait-elle pas perdu le pauvre Hutch, son meilleur copain, victime de leurs maléfices ? Elle était enceinte, alors. Hutch avait à leurs yeux le tort d'être féru de sciences occultes. La vraie sorcellerie ne lui était pas du tout inconnue. Peut-être même en savait-il assez pour comprendre ce qu'ils avaient fait subir à Rosemary, et deviner qui était le père de l'enfant. Quoi qu'il en fût, Hutch avait sombré dans un coma inexplicable, d'une durée *de trois ou quatre mois,* qui devait précipiter sa mort. Elle avait donc de la chance de s'en être tirée à si bon compte, mais qu'était-il advenu de son fils ? Livré à la merci des méchants tandis que sa mère se trouvait à l'hôpital. Ils en avaient profité, c'était évident, pour le dorloter, encourager sa noirceur, l'aspect terrifiant de sa personnalité à laquelle Rosemary évitait de penser.

— *Qu'ils aillent au diable!* s'exclama-t-elle étourdiment.

— Je vous demande pardon, je n'ai pas saisi…

Le docteur Atkinson s'était assis à son chevet. Il se pencha.

— Combien de temps suis-je restée parmi vous? demanda-t-elle. Plusieurs semaines, plusieurs mois?

— Mademoiselle Fountain…

— Reilly, coupa-t-elle. Rosemary Reilly.

— Hum, fit Barberousse.

Il ouvrit l'enveloppe, en tira un mince dossier qu'il parcourut des yeux.

— Dites-moi la vérité, supplia-t-elle. J'ai un fils, un petit garçon de six ans. J'ai peur qu'il ne soit entre les mains de gens… indignes de ma confiance.

— M. et Mme Clarence Fountain. Ils se sont présentés comme vos grands-parents, vous ont conduite dans cet établissement. Vous avez été enregistrée sous le nom de Rosemary Fountain.

— Les Fountain sont au nombre des personnes malintentionnées auxquelles je faisais allusion, tous membres de la même secte. Ils sont à l'origine de mon mystérieux coma, ils l'ont provoqué. N'est-ce pas ce qui est spécifié dans mon dossier, « cause inexplicable » ?

— En effet, mais nul n'a le pouvoir…

— Je sais de quoi je parle, je sais ce qu'ils m'ont fait, l'interrompit sèchement Rosemary.

Dans un mouvement d'impatience, elle voulut se hisser sur un coude, mais elle s'écroula sur-le-champ. En dépit des avertissements et des mains qui s'avançaient pour la retenir, elle fit une seconde tentative et parvint cette fois-ci à se maintenir en équilibre.

— Je sais comment les choses se sont passées, assura-t-elle. Ses yeux défiaient le médecin de lui dire le contraire. Toutefois, ne comptez pas sur moi pour vous renseigner, vous m'accuseriez d'être folle. Sur ce point, l'expérience m'a enseigné la prudence. À présent, ayez l'obligeance de répondre à mes questions. Combien de temps suis-je restée dans le coma, où suis-je, quand pourrai-je regagner mon domicile ?

Le visage du docteur Atkinson devint grave, mais il parut prêt à collaborer. Il s'adossa, respira à fond.

— Vous êtes à Upper Montclair, dans le New Jersey. La clinique Halsey-Bodein accueille les patients atteints de maladies de longue durée.

Rosemary soutint son regard sans sourciller.

— Quelle date, s'il vous plaît ?

— Nous sommes le mardi 9 novembre…

— Déjà ! Pas plus tard qu'hier nous étions en mai ! Mon Dieu…

Ses forces l'abandonnèrent. Elle s'affaissa sur les oreillers, les mains plaquées sur sa bouche. Ses yeux s'emplirent de larmes. *Mai, juin, juillet, août, septembre, octobre… Six mois !* Volés, rayés d'un trait de plume ! Six mois de sa vie irrémédiablement perdus. Andy était demeuré tout ce temps en leur pouvoir. Tout ce temps : six fois trente jours et trente nuits !

Le docteur Atkinson ne la quittait pas des yeux. Reconnaissable entre tous, le regard fataliste, résolu, du médecin qui va vous faire mal.

Une intuition lui vint. Elle regarda ses mains, le dos de ses mains. Sur la peau à l'apparence grenue se voyaient quelques taches brunes. Elle les toucha, du bout des doigts.

— Vous êtes arrivée ici il y a très longtemps, murmura le médecin.

Le plus difficile restait à faire. Il eut un élan vers Rosemary, se pencha et saisissant sa main entre les siennes, la serra très fort. Clarisse, de l'autre côté du lit, fit de même. L'épouvante se peignit sur les traits de Rosemary. Son regard allait de l'un à l'autre.

— Un somnifère, suggéra le médecin.

Elle secoua la tête, dans un geste d'une vigueur surprenante.

— Que l'on ne me parle plus de sommeil, plus jamais ! En quelle année sommes-nous ?

Il hésitait encore.

— Nous sommes en 1999, fit-il d'une voix tremblante.

Rosemary ouvrait les yeux très grands, éperdue de stupeur.

Il confirma dans un battement de cils. Interrogée à son tour, Clarisse opina, son petit visage crispé sous l'effet du chagrin.

— Vous êtes arrivée à Halsey-Bodein au mois de septembre de l'année 1972, enchaîna le docteur Atkinson. Il y a plus de vingt-sept ans. Auparavant, vous aviez effectué un séjour de quatre mois au New York Hospital. Les Fountain, quels qu'ils fussent en réalité, ont versé une provision dont la rente permet depuis lors de faire face à tous les frais d'hospitalisation…

Renversée en arrière, les yeux clos, Rosemary laissait le malheur déferler en elle. Ainsi, la secte triomphait. Andy était aujourd'hui un homme. Élevé par leurs soins, sans doute avait-il à cœur de servir leurs desseins. Pour autant que sa mère le sût, il pouvait aussi bien être mort.

Un cri lui échappa. Cri de détresse et de colère.

— Andy! Andy!

Le médecin sursauta.

— Comment se fait-il que vous connaissiez Andy?

— Son fils, chuchota Clarisse. Il porte le même prénom.

Le docteur Atkinson ne put réprimer un soupir de soulagement. Il avait son content d'émotion pour la journée. Rosemary sanglotait doucement.

— Mademoiselle… Madame Reilly… Il lui tapota le bras. Rosemary… C'est une faible consolation au regard de toutes ces années perdues, mais je tiens à ce que vous le sachiez. À ma connaissance, deux personnes seulement ont survécu à un coma aussi prolongé. Le fait que vous ayez repris conscience au bout de vingt-sept ans et que votre réveil s'effectue dans des conditions si satisfaisantes, tout bien considéré, cela tient du miracle. Un miracle, Rosemary, il n'y a pas d'autre mot.

Après que Clarisse lui eut rafraîchi le visage et lissé les cheveux, Rosemary but un peu d'eau, puis on la laissa seule. Le dossier de son lit avait été relevé à sa demande. Derrière le poste de télévision, la fenêtre attirait son regard. Scène d'automne en harmonie avec la situation : des arbres aux branches nues tenaient à distance un ciel indifférent.

Elle avait réclamé un miroir.

Initiative malheureuse.

À la réflexion, elle jeta un second coup d'œil. Dans l'ovale encadré de plastique, Tante Peg lui rendit son regard. La ressemblance était troublante. Peg, la chère âme, devait avoir cinquante ans lors de leur dernière rencontre, alors qu'elle-même était âgée aujourd'hui de cinquante-huit ans.

Vingt-sept ans, avait dit Barberousse. L'addition, elle avait dû s'y reprendre à deux fois pour se convaincre que le résultat était le bon, lui donnait cinquante-huit ans.

$31 + 27 = 58$.

Andy n'avait-il pas trente-trois ans ?

À cette pensée, une eau brûlante lui emplit les yeux. Posant le miroir, elle déplia son mouchoir, y plongea son visage. *Ressaisis-toi, vieille tige. Si ton fils est toujours en vie, il a besoin de toi.*

Jamais ils n'auraient osé porter atteinte à sa personne physique, bien sûr. Ils éprouvaient pour lui une telle vénération. C'était bien là le pire. Quel monstre d'égoïsme avait pu devenir au fil des ans un gamin élevé selon les critères de Minnie et de Roman Castevet, leur tribu infâme, sans compter les adorateurs accourus des quatre coins de l'horizon. Pourri jusqu'à la moelle, imbu de sa supériorité, il devait se prendre pour un être d'exception, le centre du monde, ni plus ni moins qu'un empereur romain. Peut-être avait-il hérité de la cruauté… Rosemary trébucha sur le nom, elle ne pouvait sans frémir évoquer cette redoutable ascendance. La secte avait dû s'évertuer à faire de lui le digne fils de son père.

De toutes ses faibles forces, elle s'était insurgée contre leur emprise. Elle avait résisté à sa manière, inspirée du credo lumineux des libres enfants de Summerhill[1]. La meilleure façon de lui enseigner l'amour n'était-elle pas de l'entourer d'une affection constante? De même, partant du principe que rien n'est si contagieux que l'exemple, elle était devenue un parangon de toutes les vertus dans l'espoir de lui inculquer la tolérance, l'honnêteté, le sens des responsabilités envers lui-même, envers autrui. Dès son plus jeune âge, avant même qu'il ne fût en mesure de comprendre, chaque soir elle l'avait installé sur ses genoux…

— Madame Reilly?

La porte était entrouverte. Quelqu'un se tenait sur le seuil, dans l'expectative. Une jeune femme, de son âge, plus précisément de l'âge qui avait été le sien, *auparavant.* Rosemary examina la nouvelle venue avec attention : elle en valait la peine. Une brune séduisante, tailleur marine de coupe classique, le col souligné d'une discrète ganse blanche, et l'inévitable macaron à la gloire d'Andy piqué sur le revers. La belle était souriante.

— Je suis assistante sociale. Si vous préférez rester seule, je me garderai d'insister. Dans le cas contraire, je puis vous être utile. J'ai eu l'occasion de m'entretenir avec d'autres patients à la sortie de leur coma. Vous permettez?

— Je vous en prie, dit Rosemary. Vous pouvez m'appeler mademoiselle. Je suis divorcée.

Tara Seitz s'approcha, dans le rythme gracieux de toute sa personne. Les effluves de Chanel n° 5 l'accompagnaient

---

1. En 1921, Alexander Neill inaugure à Summerhill un établissement scolaire autogéré qui va très vite défrayer la chronique. «Voici mon école», annonce-t-il. Il y règne une absolue liberté de travailler ou de jouer. Les images d'archives récemment montrées sur une chaîne de télévision française ont permis de voir des adolescents cohabitant en toute intelligence entre bataille de polochons et assemblées générales. Interrogés, les anciens élèves affirment avoir appris à Summerhill «la valeur de la loi, de l'ordre et de la vraie démocratie» (*N.d.T.*).

partout. Rosemary huma profondément et se souvint. Rien de tel qu'un parfum immortel pour faire bondir au cœur le sentiment réconfortant de la permanence des choses. La jeune femme s'installa sur la chaise au chevet du lit, jambes croisées.

— Vous êtes dans une forme splendide, Rosemary. Le docteur Atkinson est très impressionné. En accord avec le docteur Bandhu, notre chef de service, il souhaiterait vous soumettre aujourd'hui même à différents tests. Si les résultats confirment leurs espoirs, rien ne vous empêchera d'entreprendre dès demain le programme de rééducation physique. Plus tôt vous commencerez les exercices, plus vite vous serez rendue à la vie normale.

Rosemary restait pensive.

— À votre avis, dans combien de temps…

L'assistante sociale l'arrêta d'un geste.

— Désolée, il ne m'appartient pas de vous répondre. Cette question ne relève pas de mon domaine. En revanche, je puis vous mettre en garde contre une inéluctable crise de dépression. Le désarroi que vous ressentez à présent n'est rien à côté de celui qui vous attend demain. Vous vous sentez désemparée ? Vous le serez bien davantage, accablée sous le poids de tout ce temps perdu à jamais… Un sentiment de gaspillage et d'impuissance fondra sur vous. Les patients que j'ai rencontrés au réveil d'un coma d'une durée plus brève en sont tous passés par ce cap difficile. Votre cas ne doit pas être fondamentalement différent.

Détrompe-toi, ma jolie.

Rosemary n'en continuait pas moins de lui prêter une attention polie.

— Après-demain, en revanche, vous reprendrez goût à la vie, enchaîna la jeune femme avec conviction. L'amélioration sera chaque jour plus manifeste, je vous le garantis. Demain, quand vous toucherez le fond, accrochez-vous à cette promesse : vous allez remonter la pente très vite.

Rosemary eut un pâle sourire.

— Merci. Merci pour ces paroles de réconfort.

— Vous avez un fils ? demanda Tara.

La question fut accueillie par un silence, suivi d'un soupir.

— Âgé de trente-trois ans. Hélas! je ne sais comment le retrouver. Il peut être n'importe où, à l'autre bout du monde. Nous n'avions pas de famille à New York. Nous n'avions que des voisins…

— Ne vous découragez pas, nous sommes abonnés à un service de recherche.

Tara sortit de sa poche un objet qui avait l'apparence et la taille d'un poudrier. Elle l'ouvrit.

— Nom, prénoms?

— Andrew John Woodhouse, murmura Rosemary, intriguée.

— Vous avez prétendu vous appeler Reilly.

— Mon nom de jeune fille. Guy Woodhouse était mon mari.

Tara acquiesça. D'un ongle semblable à une longue flèche écarlate, elle pianota sur le clavier de l'appareil, sans doute la version moderne d'un calepin.

— Andrew, John Woodhouse, comme ça se prononce. Date de naissance?

Les autres ongles étaient d'une taille plus conforme à la normale, observa Rosemary. La longueur de celui-ci, l'ongle de l'index droit, semblait purement fonctionnelle. Bizarre.

Sur le point de dire 6/66, à la manière des Castevet, elle se reprit.

— Le 25 juin 1966.

Tara enregistra, puis ferma sa boîte magique. Sans se départir de son calme sourire, elle chercha immédiatement à rassurer Rosemary.

— La demande sera transmise tout à l'heure. Dans le courant de l'après-midi, nous devrions avoir retrouvé sa trace.

— Si vite? s'étonna Rosemary.

L'assistante sociale empocha son engin, haussa les épaules.

— Les pistes ne manquent pas : cartes de crédit, dossiers scolaires, carte grise, abonnements dans les clubs vidéo, les bibliothèques de prêt… Tout est informatisé, désormais, et les fichiers sont reliés les uns aux autres. Rien n'échappe au réseau.

— Stupéfiant!

— Le phénomène a des aspects négatifs, répliqua Tara. Ainsi les gens se plaignent de ne plus avoir de vie privée, ils ont l'impression d'être sous surveillance constante. Que diriez-vous de regarder la télévision? C'est encore le meilleur moyen, me semble-t-il, de vous faire une idée du monde dans lequel vous allez reprendre pied. Il s'est produit des changements considérables, vous verrez. Au fait, la guerre froide est terminée. Nous triomphons, tandis que nos ennemis d'hier s'enfoncent dans la barbarie. (Prenant un mince bibelot de plastique brun dans le tiroir de la table de nuit, elle le dirigea vers le lointain de la chambre.) Regardez-moi cet écran timbre-poste! On vous a transférée dans cette chambre le mois dernier. À présent, je comprends pourquoi. Dans votre état, sans doute n'aviez-vous pas besoin d'un appareil dernier cri.

Un poste de télévision de grande taille était fixé au mur, au-dessus de la commode. Ce fut une explosion de couleurs, un cataclysme musical. La jeune femme manœuvra le boîtier : le son décrut sensiblement.

— Je demanderai à l'entretien de vous fournir un autre appareil dans les plus brefs délais. Vous êtes-vous déjà servi d'une télécommande?

— Très différente de celle-ci. Rudimentaire, une antiquité.

L'assistante sociale se pencha, exhalant une bouffée de Chanel. De son ongle carminé, elle désigna les différentes touches.

— Réglage du son, passage d'une chaîne à l'autre, contrôle de la couleur.

Rosemary lui prit l'appareil des mains. Elle fit apparaître successivement une ménagère radieuse tenant une boîte de petits pois, un bambin hilare en train d'engloutir des céréales, un présentateur à la peau sombre, portant moustache et l'insigne *I ♥ Andy* à la boutonnière. Elle décida d'en rester là. L'homme avait la mine sérieuse, il était question d'incendies en Californie.

— Cette chaîne diffuse des informations en continu, murmura Tara. Vous ne sauriez mieux tomber.

— Qui est Andy ? demanda soudain Rosemary.

L'assistante sociale se redressa. Une ardeur nouvelle rayonna comme le soleil sur son visage.

— Par où puis-je commencer… Il est l'homme le plus séduisant, le plus charismatique… Il est unique. Son apparition remonte à quelques années. Surgi de nulle part, ou plutôt de New York, où il vivait jusque-là dans le plus parfait anonymat, il a su toucher le cœur des hommes à travers la terre entière, et tous se sont retrouvés derrière sa bannière. Il ne s'agit nullement d'embrigader les uns et les autres dans un quelconque parti politique. Le projet d'Andy est à la fois plus simple et plus ambitieux : l'humanité est une et indivisible, chacun doit apprendre à respecter son prochain, à lui venir en aide si besoin est. Amitié, tolérance, solidarité, ces mots que nous n'entendions pas quand ils étaient prononcés par d'autres, sont devenus intelligibles, ils ont acquis pour le plus grand nombre une forte, une terrible résonance. Il était temps, croyez-moi, avec ce vent de folie qui soufflait sur le monde dans la perspective de l'an 2000. Cinglés surgissant comme loups du bois, fusillades à tous les coins de rues… On allait droit vers une sorte d'apocalypse. Andy est venu, nous l'avons écouté. Nous sommes tous les enfants d'un même dieu, dit-il en substance. Émanerait-il de Jéhovah, d'Allah, de Bouddha, l'amour divin ne se partage pas. Andy est notre berger, sa parole nous a transfigurés. Sous sa houlette, nous franchirons l'an 2000.

Adossée contre l'oreiller, très attentive, Rosemary dévisageait l'oratrice avec une expression de stupeur et d'incrédulité.

— C'est un prodige, on dirait.

Tara acquiesça d'un sourire et d'un hochement de tête.

— Du reste, vous allez pouvoir l'admirer vous-même d'un instant à l'autre. *GC* finance un grand nombre d'émissions publicitaires, dans toutes les langues. Elles sont diffusées sur les chaînes du monde entier. *GC*, les initiales de son organisation, de sa fondation, plutôt, bien que cela tienne un peu de l'un et de l'autre. Pas plus tard que le mois dernier, je l'ai vu en chair et en os, au Radio City Music Hall. Le mesmérisme incarné! Ses apparitions publiques sont rarissimes, la télévision est décidément son média de prédilection. Il n'a rien d'un bonnet de nuit, croyez-moi, pour quelqu'un qui passe son temps dans la solitude et la méditation. Il est pétri d'humour, au contraire. Il défend ses convictions avec une chaleur si communicative… Il se fait comprendre de tous, même en braille!

— Connaissez-vous son véritable nom? demanda Rosemary d'une voix inchangée, comme si son cœur ne battait pas à coups précipités.

— Andrew Steven Castevet. Tout le monde l'appelle Andy, le diminutif qu'il s'est choisi.

Rosemary demeura impassible.

— Qu'il se trouve dans un asile de nuit ou participe à une commission du Congrès, son comportement sera le même, enchaîna l'assistante sociale dont la verve semblait inépuisable. *Le voici! Regardez, c'est lui!*

Rosemary porta son attention sur l'écran. La télécommande lui échappa des mains.

Doux Jésus!

Il ressemblait au Christ de façon saisissante. Dans la version idéalisée par l'imagerie sulpicienne, loin, très loin de la figure sémite outrageusement typée telle que la présentaient les diapositives de la New York University. Longs cheveux châtains, barbe taillée avec soin, des yeux de gazelle, couleur noisette, un nez droit dans un visage aux traits réguliers, souligné par la ligne ferme du menton.

Des yeux noisette, Andy? Depuis quand?

Qu'étaient devenues les féroces prunelles de tigre dont le regard insaisissable avait cherché le sien avec une telle intensité? Il portait des lentilles de contact, à moins que la chirurgie ophtalmologique n'eût accompli des progrès foudroyants pendant son long sommeil. Elle l'aurait reconnu n'importe où, bien sûr. En dépit des années, de cette barbe primesautière, de ces yeux d'étranger. Andy.

— Ce n'est que la version abrégée, pas de chance, soupira Tara tandis qu'un soleil d'or portant en son centre le signe *GC* envahissait l'écran sur un fond d'azur. Fascinant, n'est-ce pas ? questionna vivement la jeune femme. Je vous avais prévenue, il n'y en a pas deux comme lui !

Rosemary avait repris la télécommande dans un geste machinal. Elle regardait droit devant elle, les yeux fixes et vides comme si elle venait de voir un fantôme.

— Tout va bien ? murmura l'assistante.

— Mais oui. Dites-moi simplement, que désignent les initiales *GC* ?

— *God's Children*.

Tara se leva, débordante d'énergie et d'urbanité.

— Je reviendrai vous rendre visite plus tard.

Sur le pas de la porte, elle se tourna :

— En ce qui concerne votre Andy, soyez sans inquiétude, nous le retrouverons.

Dans la demi-heure suivante, en passant d'une chaîne à l'autre, Rosemary eut l'occasion de voir le message dans sa version intégrale, et de nouveau le spot, à deux reprises.

On lui présenta plusieurs gros plans du visage d'Andy. Dans son regard bienveillant braqué sur elle palpitait comme un soupçon d'ironie. Tara n'avait rien exagéré. Si la parole était séductrice, l'homme exerçait un charme presque magique. Andy était devenu un très joli garçon, sa mère pouvait en témoigner en toute objectivité.

Il s'exprimait avec une douceur plus convaincante que toutes les passions. Un voile furtif glissait dans sa voix aux intonations riches et maîtrisées, quelques notes d'une sonorité étrange. À six ans, déjà, ce timbre singulier donnait à tout ce qu'il disait un charme irrésistible. Il ne demandait pas l'impossible à la spectatrice captive de son petit écran. Simplement, qu'elle veuille bien considérer le fait que tous les êtres humains, quels que soient leur couleur, leur aspect, leur condition, étaient issus des mêmes ancêtres, en nombre d'ailleurs très limité. Une grande famille, voilà ce que nous étions. Sachant cela, comment les peuples pouvaient-ils s'entre-déchirer ? L'humanité ne pouvait-elle, une fois pour toutes, enrayer cette spirale autodestructrice ? Un miracle était possible, à condition que chacun y mette du sien et veuille bien s'élever *d'un cran* au-dessus de ses mauvais instincts. Que tous les hommes et femmes de bonne volonté se tournent vers la lumière, que des millions de bougies s'allument à travers le monde…

Rosemary songeait à ce qu'elle venait d'entendre tandis que Clarisse, aidée d'une autre infirmière, la soulevait et la reposait sur une civière à roulettes.

On la conduisit dans la salle des examens.

Où les docteurs Bandhu et Atkinson, après une prise de sang, promenèrent des capteurs électroniques le long de ses membres.

De deux choses l'une : ou les soins maternels dispensés pendant la petite enfance s'étaient avérés d'une remarquable efficacité, ou la secte avait imaginé le plus génial des camouflages pour le fils de Satan.

Le fils de Satan, rien de moins. Il n'y avait pas lieu de le dissimuler plus longtemps : cette merveille n'était pas seulement le fruit des entrailles de Rosemary Reilly.

Toutefois, la secte n'avait-elle pas cessé d'exister, avec la disparition progressive de ses treize membres ? Même les benjamins de l'équipe, Helen Wees et Stan Shand, avaient déjà à l'époque la soixantaine passée.

Quel que fût l'objectif poursuivi par Andy en créant cette fondation à la gloire du Seigneur, assez prospère pour inonder la planète de ses messages publicitaires, il avait agi seul, sans demander l'avis de ses tuteurs. N'était-il pas significatif qu'il eût choisi de se faire appeler Andy ? Dès les premiers jours, Roman Castevet avait voulu imposer Adrian Steven, le prénom de son père, suivi de son propre, véritable prénom. Rosemary s'était toujours rebellée.

Libre à eux, pendant vingt-sept ans, de l'appeler Adrian Steven ou de l'affubler des sobriquets les plus invraisemblables. De son propre chef, il avait opté pour Andy. Sa mère interprétait ce choix comme un signe de bon augure. L'enseignement de Summerhill avait-il produit ses effets ?

Fini, les intraveineuses. Assise dans son lit, elle mangeait son potage à lentes cuillerées, ses yeux attentifs fixés sur la télévision où se croisaient les programmes de chaînes *à la douzaine*. Sur l'une d'elles, l'épouse d'un condamné à mort répondait aux questions d'un pitoyable histrion. Tara fit son entrée, les bras chargés de fleurs. Roses rouges, chrysanthèmes jaune et roux.

— Quelle mine vous avez! s'exclama-t-elle. (Les bouquets furent posés sans plus de façon sur la commode, oubliés aussitôt.) Hélas! toujours aucune nouvelle de votre fils. Le service des recherches a néanmoins dépisté quarante-trois Andrew John Woodhouse. Un seul, domicilié à Aberdeen, en Écosse, a l'âge requis; malheureusement, il est l'un des triplés de sa famille. Ne perdez pas espoir, ce n'est que partie remise.

N'y compte pas trop, ma jolie.

Tara se fût-elle creusé la tête qu'elle n'eût jamais deviné ce que dissimulait la petite lueur narquoise dans les yeux de Rosemary.

— Toutes les chaînes semblent faire un usage immodéré des émissions à base d'entretiens pour meubler leurs programmes, fit observer celle-ci. Quand je serai rétablie, pensez-vous qu'il me sera possible de m'y faire inviter?

L'assistante sociale secoua la tête pour éloigner d'elle une joyeuse cascade de rire.

— Vous tombez des nues, ma parole! Ces fleurs, à votre avis, qui les envoie sinon des responsables de chaînes de télévision? Les roses vous sont adressées par le producteur de l'émission que vous regardez en ce moment. Son concurrent le plus sérieux vous offre les croque-morts. Quelqu'un aura passé un coup de fil à quelqu'un d'autre, pour lui apprendre la nouvelle de votre résurrection. Ce quelqu'un d'autre en aura fait autant et ainsi de suite. En ce moment même, l'équipe de *Channel Five* est en train de déballer son matériel sur le trottoir d'en face.

Rosemary la dévisageait, l'air un peu incertain, sans trop savoir si elle devait prendre au sérieux ces belles paroles ou s'il s'agissait d'une boutade.

— Vous êtes célèbre! insista la jeune femme. N'avez-vous

pas écouté le dernier bulletin d'informations ? Il y est question de Rosemary Reilly, rescapée ce matin d'un coma long de vingt-sept ans. Assise dans son lit d'hôpital, la miraculée mange sa soupe et regarde la télévision. Vous aurez votre entrée dans le *Livre Guinness des Records* ! Cette institution existait-elle déjà avant que vous ne piquiez votre long sommeil ?

Rosemary acquiesça.

— Quand vous aurez récupéré vos forces, reprit Tara, il vous suffira de donner votre accord pour être invitée à participer au programme de votre choix.

— Je m'en souviendrai. Il serait aussi souhaitable de prévenir mes frères et mes sœurs, tous en vie, je l'espère. Sans doute habitent-ils toujours Omaha, dans le Nebraska. Le service des recherches pourrait-il retrouver leur adresse ?

— Que ne le disiez-vous plus tôt ? Ils sauront peut-être ce qu'est devenu votre fils.

Rosemary ne put réprimer une moue dubitative.

— J'en doute fort.

— Aurions-nous plus de chances du côté de son père ?

La question se heurta à un mur de silence.

— Le nom de Guy Woodhouse vous évoque-t-il quelque chose ? demanda enfin Rosemary. Un acteur, une star de la scène ou de l'écran ?

— Non, fit Tara sans hésiter.

— Guy Woodhouse, cela n'éveille en vous aucun écho ? Même en cherchant parmi les acteurs de deuxième ou de troisième ordre ?

La jeune femme secoua la tête, catégorique.

— S'il existait, je le saurais. J'adore le théâtre et je vois tous les films.

— Mort, probablement, murmura Rosemary.

L'espace d'un instant, personne ne dit le moindre mot. Puis Rosemary donna les noms et dates de naissance de ses frères et de sa sœur, en commençant par Brian, le préféré.

Guy avait dû disparaître au début des années soixante-dix.

Mort naturelle ? Il était permis d'en douter. Satan ne tenait pas ses promesses. Après tout, pourquoi l'aurait-il fait ? Celui

27

qui commet un viol oubliera tôt ou tard de payer ses dettes, avait dit à peu près Oscar Wilde. Lui ou un autre.

Pour une raison bien précise, Guy n'avait pas reçu le salaire promis en échange du service rendu : l'usage du corps de sa femme, pendant neuf mois. En fin de compte, il n'était pas devenu le nouveau Brando, le nouvel Olivier.

Pauvre Guy.

Il ne lui restait pas une larme à verser sur le pauvre Guy. Pas de chance.

3

Le mardi 23 novembre au soir, deux jours avant Thanks-giving, deux semaines après son prodigieux réveil, Rose-mary – ou plutôt Rip Van Rosie[1], ainsi que l'avaient surnommée les médias à l'unanimité – était l'invitée d'une émission en direct qui comptait parmi les plus importantes.

Coiffée à la dernière mode (un grand merci à l'artiste ins-piré), vêtue d'un manteau ultrachic (coup de chapeau à la boutique de mode, rendez-vous de la nouvelle élégance), elle avait effectué dans une six-places immaculée (avec les compliments de la chaîne) le trajet depuis le *Waldorf-Astoria* où le matin même une suite lui avait été gracieuse-ment offerte par la direction. Grâce à l'efficacité de son escorte, agents de la sécurité rompus à la besogne, elle tra-versa sans dommage la meute agressive des photographes. Dans les coulisses du studio, tandis qu'une maquilleuse l'en-veloppait d'un nuage de poudre, elle ne put s'empêcher d'évoquer un lointain souvenir.

— Avant mon mariage, j'étais assistante de production à CBS-TV.

---

1. Rip Van Rosie : d'après «Rip Van Winckle», nouvelle de Washington Irving, in *le Livre des esquisses*, dans laquelle un jeune homme endormi sous un arbre s'éveille au bout d'un siècle et ne reconnaît rien.

— Je l'ai entendu dire en effet.

— En ce temps-là, les femmes mariées faisaient souvent le choix de rester à la maison. Ce fut mon cas, malheureusement.

Elles échangèrent un sourire, dans le miroir.

— Un programme qui me conviendrait parfaitement, confia la maquilleuse.

Juchée sur un fauteuil haut perché, emmitouflée jusqu'au menton dans une serviette blanche, Rosemary contemplait son reflet avec satisfaction. Tante Peg avait pris un coup de jeune.

— Quelle magicienne vous faites, murmura-t-elle.

— Aucun mérite, assura la dame; vous avez une merveilleuse ossature.

— Oui, celle que la vie m'a laissée.

Son choix s'était porté sur cette émission pour deux raisons. Tout d'abord, sa diffusion en direct offrait aux invités la garantie de ne pas voir leurs propos coupés ou censurés au montage. Un risque dans son cas, alors que la révélation qu'elle s'apprêtait à faire pouvait être mise sur le compte d'un esprit dérangé par une « si longue absence ». Ensuite, l'animateur était intelligent, son intérêt pour les gens qui défilaient sur son plateau semblait chaque fois sincère.

Ils se faisaient face, de part et d'autre d'un petit bureau, sous l'objectif fureteur des caméras. L'animateur, bras croisés, se pencha vers elle.

— Dites-nous quelle fut votre toute première pensée, quand vous avez repris conscience?

Rosemary savourait l'étrange absence de toute crainte, de toute appréhension. Son esprit était serein comme son regard.

— Ma première pensée fut pour mon fils, Andy.

— Nous sommes tous au courant de l'existence de ce fils introuvable. En somme, deux motifs expliquent la présence de cet insigne à votre boutonnière. Votre cœur bat pour deux Andy.

Elle glissa un coup d'œil affectueux sur le précieux accessoire – *béni soit cet excellent homme qui la mettait si obligeamment sur la voie*.

— Au contraire, mon cœur bat pour un seul et même Andy. Mon fils, Andrew John Woodhouse. Nos voisins de palier se nommaient Castevet, nous étions amis. Sans doute ont-ils recueilli Andy dès que je suis tombée dans le coma. Peut-être même ont-ils procédé à une adoption légale. Me voici remise sur pied, j'espère être en mesure d'apprendre très vite ce qu'il s'est passé.

L'animateur la dévisageait à travers ses lunettes avec une extrême attention.

— Si je comprends bien, Rip… Rosemary, vous prétendez être la mère de *notre* Andy, Andy Castevet ?

— Je le suis. Minnie Castevet avait passé depuis longtemps l'âge d'avoir un fils si jeune ; notre appartement était mitoyen du leur. Nous habitions le Bram, le Bramford.

Les moniteurs s'étaient emparés de son visage et ne le lâchaient plus. Les caméras exploraient ses lèvres, ses yeux.

— Et Roman Castevet ? La paternité d'Andy peut-elle lui être attribuée ?

— Pas davantage. Le père d'Andy fut mon ex-mari, il répondait au nom de Guy Woodhouse. Décédé à l'heure qu'il est, je pense.

Il y eut un imperceptible silence. Le journaliste clignait des yeux derrière ses carreaux ; trouble éphémère dont il se dégagea très vite.

— Vous venez de faire un aveu stupéfiant, Rosemary Reilly. Andy passa le plus clair de sa jeunesse au Bramford, cette précision biographique est de notoriété publique, vous ne l'ignorez sans doute pas.

— Au contraire, je n'en savais rien, riposta Rosemary. Je ne sais jusqu'à quel point ses admirateurs sont renseignés sur la vie privée de mon fils.

— Avez-vous déjà tenté d'entrer en contact avec lui ?

— N'est-ce pas précisément ce que je suis en train de

faire? Il m'a semblé que ce procédé me permettrait d'éviter bien des explications auprès de gens dont le scepticisme constituerait un obstacle presque infranchissable.

L'animateur la gratifia d'un fin sourire de compréhension. Il approuvait cette démarche, il était flatté que l'on eût pensé à lui.

— La recherche de la vérité est notre souci constant. Qui sait si Andy lui-même ne se manifestera pas pour l'établir dans toute sa clarté avant la fin de cette émission? (S'adressant à la caméra, il plaqua sur son visage une expression de doute polie.) Ainsi va le direct, on n'est jamais à l'abri de l'imprévu. Sur ce même plateau, un homme politique a fait acte de candidature à la présidence, nous avons assisté à l'arrestation d'un escroc. Pourquoi notre invitée du jour ne serait-elle pas véritablement la mère d'Andy? Après une courte pause, je reviendrai en compagnie de Rosemary Reilly, la bien surnommée «Rip Van Rosie». Nous diffuserons quelques clips montrant Andy au cours de ses apparitions publiques, nous répondrons à vos appels téléphoniques. Andy éprouvera peut-être le besoin de nous confier sa réaction.

À travers le monde, les appels d'une durée de trois minutes standard furent innombrables. Les réseaux frôlèrent le point de saturation. Après deux nouvelles pauses, l'animateur se pencha vers son invitée, comme il aimait le faire pour donner à ses entretiens un caractère plus intime. Les épaules voûtées, prenant appui des coudes sur le bureau, on eût dit que tout son être se tendait vers Rosemary.

— Durant la dernière interruption, Diane Kalem a pris contact avec nous. Elle est responsable du service de presse de *God's Children*, et figure d'ailleurs au nombre de nos invités. Andy est en ce moment dans sa retraite de l'Arizona. On l'a informé de votre étonnante proclamation. Depuis quelques instants, il nous regarde et j'en profite pour le saluer.

L'homme se tourna vers la caméra pourvue d'un voyant rouge.

— Andy, soyez le bienvenu parmi nous, confessa-t-il avant de ramener son attention sur Rosemary. Diane Kalem, cela n'étonnera personne, m'a chargé de vous transmettre ses vœux les plus fervents pour l'avenir. Andy vous souhaite tout le bonheur possible, il s'associe à ses frères et à ses sœurs de par le monde pour vous féliciter de votre guérison proprement miraculeuse.

— Merci infiniment. (Prise d'un soudain accès de pudeur ou de timidité, Rosemary ne glissa qu'un regard fugitif sur le voyant rouge de la caméra.) Du fond du cœur, je le remercie.

— Andy aurait une question à vous poser. Êtes-vous prête à lui répondre?

— Bien sûr.

Zoom avant. Le visage de l'animateur prit possession de l'écran.

— Rosemary, que faisiez-vous exactement pendant les minutes précédant votre entrée dans un coma qui devait se prolonger pendant vingt-sept ans et demi? Pouvez-vous évoquer ce souvenir?

Contrechamp sur Rosemary dont les yeux s'illuminèrent de plaisir.

— Rien de plus facile. Pour moi, en effet, c'était hier. Je me trouvais assise dans ma chambre, non loin de la fenêtre, devant mon bureau, un vieux meuble à cylindre. Je tapais une lettre sur une petite Olivetti portative. À plat ventre sur le tapis, Andy regardait la télévision. Il regardait « *Kukla, Fran & Ollie…* »

Le présentateur, cette fois, ne put s'empêcher de rire. Puis, prenant à témoin les téléspectateurs :

— « *Kukla, Fran & Ollie…* » Ces paroles ont un accent de vérité troublant. Attendons de connaître le verdict d'Andy. Tout est possible, encore une fois. Cette émission nous a déjà réservé des rebondissements stupéfiants. *Malmö, vous avez l'antenne…*

Andy avait sollicité quelques instants d'intimité, aussi Rosemary fut-elle conduite dans un bureau désert. Sur la table le téléphone clignotait rouge.

Elle prit le temps de s'asseoir et de respirer à fond. Le cœur serré, elle décrocha.

— Andy ?

— Mon visage est baigné de larmes.

Rosemary souriait à travers les siennes.

— On m'avait laissé entendre que tu étais *morte* ! La colère m'étouffe. Le bonheur m'étouffe ! Je suis fou d'indignation et fou de joie.

Tous deux se turent, de peur d'effaroucher ce merveilleux silence par de simples mots.

Rosemary ouvrit un tiroir, dans l'espoir d'y trouver elle ne savait quoi, un paquet de Kleenex, peut-être, pour s'essuyer les yeux.

— Rosemary ? Maman ?

Elle se passa la main sur le visage.

— Trésor, je suis là.

— Mon attachée de presse est en train de négocier avec les responsables de l'émission ; ne te crois pas obligée d'aller jusqu'au bout si tu ne t'en sens pas le courage. Qu'en penses-tu ?

Rosemary pesa le pour et le contre, repoussa la tentation. Les larmes coulaient toujours, une irrésistible, une absurde fontaine.

— Je me suis engagée auprès d'eux. Cette émission n'at-elle pas rendu possibles nos retrouvailles ? Je ne puis laisser ce pauvre journaliste en plan.

Un rire la récompensa de sa décision. Rire de jeunesse, à grandes dents blanches, il enfonçait dans le cœur quelque chose d'indicible.

— Tu es bonne, je l'avais presque oublié. C'est faux, je n'ai rien oublié du tout. Je vais me joindre à toi, faire une déclaration. Dès demain, nous donnerons une conférence de presse, si tu n'y vois pas d'inconvénient. Où t'a-t-on installée ?

— Au *Waldorf*. Comme c'est étrange. Cette voix d'homme au bout du fil est celle de mon fils. Il y a deux semaines, tu n'étais qu'un enfant de six ans.

33

— Quand seras-tu de retour à l'hôtel, maman… Rosemary ?

— Sitôt l'émission terminée, je rentre. Laisse-moi le temps d'arriver là-bas.

— Il faudra être patient, avec cette circulation d'enfer. Mettons dix heures et demie. Vingt minutes plus tard, je suis chez toi.

— Si vite ? s'exclama-t-elle. Depuis l'Arizona ?

— En réalité, je suis à Columbus Circle, où je dispose d'un appartement au-dessus de notre quartier général new-yorkais. Je vole vers toi, maman. Numéro de chambre ?

— J'ai oublié. On m'a gratifiée d'une suite dans les hauteurs de la tour.

— À tout à l'heure. Tu es superbe à la télévision.

— Et toi donc, mon ange !

4

Tandis qu'une foule considérable s'était agglutinée devant les portes du studio, Rosemary s'éclipsa sur la pointe des pieds par une sortie dérobée. Andy était intervenu, comme promis, dans la dernière partie de l'émission, pour confirmer qu'ils seraient bientôt tous les deux les invités de la chaîne, sur le même plateau. Rosemary traversa les cuisines d'un restaurant grec, un garage, puis l'invitée vedette et son escorte débouchèrent dans la Neuvième Avenue où les attendait la limousine.

Le chauffeur était un virtuose. Peu après dix heures, ils arrivaient à destination. Le vestibule du *Waldorf* ressemblait à une ruche. Rosemary fut diligemment conduite vers l'ascenseur approprié. En un clin d'œil ils furent hissés au trente et unième étage. Le concierge déverrouilla la porte à l'aide de sa carte magnétique tandis que Rosemary signait la feuille de décharge des membres de son escorte. À onze heures, elle avait pris une douche et retouché son maquillage. S'habituerait-elle jamais à ce visage de charmante vieille dame habilement dissimulé sous les fards ? Ayant choisi une tenue d'intérieur relativement anonyme, choisie parmi la garde-robe complète que lui avait envoyée la boutique, un caftan de velours bleu cobalt, elle s'installa devant le miroir en pied, inspecta sa silhouette, piqua son insigne *I ♥ Andy*.

Il lui vint un sourire d'autodérision. Son anxiété faisait peine à voir… Un garçon frappa, entra, le visage aussi pourpre que sa veste sous les cheveux blancs, poussant devant lui une table roulante chargée de victuailles.

— Je n'avais commandé qu'un en-cas, fit-elle observer, quelques canapés crevettes et fromage.

— Le souper est offert par la direction, avec ses compliments. Où dois-je dresser le couvert, dans le salon ?

— Je vous en prie.

L'homme ouvrit la table en grand, déploya une nappe, disposa l'argenterie, la faïence et les cristaux. Rosemary l'avait suivi, un peu désemparée. Pour calmer son attente, elle mit en marche la télévision grand format. Le bulletin d'information était en train de s'achever par les nouvelles sportives. Elle éteignit.

— Voulez-vous que j'ouvre le bar ?

— Faites. Puis-je vous laisser un pourboire sous une forme quelconque ? Ma signature en bas d'une note conviendrait-elle ?

— Il n'en est pas question, madame. Toutefois, si vous vouliez m'accorder le privilège d'un autographe…

Elle apposa son paraphe au coin d'une serviette en papier.

Après son départ, elle demeura quelque temps à contempler par l'échappée de vue entre les rideaux le flux ininterrompu des voitures le long de Park Avenue, orgueilleuse coulée rouge et or dont le double flot se confondait dans le lointain.

Que lui dirait-elle, quand seraient épuisées les démonstrations de joie et d'affection ? Comment formuler les mille questions qui lui brûlaient les lèvres ? Enfin, quelle assurance aurait-elle de la sincérité des réponses de son fils ?

Mon ange, c'était ainsi qu'elle l'appelait autrefois, une tendre habitude avec laquelle Rosemary n'avait pas l'intention de rompre. Pendant six ans, la présence angélique du petit garçon avait illuminé sa vie. Angélique, à condition de fermer les yeux sur quelques incartades et quelques évidences brutales. Mi-ange, mi-démon, c'eût été folie de l'oublier, surtout ce soir, à l'occasion de leur premier face-à-face. Il lui avait menti auparavant, plus d'une fois ; la dernière remontait à quelques mois, quelque vingt-huit ans pour être précis. L'incident s'était produit chez Roman et Minnie Castevet, où le garnement avait écorné le manteau d'une cheminée de marbre. Non content de nier toute responsabilité avec la dernière énergie, il les avait tous convaincus de son innocence…

On frappa de nouveau.

Elle fit volte-face, s'avança en direction du vestibule. *Room Service!* lança quelqu'un. Une haute silhouette, cette fois, portant son plateau avec dextérité, de la pointe de ses doigts à la hauteur de l'épaule.

— Du champagne, avec les compliments de la direction.

Rosemary poussa un nouveau soupir, tourna les talons.

— C'est très aimable, merci infiniment. Posez-le sur le bar, je vous prie.

Revenue devant la fenêtre, elle reporta son attention sur l'immense désordre horizontal et vertical de la cité. À cinq ans et demi, Andy était parvenu, à force de grâces et de raisonnements, à se disculper à leurs yeux à tous les trois…

— Aurais-je au moins droit à un baiser avant de faire sauter le bouchon ?

Il était devant elle, Jésus rayonnant dans sa veste d'emprunt rouge, avec ce geste attendrissant de coquetterie qui consistait à ramener ses cheveux en arrière à l'aide de ses doigts écartés en peigne. Ses yeux resplendissaient sous un front sans remord. Tout en s'approchant, il desserra le nœud de la cravate noire, déboutonna le col. Ses bras s'ouvrirent tout grand.

Comme prévu, il y eut un temps pour les étreintes, les baisers, les mots doux ponctués de sanglots, les mouchoirs chiffonnés, puis le garçon d'occasion enveloppa la bouteille dans une serviette, dégagea le bouchon de son filet de métal et le fit sauter avec la dextérité d'un sommelier accompli.

Un rien la mettait en joie.

— Tu as fait cela toute ta vie, ma parole! D'où sors-tu cet accoutrement?

— Du bar de l'hôtel. Ils n'ont rien à me refuser. Le garçon m'a juré de garder le secret. Du reste, tu t'en rendras vite compte, les gens ne demandent qu'à me rendre service. C'est inouï!

Il remplit d'écume blonde la flûte que lui tendait Rosemary, remplit la sienne.

Les yeux dans les yeux, ils trinquèrent, prirent une gorgée à l'unisson.

— Des verres de contact? murmura-t-elle.

— Magie noire, répliqua-t-il, avec un air de gravité comique. La vieille école.

— Une réussite. Sur le plan esthétique, l'amélioration est indiscutable.

Andy éclata de rire, fit claquer un baiser sur la joue maternelle.

— Bel élan de sincérité, j'en suis certain... Maman, asseyons-nous, j'ai une foule de choses à te dire.

— À l'origine, la fondation *God's Children* devait être un instrument d'extermination, le piège effroyable dans lequel s'abîmerait l'humanité... Ce stratagème devait assurer le triomphe de qui tu sais. La mort subite, l'apocalypse instantanée.

Son regard flamboya. L'espace de quelques secondes, Rosemary vit réapparaître les yeux d'antan.

— *Aujourd'hui*, reprit-il, je prends conscience du mal irréparable qu'ils ont fait, *avec son assentiment*! Il ne m'en a jamais rien dit, pas la moindre allusion! Plus que jamais, je suis enchanté de l'avoir dupé. Je lui ai joué un tour de cochon, pour dire les choses un peu rudement, et c'est tant mieux. Je ne regrette rien. Face à toi, perdue et retrouvée, j'éprouve l'immense satisfaction d'avoir anéanti son plan fabuleux, un stratagème dont la préparation avait demandé trente-trois ans.

Ce canapé trop moelleux, trop doux, trop vaste, les enveloppait d'un sombre brouillard. Ils avaient pris place, très près l'un de l'autre. Leurs genoux se touchaient, leurs doigts restaient entrelacés.

— Voilà pourquoi il s'est manifesté, pour mettre en branle la machine infernale, et non pour répondre aux invocations pathétiques d'une camarilla de soi-disant sorciers. Ces sectes sont innombrables. Vrais ou faux magiciens, leurs membres passent leur temps à l'appeler, comme s'il avait la moindre intention de répondre à ces pauvres sollicitations. (Andy fut secoué d'un rire silencieux.) Tous des apprentis ! Cependant il lui fallait un fils qui aurait l'âge requis en l'an 2000. Aussi la communauté du Bramford avait-elle quelque chance d'être entendue lorsqu'elle a lancé vers lui ses prières dans le courant de l'année 1965, avec en prime un argument convaincant : ma future mère.

La main de Rosemary se crispa dans la sienne, elle détourna les yeux.

Il lui baisa le front, vivement, se cacha le visage en signe de confusion.

— Pardonne-moi ce trait était d'une grossièreté inqualifiable ; pardon. Pardon.

— Poursuis, le plan exterminateur, en quoi consistait-il ?

Andy se passa la langue sur les lèvres.

— D'entre les hommes devait surgir un chef charismatique doué d'un grand pouvoir de persuasion, une idole médiatique. (Un sourire suave ensoleilla son beau visage, il caressa sa barbe avec ostentation.) Un être hors du commun, avec des yeux humains, couleur noisette. Il aurait l'âge qu'avait le Christ sur sa croix, il présenterait avec lui une ressemblance assez convaincante pour séduire les chrétiens sans s'attirer l'hostilité des musulmans, des juifs ou des bouddhistes ; grâce à son pouvoir surnaturel, il aurait à sa disposition les nombreuses relations influentes et les moyens financiers nécessaires au lancement de la plus formidable campagne publicitaire de tous les temps. Le sourire s'évanouit ; sa respiration s'embarrassa soudain.

Rosemary le dévisageait, attentive, impassible.

— Une fois parvenu à l'apogée de sa gloire, jouissant de la confiance universelle d'une poignée d'Athées Irréductibles, le sauveur providentiel ôterait son masque, il apparaîtrait pour ce qu'il n'avait jamais cessé d'être, un salaud capital, le plus grand filou que la terre eût jamais porté. La biochimie serait l'instrument de ce cataclysme. Je t'épargne les détails.

Rosemary frissonna. Elle ignorait en quoi consistaient les armes biochimiques, mais l'expression aux résonances venimeuses s'inscrivait sous ses yeux comme une inépuisable réserve d'horreur.

Andy lui serra la main très fort.

— Depuis ton départ, maman, tout a été mis en œuvre, par lui, par mes tuteurs Minnie et Roman, les têtes pensantes de la communauté, pour me convaincre que le mal était ma fonction, le destin auquel je ne pouvais me soustraire. Mon devoir, en quelque sorte. J'ai été élevé en ce sens. À la mort de Roman et de ses plus proches collaborateurs, l'étau s'est quelque peu desserré. J'étais un adolescent, j'avais l'âge de poser des questions et je ne m'en privais pas. Les rituels magiques auxquels s'adonnait la secte m'apparaissaient, la plupart d'entre eux, pour ce qu'ils étaient : des pratiques grotesques, quelquefois franchement répugnantes. Je découvrais en moi des réserves d'humanisme insoupçonnées. Je sentais croître mon affection pour les demi-frères et sœurs auxquels j'étais apparenté par ma mère. Il m'importait peu de savoir qui avait créé les hommes à son image, je trouvais celle-ci pleine de charme. Il lui fit son sourire le plus irrésistible. Regarde-moi : ne suis-je pas un parfait échantillon d'humanité ?

Soudain suspicieuse, Rosemary resta muette.

— J'ai rué dans les brancards, enchaîna Andy. Ton influence a pris le pas sur la sienne. Dans mon souvenir, les six années passées avec toi ne formaient plus qu'un seul instant éblouissant, comme si toute la lumière du monde s'était concentrée en lui, comme s'il en avait été la source. J'entretenais la nostalgie de ce paradis perdu. Tu étais si douce, maman… tu étais la *bonté* même.

Ses yeux brillaient à travers les larmes. Elle lui posa la main sur la joue.

— Andy, mon pauvre enfant…

S'étant ressaisi, il chercha une nouvelle place sur le canapé, déboutonna sa veste.

— Je ne songeais plus qu'à me rebeller, enchaîna-t-il. Tant que je suis ici, je veux dire ici-bas, en ce monde, il ne peut rien contre moi. Aussi ai-je décidé de mettre son plan à exécution, point par point, pour mieux le détourner de son but initial. *GC* a vu le jour, l'affaire s'est développée à une vitesse prodigieuse. Dans sa simplicité, le message d'Andy a pour lui la force de l'évidence. Ainsi que je le disais tout à l'heure, il ne se trouve guère qu'une poignée de sceptiques endurcis et de mécréants pour rester sourds à ces paroles de paix et d'espérance. Rosemary, tu t'en rendras compte peu à peu, nous obtenons certains résultats. C'est mon plus grand sujet de fierté. Aux quatre coins du monde, la tension décroît. Dans tous les domaines – politiques, sociaux, professionnels, familiaux –, l'heure est à l'apaisement. Entre les professeurs et leurs élèves, les patrons et leurs employés, entre les hommes et les femmes, et même entre les nations, le dialogue a tendance à remplacer le droit du plus fort et l'anathème. D'une certaine façon, cette action pacifique est un hommage rendu aux bienfaits dont tu m'as comblé pendant six ans. Il ne s'accomplit rien de bien dont tu ne sois l'initiatrice.

Rosemary fixait ses grands yeux sur les lèvres de son fils, comme si chacune de ses paroles de miel prenait pour elle une forme visible.

— Comment réagit…

— *Lui* ? demanda Andy dans un profond soupir. Comment traduire ce qu'il ressent ? Imagine un père réactionnaire et va-t-en-guerre dont le rejeton, non content de s'engager dans les Volontaires de la paix, aurait trouvé le moyen de décupler leur recrutement.

— Comment résister au flux de ton éloquence… L'humour se mit à pétiller dans les yeux de Rosemary.

— Je suis un grand orateur, acquiesça-t-il. La rhétorique n'a pas de secret pour moi, je sais mettre la puissance des médias au service de ma cause. Sa fureur ne m'atteint pas. S'il avait pu mettre un terme à mes efforts bienfaisants, s'il en avait eu le pouvoir, il serait intervenu dès le début.

Andy consulta sa montre aux multiples cadrans. Il se leva aussitôt.

— Il faut que je file.

Rosemary l'imita. Dans un geste machinal, elle ôta la main protectrice qu'il avait posée sur son épaule.

— Déjà? Et tu n'as rien mangé. Vas-tu me laisser seule avec cette table gargantuesque?

— Le travail, s'excusa-t-il. La fondation me prend tout mon temps et j'ai rendez-vous avec des gens importants. Ils pourraient nous être utiles. Cherchant dans une poche intérieure, il en sortit une carte de visite qu'il posa sur la table basse. On peut me joindre à n'importe quelle heure en composant le numéro manuscrit. À partir de maintenant, on ne se quitte plus. Maman, je vais être en permanence sur ton dos, jusqu'à ce que tu demandes grâce.

Enlacés, ils firent quelques pas. Une fois dans le vestibule ils restèrent un instant sans rien dire, l'un en face de l'autre.

— Un excellent hôtel occupe la partie inférieure de mon immeuble. Dès demain, tu emménageras dans la meilleure chambre. Pour ma part, je suis logé au cinquante et unième, un appartement en terrasse donnant sur le parc. La vue est à couper le souffle. *God's Children* est installé sur trois niveaux, huitième, neuvième et dixième. (Il ferma son col de chemise, leva haut le menton pour permettre à Rosemary de resserrer le nœud de cravate.) Penses-tu pouvoir participer à une conférence de presse demain après-midi? Ne te crois nullement obligée d'accepter, nous pourrions très bien différer cette corvée de quelques jours. En revanche, je te serais reconnaissant de me donner ta réponse dès maintenant. Cela facilitera l'organisation d'un emploi du temps très chargé…

— Compte sur moi. L'effort n'est pas si grand.

— J'oubliai le plateau et le linge. Un homme en tenue de barman sortant d'une chambre les mains vides risque d'attirer l'attention, surtout à cette heure-ci.

Elle le suivit des yeux tandis qu'il passait dans la pièce voisine, en revenait aussitôt avec les indispensables accessoires de son déguisement.

— Notre Thanksgiving sera inoubliable, murmura-t-elle.

Andy se figea, se frappa le front et prit un visage de catastrophe.

— Hélas! je suis déjà invité, voilà qui m'était complètement sorti de l'esprit. Chez Mike Van Buren, pour comble de malheur. Maman, me feras-tu l'insigne honneur d'être ma cavalière?

Sa mère hésitait visiblement, aussi crut-il nécessaire de se faire plus explicite.

— Je sais ce que tu penses et je suis d'accord avec toi. Il se trouve que les ténors de la droite républicaine seront tous présents. Samedi dernier, j'ai passé une partie de la nuit à la Maison Blanche et les primaires commencent bientôt. Tu me taxeras d'opportunisme, bien sûr. À juste titre, mais je me dois de ménager la chèvre et le chou, ou plutôt l'âne et l'éléphant, en l'occurrence[1]. Dans la mesure du possible, je me suis toujours efforcé de tenir la balance égale entre les différents courants politiques.

— Bon, c'est entendu, dit-elle avec réticence. Tes hôtes et moi, nous ne serons pas vraiment sur la même longueur d'ondes, mais je puis consentir à ce petit sacrifice.

Andy la remercia d'un nouveau baiser.

— Tu ne passeras pas inaperçue, crois-moi. Nous serons le couple vedette de la soirée.

Rosemary posa sur sa poitrine une main douce. Elle chercha le regard de son fils; l'ayant trouvé, le tint captif.

---

1. Animaux emblématiques des deux grands partis : l'âne est démocrate, l'éléphant républicain *(N.d.T.)*.

— Dis-moi la vérité, pria-t-elle gravement. As-tu été sincère avec moi, complètement sincère ?

Il lui rendit son regard. Limpide et profond, un regard qui ne cédait pas, qui avait traversé les mots vagues, les faux-semblants, les menus mensonges.

— Je t'ai menti lorsque j'étais enfant, je le sais. J'en ai le souvenir précis. Aujourd'hui, la fausseté, l'artifice, l'illusion participent de mon numéro de bon samaritain. Je mens comme je respire, si tu veux le savoir, toujours pour la bonne cause. Toi, c'est différent. Je te dois tout. Je t'aime. Tu es celle à qui je puis tout dire.

Le silence, entre eux, semblait venir du fond du ciel.

— Mon petit garçon, dit Rosemary. Je te crois.

Il partit très vite. Elle s'adossa contre la porte refermée, soucieuse. Une nouvelle vie commençait pour la ressuscitée de la chambre 215, semée d'espoirs et d'embûches.

5

La mère d'Andy est descendue au Waldorf, *son fils a dû l'y rejoindre à coup sûr. Il se trouvait en Arizona, il a pris l'avion la nuit dernière. La nouvelle a été diffusée ce matin dans tous les bulletins.*

Cet après-midi, ils organisent une conférence de presse au siège de God's Children. *À* Columbus Circus.

Les habitants de la région du *tristate*[1] firent le compte des informations disponibles et profitant des quatre jours de vacances qui s'annonçaient, du temps clément dont la météo assurait qu'il allait se prolonger, convergèrent sur le périmètre que traverseraient obligatoirement les deux héros pour se rendre du point A au point B.

Ils arrivèrent à pied, à cheval, en voiture, en bus, en train, à patins à roulettes. À onze heures du matin, une foule

---

1. Connecticut, New York, New Jersey : la région des trois États *(N.d.T.)*.

immense, bigarrée, cosmopolite, s'était massée le long de Park Avenue, de la Cinquante-Neuvième Rue Est et de Central Park Sud.

Déjà accaparés par les préparatifs du défilé de Thanksgiving, les agents de la police de New York auraient pu accueillir ce surcroît de travail dans la grogne et l'agressivité. Il n'en fut rien. La bonne humeur prévalait de part et d'autre des barrières de sécurité dressées le long du parcours. Arc-boutés contre ces obstacles fragiles, les policiers s'efforçaient sans brutalité aucune de contenir l'enthousiasme des adeptes de *God's Children*. Toute cette affluence pour assister au passage d'Andy et de Rosemary Reilly, sa mère perdue et retrouvée ? C'était à peine croyable !

Ils s'étaient donné rendez-vous dans la suite du *Waldorf*. Les effusions n'en finissaient pas. Andy portait sur son jean un blouson au dos duquel étaient imprimées en lettres d'or les initiales de sa fondation. Rosemary s'était mise sur son trente et un, tailleur strict, escarpins. Son fils lui présenta ses plus proches collaborateurs : Diane, responsable du service de presse ; Joe, chauffeur et fidèle copain ; Judy, l'infatigable secrétaire, chargée de transférer les quatre cent vingt-neuf messages reçus sur les ordinateurs de *GC* et d'en faire le tri ; Muhammed et Kevin, qui s'affairaient déjà à ranger dans des cartons la garde-robe princière de Rosemary.

L'équipe restreinte avait circulé dans une fourgonnette banalisée, empruntant la Soixante-Cinquième à travers le parc, puis filant le long de la Deuxième Avenue afin d'éviter la cohue et les barrages.

Diane s'était postée devant la fenêtre.

— Avez-vous vu ce qui nous attend dehors ? La foule des grands jours.

— Je n'en crois pas mes yeux, murmura Rosemary. Ils n'étaient pas plus nombreux pour attendre le pape ou le président Kennedy.

Diane acquiesça, préoccupée. Ses cheveux gris entouraient d'un nimbe vaporeux son large visage aux yeux violets. L'attachée de presse n'était plus jeune, elle portait avec vaillance une silhouette imposante, toujours dissimulée sous d'amples robes noires. *GC,* les lettres magiques pendaient au bout d'une chaîne, sur sa vaste poitrine.

— Ils se sont rassemblés dans un esprit de ferveur et de joie pour tenter d'apercevoir la mère de notre cher Andy, dit-elle d'une voix sombre sur laquelle jouaient des inflexions profondes de contralto. En vous découvrant à la télévision hier soir, j'ai tout de suite su que vous étiez pleine de grâce. Une femme merveilleuse. Ce n'est pas votre genre de leur filer sous le nez derrière les vitres teintées d'une limousine. Aussi ai-je pris sur moi… je tiens à le souligner, il s'agit d'une initiative personnelle, approuvée par Andy à condition que vous donniez votre accord…

Ce fut ainsi qu'ils descendirent Park Avenue au milieu des hourras et des applaudissements à bord d'une calèche découverte. Ils se tenaient par la main, et de l'autre adressaient des signes d'amitié à leurs admirateurs, multitude hérissée de banderoles et de pancartes *I ♥ Andy, I ♥ Andy's Mom*.

On se pressait aux fenêtres des immeubles. Appels, applaudissements. Tous les cinquante mètres, Andy serrait sa mère contre lui, posait un baiser sur sa joue sous les acclamations redoublées. À mi-parcours, il se pencha, chuchota à l'oreille de Rosemary.

— À la longue, on se sent un peu ridicule, n'est-ce pas ?

Alentour, ce fut une explosion de joie.

Le cheval allait au pas, précédé par une conduite intérieure de la police. Une double haie d'agents de la sécurité escortait la calèche, un garde du corps était assis à côté du cocher. La police, encore elle, fermait la marche. Lorsque le lent cortège prit à l'ouest, au niveau de la Cinquante-Neuvième, toutes les rues adjacentes sur la gauche de Park Avenue n'étaient qu'un engorgement de voitures bloquées.

Parvenue dans la Cinquième, la calèche dut s'arrêter quelques instants devant le *Plazza,* dont la façade étincelait sous les feux des projecteurs. Andy se pencha.

— Entre le cinéma, la publicité ou la mode, on ne peut plus faire cent pas dans cette ville sans tomber sur un tournage.

Ce bref conciliabule fut salué par les vivats des spectateurs attendris.

Clip-clop, la calèche prit tout son temps pour traverser Central Park Sud. Les passagers souriaient de droite et de gauche, adressaient des signes gracieux, de plus en plus désinvoltes à mesure que s'installait une certaine lassitude, tandis que se multipliaient parmi le public les déclarations d'amour inscrites sur des pancartes ou des banderoles, et que certains audacieux n'hésitaient pas à grimper aux arbres afin d'avoir une vue imprenable sur leurs idoles.

Devant eux, dans l'axe de la sortie du parc, un colosse de verre se détachait contre le ciel bleu. Le soleil incendiait la façade orientale, transformée en une flèche de lumière.

Rosemary secoua la tête, saisie d'un léger vertige. Elle étreignit le bras de son fils.

— Je rêve, n'est-ce pas ? Tout ceci n'est qu'une illusion, une adorable illusion… Dieu, faites que je ne m'éveille jamais !

Rosemary désigna un journaliste, de son index pointé par-dessus le micro.

— Vous. Je vous écoute.

— Merci. Quel patronyme a votre préférence : Reilly, Woodhouse, ou Castevet ?

— Eh bien… ! de nos jours, il semble que l'usage du prénom se soit généralisé, que ce soit sous l'influence d'Andy, ou d'une évolution culturelle inéluctable. À sa surprise, cette remarque provoqua des éclats de rire clairsemés. On ne s'appelle plus par son nom de famille, aussi ne ferai-je pas exception et me contenterai-je, sans hésiter, de Rosemary. Pour l'état civil, mon nom est Rosemary Eileen Reilly. Certaines pancartes brandies par nos amis m'ont d'ores et déjà baptisée *Andy's Mom*. Rien ne saurait me faire plus plaisir.

La réponse recueillit quelques applaudissements, les flashes crépitèrent. Debout dans le fond de la salle, Diane constituait à elle seule une claque très efficace.

En d'autres temps, la tour avait abrité des bureaux, le

siège d'une compagnie cinématographique. Servis par l'existence de volumes impressionnants, les architectes de *GC* n'avaient guère eu de difficultés pour aménager au neuvième étage un amphithéâtre semi-circulaire pouvant accueillir une centaine de personnes. Le lieu était tapissé de vert, du sol au plafond, sans oublier les marches donnant accès à l'estrade où trônait une table couverte d'un voile bleu frappé des deux initiales. Trois caméras vidéo à têtes pivotantes étaient suspendues au plafond, sans cesse en mouvement. Armé chacun d'une longue perche garnie d'un micro, Muhammed et Kevin circulaient entre les travées.

Encouragée par l'accueil plutôt chaleureux reçu par sa première réponse, Rosemary s'enhardit à pointer un doigt mutin, à changer d'avis, celle-ci plutôt que celui-là.

— Vous. Non, pas vous. Vous.

— Rosemary, votre fils a grandi sans vous, dit la journaliste. Il est devenu un adolescent, puis un homme. Que ressentez-vous à la pensée d'avoir manqué cette période essentielle de sa vie ?

— Je suis inconsolable. C'est l'aspect le plus sinistre de cette étrange expérience. Jusqu'à la fin, cette longue séparation restera pour moi un sujet de cruelle frustration. Souriante, elle se tourna vers Andy. Il m'est une douce compensation, cependant, de constater que mon fils ne s'est pas trop mal tiré d'affaires sans moi.

Andy lui enlaça les épaules et la serra contre lui.

— Inexact, rectifia-t-il. Ma mère n'a pas été privée de l'essentiel, puisqu'elle a veillé sur ma petite enfance. Ainsi que je le lui disais hier soir, ou plutôt ce matin, aux premières heures de l'aube, son influence pendant les six premières années fut déterminante. C'est elle, elle seule, qui a guidé mes pas sur le sentier que je suis résolument aujourd'hui.

Les applaudissements, cette fois, furent unanimes. Clic-clac, les photographes mitraillèrent.

— Rosemary ! Rosemary !

— Très bien. Vous, monsieur.

— Rosemary, officiellement et jusqu'à preuve du contraire, le véritable père d'Andy aurait disparu de la circulation au cours de l'été 1966. À compter de cette date, on perd sa trace. Quelle explication pouvez-vous donner à ce qui demeure un mystère?

— Aucune, malheureusement. Au début de l'année 1966, Guy a choisi d'aller vivre et travailler en Californie. Après notre divorce, nous nous sommes perdus de vue.

— Pouvez-vous donner quelques précisions, le concernant?

Silence. Rosemary ne semblait guère pressée de répondre. Elle s'éclaircit la gorge.

— Guy était un excellent acteur, je l'ai dit hier soir, je le répète devant vous. Il ne vivait que pour ça, les planches, les feux de la rampe. Vous trouverez son nom parmi la distribution de trois pièces qui ont obtenu un vif succès à Broadway, *Luther, Nobody Loves an Albatros, Gunpoint*. Il y avait entre nous de profonds désaccords, de toute évidence, mais je me dois de reconnaître qu'il était un être délicat, très attentif à ses proches, très généreux…

Andy vint à son secours, d'une main tendrement posée sur son bras.

— La mémoire de ma mère conserve quelques pages blanches, aussi vous serais-je reconnaissant de changer de sujet. John?

Elle eût aimé se trouver seule avec lui, mais quand ils redescendirent dans l'appartement qui lui avait été assigné au septième étage, une douzaine de personnes les attendaient, composant l'équipe élargie de la section new-yorkaise de *God's Children*. Un buffet avait même été dressé, derrière lequel officiait un serveur en tenue. Rosemary n'eut que le temps de se faire préparer un Gibson. Guidée par Diane, elle fut successivement présentée à William, directeur administratif et Sandy, responsable de la partie éditoriale… À peine eut-elle le temps de simplement les appeler par leurs prénoms que son fils, posant une main sur son épaule, attira son attention et, s'excusant auprès de William et de Sandy, l'entraîna à l'écart.

— Maman, pardonne-moi, je ne puis rester. Des fonctionnaires du ministère de la Santé viennent tout exprès de Louisiane pour me rencontrer. Le rendez-vous a été pris la semaine dernière et je ne sais trop ce qu'ils veulent ni combien de temps durera notre entretien. Si tu as besoin de quelque chose, s'il te vient l'envie d'aller voir un spectacle ce soir, adresse-toi à Diane, ou Judy, ou Joe. Le ranch de Van Buren se trouve en Pennsylvanie. Nous irons par la route ; le départ est fixé à midi. Joe te préviendra en temps utile.

Il lui posa un baiser à la naissance des cheveux, sa barbe lui chatouilla l'oreille.

Le ton était un brin autoritaire, estima-t-elle *in petto*. Elle ne fit aucun commentaire, admira une fois de plus la belle prestance de son fils, se fit la réflexion que les yeux noisette s'harmonisaient à merveille avec son teint hâlé.

Joe se tenait près de la fenêtre. Il buvait à petites gorgées, absorbé par le spectacle du parc, à moins que son attention n'eût été attirée par quelque chose, ou quelqu'un, à moins qu'il ne fût simplement perdu dans ses pensées. Solide gaillard, en jean et en veston de gros velours. Le jean, décidément, semblait faire partie du nouvel uniforme de l'homme moderne. Joe ne manquait pas de charme, avec son visage buriné, auréolé de gros cheveux gris rebelles. Un certain sex-appeal, songea Rosemary. Ainsi, après tout ce temps, elle n'était pas tout à fait insensible à la séduction masculine. Réaction encourageante, accueillie avec un secret soulagement.

Un vieux bonhomme, malgré tout. Un barbon, en quelque sorte. Au moins deux ans de plus qu'elle. Il sentit son regard posé sur lui et se tourna. Elle le gratifia d'un sourire un peu confus, un peu niais, et tressaillit lorsque la main robuste de Diane s'abattit sur son épaule.

— Rosemary ? Jay, notre directeur financier, souhaite faire votre connaissance.

Jay, ce prénom lui allait comme un gant. Œil noir, derrière les verres finement cerclés de métal, cheveux d'ébène, profil aigu, modelé en forme de défi. Tout l'air d'un rapace prêt à fondre, avec courtoisie, sur sa victime.

— Une heure de publicité à ciel ouvert! s'exclama-t-il. Ce trajet en calèche est une idée de génie, une opération fabuleuse pour le coût dérisoire de cinq cents dollars en admettant que l'écurie nous présente la facture. Il n'en sera rien, je l'espère. Diane, tu es une perle.

Rosemary lui adressa un faible sourire de compréhension et s'éclipsa sous le prétexte que son verre était vide.

— De nos jours, le Gibson n'a plus beaucoup d'amateurs, fit observer le serveur en secouant son shaker.

— L'héroïne du jour, n'est-ce pas? *Andy's Mom*?

Elle jeta un coup d'œil par-dessus son épaule. Joe lui proposait une friandise, au bout d'une pique à cocktail.

— Un roulé au crabe. Ils sont excellents, vous verrez. Et très chauds, méfiez-vous.

Elle prit le bâtonnet, goûta tandis qu'il commandait un scotch. Ils échangèrent de furtifs coups d'œil d'intelligence tout en savourant leurs gâteries exotiques. Il y avait de l'écumeur d'aventures chez cet homme dont le visage semblait celui d'un soldat usé par trop de combats, avec un nez plusieurs fois brisé et recollé à la va-vite.

— Ce n'est pas mauvais, reconnut-elle.

— Fameux, voulez-vous dire! Rosemary, permettez-moi de vous avouer combien je suis fier d'être l'ami de votre fils, heureux de pouvoir lui être utile. Je croyais n'être plus bon à rien, après une carrière passée dans la police, ici même, à New York, avec le grade d'inspecteur. Je me trompais, Andy m'a fourni l'occasion de faire de nouveau mes preuves; et maintenant, vous voilà, une véritable apparition. Ma foi… les mots me manquent.

— Trinquons, voulez-vous?

— Bonne idée.

Ils choquèrent leurs verres, les yeux dans les yeux. Il ne porte pas d'alliance, observa Rosemary en son for intérieur. Ces détails ont-ils encore un sens, en 1999?

— Si quelqu'un vous fait des misères, n'importe qui, fâcheux, fouineur, importun de tout acabit, faites-moi signe, je vous en débarrasserai en moins de temps qu'il ne faut pour le dire. Ne vous faites pas d'illusion, vous aurez affaire à eux, plus vite que vous ne pensez. D'une manière générale, si vous êtes dans une situation délicate, n'hésitez pas à faire appel à moi.

— Je m'en souviendrai.

Joe opina avec gravité. Il la dévisageait, les yeux sérieux, mastiquant son troisième roulé au crabe.

— Lorsque votre fils se retire en Arizona, lorsqu'il a affaire ici ou là et n'a plus besoin de moi, je me tiens le plus souvent au quarantième étage, dans la salle de repos et de gymnastique où je traîne mon désœuvrement devant le bar réservé aux boissons non alcoolisées. Je demeure à un jet de pierre, sur la Neuvième Avenue. N'oubliez pas, je suis à votre disposition.

— Je me garderai bien d'oublier ce point !

Son insistance intriguait Rosemary. Elle se fit plus attentive.

— Comment vous appelez-vous, Joe ?

Son sourire ne vacilla point ; tout juste fit-il entendre un léger soupir.

— Maffia. Il leva l'index et le majeur. Avec *deux* f, s'il vous plaît. Non, je ne suis pas membre de la Famille. En revanche, je suis un homme très honorable.

L'humour étoila les yeux de Rosemary.

— Vous le seriez, j'en suis sûre, dussiez-vous être Joe Smith.

— Rosemary ?

Diane enveloppa les frêles épaules dans une ample vague de velours noir.

— Craig souhaite vous rencontrer au plus vite. Vous comprendrez sa hâte quand vous saurez qu'il s'agit de notre directeur de production pour la télévision.

Elle s'entretenait depuis dix minutes avec cet important personnage lorsque Joe lui toucha le bras en passant.

— Soyez vigilante, en toutes circonstances. Andy a fixé notre départ à midi.

Afin de ménager la susceptibilité de Joe Maffia, pour lequel Rosemary éprouvait de la sympathie – même si celle-ci ne répondait pas tout à fait aux raisons qui lui venaient spontanément à l'esprit – durant le premier quart d'heure du trajet en voiture, la conversation se poursuivit à trois voix. Joe était au volant. Sans jamais quitter la route des yeux, il expliqua aux passagers de la banquette arrière pourquoi l'équipe des Vikings avait toutes les chances de mener la vie dure à celle des Cow-boys. Rosemary, de son côté, leur confia en riant quelques fantasmes, comme celui qui consistait à vouloir jeter des objets pointus pour crever les ballons publicitaires de *Macy's* chaque fois qu'elle les voyait du haut d'un étage élevé, quand elle n'était pas prise de désir et de répulsion à l'idée d'être acclamée par une foule en délire depuis le balcon de sa chambre, contrainte de se livrer à un numéro de charme digne de la princesse Grace.

À la sortie du Lincoln Tunnel, cependant, d'un signe discret adressé à son fils, elle réclama un peu d'intimité. Andy pressa une touche sertie dans l'accoudoir de droite. Le dossier du siège avant dissimulait un écran noir qui s'interposa entre eux et le chauffeur dont on vit peu à peu disparaître les rudes cheveux gris. Le jour s'assombrit sensiblement. La mère et le fils se trouvaient isolés dans un élégant petit boudoir de cuir noir où régnait une pénombre bleutée dispensée par les vitres teintées.

— Andy, chuchota Rosemary, il m'est très pénible d'avoir à surveiller toutes mes paroles au sujet de Guy, du divorce et du reste… J'ai si peur de commettre un impair…

— Tu as répondu avec une discrétion pleine de tact à la question du journaliste. Une seule petite alerte, maman, ce n'est pas un drame.

— Qu'adviendra-t-il lorsqu'on m'interrogera plus précisément au sujet de Minnie et de Roman ?

Andy haussa les épaules.

— Il y a une solution très simple, c'est de refuser les interviews si elles doivent te mettre dans l'embarras. Il n'y a aucune raison de t'imposer cet exercice désagréable. En ce qui concerne la conférence de presse, tu t'es très bien comportée, je t'en félicite. En douterais-tu que la une des quotidiens devrait te rassurer. Regarde !

Il lui présenta deux journaux. Leur photo était en première page, la même chaque fois le baiser d'Andy à Rosemary. « GIVING THANKS ! » précisait une légende. Et l'autre, « THANKSGIVING ! »

— Ne te crois pas obligée de prendre une voix de conspiratrice, enchaîna Andy, attendri par l'anxiété maternelle. Il ne peut pas nous entendre, je t'assure. Cette cloison étanche ne laisse rien filtrer, pas plus la voix que n'importe quel autre son. Sais-tu ce que fait Joe, en ce moment ? Il écoute le dernier bulletin sportif, à moins qu'il n'ait mis en marche le magnétophone. Dans ce cas, il écoute du jazz des années soixante. Détends-toi, Rosemary. Nous nous aimons, la vie est belle !

Il lui fit les gros yeux sous des sourcils à la Groucho Marx.

— Et les autres ? insista-t-elle. Que savent-ils exactement ? Diane, William…

— C'est bien simple : personne ne sait rien !

— Ont-ils des activités…

— Occultes ? Tu me demandes si mes collaborateurs pratiquent la sorcellerie ou s'ils sont membres d'une secte sataniste ?

Elle acquiesça. Andy éclata de rire.

— Il n'en est rien, je te le promets. Diableries, incantations, j'en ai par-dessus la tête, j'en suis saturé pour le restant de mes jours. J'ai constitué cette équipe moi-même, sans avoir de compte à rendre à *qui que ce soit*. J'ai engagé ces personnes après avoir pris la grande décision de mettre mon pouvoir au service du Bien. William était diplomate, ambassadeur des États-Unis à Helsinki sous trois présidents. Diane jouit d'un prestige considérable dans sa profession. Elle a dirigé pendant trente ans le service de presse de la Guilde du Théâtre. Ils tomberaient des nues en apprenant que *God's Children* avait été conçu à l'origine dans un objectif bien différent. À leurs yeux, nous avons pour vocation d'aider les gens, par tous les moyens que nous estimons appropriés. C'est l'unique raison d'être de la fondation, c'est l'œuvre à laquelle ils sont fiers de participer. Cet état d'esprit est partagé par tous les collaborateurs de *GC,* du premier jusqu'au dernier.

Rosemary n'avait pas l'intention de se satisfaire d'une réponse aussi benoîte. Elle tenait la réponse suivante toute prête, dictée par le simple bon sens.

— Soit, mais ces êtres candides ne se demandent-ils jamais d'où vient l'argent?

— Comme la plupart des établissements privés d'intérêt général ou d'utilité sociale, *God's Children* fut fondée il y a de longues années par un groupe de méchants capitalistes soucieux de racheter leurs turpitudes en contribuant sur le tard au bien de l'humanité, tout en conservant l'anonymat. Les documents existent, tout est en ordre sur le plan légal. Quant à l'identité de mon père… (Il prit entre ses mains celles de Rosemary, se rapprocha d'elle.) Il est désormais deux personnes au monde – à ce propos, j'ai quelque chose à te dire, fais-m'y penser –, deux personnes sur la totalité de la population planétaire, à la connaître vraiment. Toi et moi. Nous. (Il lui serra les mains très fort, chercha son regard et le tint prisonnier.) C'est la raison pour laquelle je suis si heureux de t'avoir retrouvée. Tu sais *tout,* aussi ne suis-je pas obligé de dissimuler la vérité en ta présence! Enfin quelqu'un avec lequel je puis être *moi-même*! De ton côté, ne ressens-tu pas, lorsque nous sommes ensemble, comme un secret abandon, comme l'effet d'une sécurité absolue? Combien de personnes as-tu mises au courant de cette terrible nuit?

Rosemary fit non de la tête, le cœur et le regard paisibles.

— À quoi bon? murmura-t-elle après un silence. Quelqu'un aurait-il ajouté foi à mes confidences?

— Moi, dit Andy. Je te crois.

Il souriait, de ces sourires qui donnent un goût de ciel dans la bouche.

— Je t'aime, dit-il.

— Je t'aime aussi. Mon ange. Je n'aime que toi.

Ils échangèrent des baisers, les cheveux, le front, les joues, le coin de la bouche… Rosemary se rejeta en arrière.

Chacun se rencogna dans son coin, la respiration un peu précipitée.

Andy repoussa ses cheveux d'une main violente. Il effleura une autre touche de l'accoudoir. De part et d'autre, les vitres teintées descendirent de quelques centimètres.

Rosemary vit défiler un centre commercial. Des collines arquaient leurs dos bruns à l'horizon.

— Stan Shand est mort le 9 novembre dernier, dit Andy.

Rosemary se tourna vivement vers lui.

— Il était onze heures passées de quelques minutes, l'instant précis où tu as repris conscience. Renversé par un taxi devant le Beacon Theater.

Elle battit des paupières, très vite, et retint son souffle.

— En effet, il ne peut s'agir d'une coïncidence, fit Andy à mi-voix. Le dernier survivant de la secte, le treizième, Roman, disait volontiers que l'effet de certaines malédictions était éternel, alors que d'autres prenaient fin avec la mort du dernier imprécateur. Stan m'avait légué l'une de ses gravures, c'est la raison pour laquelle j'ai été prévenu. Un homme de goût, par ailleurs, très cultivé. Il a éveillé ma sensibilité à la poésie, à la musique. Il m'a aussi appris l'art de cabotiner en beauté.

Andy se confectionna un sourire épanoui. Rosemary poussa un soupir.

— Si seulement il avait poussé le bon goût jusqu'à disparaître quelques années plus tôt…

— Cela ne t'aurait pas rendu grand service. Leah Fountain nous a quittés il y a deux mois. Plus que centenaire…

— Andy, je suis comme l'enfant qui vient de naître, je suis ignorante de tout. Mes yeux s'ouvrent sur monde étranger. Mes deux semaines de rééducation ont été fatigantes. À peine avais-je regagné ma chambre que je tombais dans le cirage. Je n'avais pas le courage de lire, pas même celui d'ouvrir un journal. La journée de mardi et celle d'hier sont passées sur moi comme un vent de folie. Hier soir, j'ai vaguement consulté le *Who's Who*, mais les noms se mélangent. Mike Van Buren n'est-il pas cet évangéliste qui a fait carrière à la télévision, par ailleurs président de la Congrégation du Christ ?

— Tu confonds avec Rob Patterson. Van Buren est un ancien présentateur de télévision. Il a quitté le Parti républicain et se présente à la course à la Maison Blanche comme candidat indépendant.

— Je tâcherai de m'en souvenir.

6

Vêtu d'une cravate rouge, d'une chemise blanche et d'un complet bleu pétrole, Mike Van Buren luisait de tous ses feux. La mine vermeille et l'œil matois, il surveillait sa table, tenant d'une main un couteau à découper, de l'autre une longue fourchette à deux dents. Il recula pour permettre à Brooke, sa robe bleue ceinte d'un tablier blanc, sœur et directrice de campagne du candidat, de poser sur le chauffe-plat une dinde juteuse couronnée de persil. Les invités applaudirent. Sur leurs visages miroitaient de bienveillants reflets, allumés par la nappe blanche, la porcelaine éblouissante, l'éclat incomparable de l'argenterie, les mille scintillements des verres et des carafes.

Brooke fit un pas de côté, secoua ses mains sur lesquelles elle souffla. Son frère s'avança, piqua de la fourchette et du couteau.

— Compliments, Brooke. Toutes mes félicitations à Dinah.

Et tous de clapoter derechef en l'honneur de Dinah, confinée dans la cuisine, sans doute, en compagnie d'une escouade de marmitons.

Assise sur la gauche de Van Buren, Rosemary observa la rangée des convives opposés. C'était à peine croyable ! Du premier jusqu'au dernier, depuis Andy qui lui faisait face jusqu'à l'infortuné Joe placé en bout de table, tous les hommes étaient vêtus à l'identique, cravate rouge, chemise blanche, veste d'une nuance ou l'autre de bleu. Sans oublier l'insigne *I ♥ Andy* à la boutonnière, dont seul le Grand Communicateur en personne, « Jésus-parmi-nous », était dispensé. Elle se pencha afin de s'assurer que l'uniformité était aussi la règle de son côté, rencontra dans cet exercice le regard intrigué de Rob Patterson fixé sur elle. Aucun de ces messieurs ne se permettait la moindre entorse à la loi du bleu blanc rouge. Du moins le costume d'Andy était-il d'excellente coupe, et finement rayé de blanc. Avec sa belle prestance, il avait tout d'une gravure de mode.

— Mes amis… commença Van Buren debout face à la dinde, attendant la fin des applaudissements et le rétablissement du silence. Je demanderai à Andy de nous faire la grâce de réciter le bénédicité.

Andy lui adressa un doux sourire.

— Je ne le ferai certainement pas, monsieur, alors que le révérend Rob Patterson se trouve parmi nous !

Murmures d'approbation. Mark Mead, directeur administratif de la Congrégation du Christ, se pencha vers son voisin de droite pour lui confier dans un murmure dont tout le monde profita :

— Bien parlé, Andy, habilement parlé, ce qui est encore mieux.

Patterson lui-même s'était levé.

— Merci, Andy. Je suis très flatté. Frères et sœurs, baissons un instant la tête et recueillons-nous.

D'entre ses cils, Rosemary promena un regard alentour. Andy lui adressa une œillade assassine, se frotta aussitôt la paupière, comme gêné par une poussière soudaine.

Le sermon fut bref. Van Buren se mit à l'ouvrage. Un maître dépeceur, il fallait lui rendre ce mérite. Il était à son affaire et prenait plaisir à cette opération. Sans cesser de se mêler à la conversation, il débita l'animal avec une remarquable dextérité, alignant sur le plat de service des tranches d'une viande tantôt sombre, tantôt blanche, tendre à souhait.

— En ma qualité d'ancien journaliste de télévision, chère Rosemary, je crois avoir été en mesure d'apprécier votre magnifique prestation de l'autre soir. Du grand art, en toute franchise.

— Merci.

— Il émane de vous une telle aura de candeur et de sincérité. Précieuses qualités chez une femme.

— Les hommes seraient-ils dégagés de l'obligation d'être sincères ?

— Quelle vivacité d'esprit ! Van Buren la gratifia d'un coup d'œil éloquent tout en continuant d'aligner les tranches. Voilà un trait de caractère que je prise infiniment chez tous les individus, quel que soit leur sexe.

— Rosemary, ma chère enfant.

Elle se tourna vers Rob Patterson.

— Votre fils est un parangon de vertu… Sa générosité, en particulier, ne connaît pas de limites. Il vient encore d'en fournir la preuve il y a un instant. Je m'en souviendrai toute ma vie.

Le sourire de Rosemary était un peu contraint.

— Vous êtes trop aimable.

— Cependant… (Le révérend souligna l'importance des paroles qu'il allait prononcer d'une amicale pression de la main sur le poignet de Rosemary.) Cependant, je me demande si Andy ne pèche pas quelques fois par excès d'indulgence. La clémence est chez lui une seconde nature, mais il est permis de se demander si cette miséricorde s'exerce toujours avec le discernement souhaitable. Je songe naturellement aux Athées Irréductibles, cette bande malfaisante, capable si l'on n'y prend garde de saper le sens moral de la nation. Dans cette affaire de bougies, Andy fait montre d'une tolérance dangereuse, et je ne doute pas un instant que vous ne soyez de mon avis. Mike ne cesse de le répéter sur tous les tons, à juste titre : le temps est venu de prendre des mesures afin de les réduire au silence !

Rosemary connaissait l'existence des Athées Irréductibles ; d'autre part, il avait été question de bougies, elle en était presque certaine, dans plusieurs messages publicitaires de *GC*. De là à deviner la relation pouvant exister entre les uns et les autres, et comprendre la nature des griefs adressés à Andy, il y avait un pas qu'elle ne pouvait franchir sans se livrer à une dangereuse improvisation. Subodorant un mystère rempli de querelles doctrinales ou politiques, elle chercha du

58

renfort auprès de son fils, mais le Grand Communicateur tenait conciliabule avec le Grand Dépeceur de Dinde Rôtie. La détresse se lisait sur son visage. Prise de compassion, la voisine du révérend se porta spontanément à son secours.

— Rob, crois-tu le moment bien choisi pour enfourcher ton cheval de bataille favori ? Cette réunion est placée sous le signe du pardon, n'est-il pas vrai, Rosemary, et pour cette fois, nous laisserons nos malédictions dans notre poche. Qu'importe quelques bougies de plus ou de moins ? C'est le point de vue d'Andy et je le partage volontiers. Quelle fierté doit être la vôtre, Rosemary ! En ce qui nous concerne, Merle et moi, nous rendrions grâce au ciel si les garçons consentaient à rester deux années de suite dans le même établissement scolaire.

Mark Mead tendit la main vers Andy. Son visage admirablement nourri, dorloté, bronzé, rayonnait de béatitude.

— Andy, pourriez-vous me passer le céleri, s'il vous plaît ?

Le regard de Rosemary croisa celui de Joe qui occupait, en diagonale, une place symétrique à la sienne. Le complet cravate lui allait bien. Un coude sur la table, le menton appuyé sur le dos de la main, il semblait boire les paroles de Mme Lush Rambeau.

ZUT ! NOM DE DIEU !

Van Buren lâcha le couteau et la fourchette, il empoigna sa main où se voyait une profonde entaille. Le sang dégouttait sur la carcasse de la volaille.

Rosemary poussa une exclamation étouffée. Elle lui jeta sa serviette de table.

À peine furent-ils blottis l'un contre l'autre à l'arrière de la voiture que Rosemary s'effondra, la tête sur l'épaule de son fils.

— Quelle soirée, mes aïeux ! Je n'en voyais pas la fin.

— Ma pauvre petite étoile ! Andy couvrait de baisers le front maternel. Merci ! Merci d'être venue. Les beignets de maïs étaient excellents, qu'en penses-tu ?

Elle marmonna quelque chose, se redressa subitement.

— Étais-je l'objet d'une hallucination, ou bien la table était-elle dressée, dans tous ses détails, afin de reconstituer un tableau de Norman Rockwell?

Il se frappa le front.

— Bien sûr! Je comprends à présent à quoi tenait cette obsédante impression de déjà-vu. Tant de blancheur, les verres ordinaires…

— La robe bleue de Brooke et son tablier blanc à volants figurent également dans la toile de Rockwell. Quel souci névrotique du détail! Crois-tu qu'ils aient le sens de l'humour?

Un soupir de consternation leur échappa. Andy relâcha son étreinte. Ils s'assirent bien droit, secouèrent la tête, ajustèrent leurs vêtements. La mère et le fils, avec des gestes d'une troublante similitude.

Les lumières nocturnes leur filaient sous les yeux derrière les vitres sombres, comme une rafale continue où dominait le bleu.

— À propos de cette affaire de bougies, reprit-elle, me diras-tu ce qu'il en est exactement?

— Un de nos grands projets. Je t'en parlerai plus tard. À ton avis, Mark Mead est-il homosexuel?

— Cette idée m'a traversé l'esprit, je l'avoue.

— Entre nous, je crois bien lui avoir tapé dans l'œil.

— Confidence pour confidence, je ne déplais pas à Van Buren. As-tu entendu ce qu'il a dit? «Ta mère rayonne de candeur et de sincérité.»

Il lui ébouriffa les cheveux.

— C'est la vérité.

Rosemary eut de la main un petit mouvement d'humeur.

— Je n'en doute pas. Surtout quand la télévision se charge de répandre ce rayonnement pour le bénéfice de la terre entière.

— La chose est entendue, maman. Plus d'interviews, à moins que tu n'y sois disposée.

— Ne serait-il pas plus intéressant de rencontrer des gens, de discuter avec eux, dans le cadre d'une véritable émission?

Le scintillement, au-dehors, avait pris une couleur ambrée. Il était aussi beaucoup plus dense, et le rythme du défilement s'était ralenti.

— Tu as compris où il voulait en venir, n'est-ce pas ?

— Qui cela ?

— Van Buren, avec ses compliments.

— Le découpeur de dinde ? Il est sensible à mon charme, voilà tout. Candeur, sincérité, vivacité d'esprit… Je possède toutes les qualités qu'il apprécie chez une femme.

— Toutes les qualités, plus une : le pouvoir de multiplier les signatures au bas des pétitions. Que tu participes à une seule de ses émissions, et le bougre se trouvera au moins en ballottage dans la plupart des États.

Elle s'écarta de lui afin de pouvoir le dévisager tout à son aise.

— C'est plutôt toi que cela regarde, il me semble ?

— Tu es loin du compte, ma chère maman, te voilà devenue l'idole des foules. Les gens m'aiment, et te vénèrent !

Rosemary crut à une demi-plaisanterie, le gourmanda d'une petite tape sur le bras.

— Tu te moques de moi.

Andy se contenta en guise de réponse d'un ricanement ambigu.

Rosemary se pelotonna contre lui. À droite et à gauche, la nuit fourmillait de lueurs. Elles clignotaient, impossibles à compter.

— Samedi dernier, à la Maison Blanche, comment était-ce ?

L'espace d'un quart d'heure, Andy lui fit le récit exubérant de la soirée.

— J'ai l'impression d'avoir raté une véritable occasion de m'amuser, soupira Rosemary.

— Les démocrates ont le sens de la fête, ce sont des séducteurs. Reconnaissons-leur au moins ce privilège.

— Il n'existe que six issues, expliqua Andy. Elles desservent le parking du sous-sol, le vestibule, les niveaux huit, neuf, dix et mon appartement tout au sommet. C'est un ascenseur ultrarapide, six cents mètres à la minute, la vitesse maximale autorisée par les règlements. Il n'y a que six appareils semblables dans toute la ville. Six cents mètres à la minute, autrement dit…

— Épargne-moi les détails, veux-tu?

Ils se faisaient face, le front de Rosemary arrivait à la hauteur de la courte barbe de son fils. L'ascenseur, dont la cabine circulaire était à peine plus vaste qu'un abri de téléphone, les propulsait vers le ciel, beaucoup trop vite au gré de Rosemary. Garni de cuir rouge dans sa partie inférieure, l'espace se prolongeait par une rutilante coupole en ogive, cuivre ou or massif; au point d'extravagance où l'on en était, Rosemary n'excluait aucune hypothèse.

— Sacré cadeau qu'il t'a fait là, murmura-t-elle, sans beaucoup d'enthousiasme.

— Pourquoi pas? Il est mon débiteur. Nous avons engagé une partie serrée et pour l'instant j'ai marqué quelques points.

Ils jouaient des maxillaires, pour estomper le bourdonnement des oreilles.

— Ce genre de détails ne m'intéresse pas davantage, fit-elle observer d'un ton sec.

— Nous y voilà. Prépare-toi à recevoir un choc. Tes yeux vont pouvoir contempler la vue la plus grandiose, la plus fantastique, la plus délirante… la mère de toutes les vues.

Le ralentissement s'effectua en douceur. Le nombre 52 s'alluma au-dessus de la tête d'Andy, au sommet de la colonne. La porte coulissa. Le fils sortit à reculons, tenant sa mère par la main. Ils débouchèrent dans la pénombre d'un espace immense, à mi-chemin de l'atelier d'artiste et du hall d'aéroport. Sol noir, mobilier noir et clairsemé, le fond constitué par une baie vitrée aux dimensions d'un écran format scope.

Rosemary se pétrifia, les yeux ronds. Tout en elle fit silence et observa.

Le brasillement énorme et stupéfiant de la ville et de la nuit déferlait de partout. Le ciel était une fusion froide, au-delà de toute couleur, sillonné par le ballet des avions et des hélicoptères. Le rayonnement urbain absorbait tout, hormis les plus ardentes étoiles et la lune, à son dernier quartier.

— Andy… fit-elle dans un souffle.

Il se tenait juste derrière Rosemary dont il ôta le manteau qu'il jeta au loin sur un siège. Tendrement, il enlaça les fragiles épaules ; cédant à la douce pression de cette étreinte, elle s'adossa peu à peu jusqu'à lui abandonner tout son poids.

— Une nuit parfaite, chuchota-t-il. À cela près que j'avais commandé la pleine lune. Aurons-nous le courage d'élever une protestation ?

Rosemary ébaucha un sourire, accrocha une main à celle de son fils. Son regard s'épuisait à déchiffrer les prodigieuses constellations de la ville.

— Voici Whitestone Bridge, dit-il. Et là, Queens, et là…

— Je n'en crois pas mes yeux.

Il lui mordilla l'oreille.

— Andy…

L'ayant fait pirouetter, il la maintint contre lui d'une main plaquée sur son dos. Jamais sa voix ne perdit son timbre feutré tandis qu'il débitait le discours le plus ahurissant :

— Moi aussi, pendant vingt-sept ans, je me suis trouvé hors du monde. À cette différence que je n'ai jamais perdu conscience, pas une seconde !

— Andy !

— Ma chère Rosemary, à l'âge où les garçons s'éveillent à la sexualité, moi, je n'avais pas de mère. Tu débarques dans mon existence, une inconnue à laquelle m'enchaînent les liens les plus étroits, une femme, en somme, infiniment plus séduisante à mes yeux que toutes les pin-up de la terre. En dépit de la différence d'âge.

Il lui baisa les lèvres, força de la langue un passage entre ses dents, battit en retraite lorsqu'il devint évident que l'on s'insurgeait de toute sa volonté contre une telle agression. Le poing écrasé contre sa bouche, Rosemary dévisageait son fils avec effroi. À peine avait-elle eu le temps de voir flamboyer l'œil du tigre que déjà les prunelles viraient et reprenaient leur couleur normale.

— Tes yeux… souffla-t-elle.

Il acquiesça tout en reprenant son souffle, une main levée pour signaler la fin des hostilités.

— Ils ne m'ont jamais quitté. Si changement il y a, il n'est dû qu'à un effort de volonté. J'ai quelque peu perdu le contrôle de moi-même, j'en ai peur.

Rosemary se ressaisissait lentement.

— Quelque peu ? répéta-t-elle à mi-voix. Que serait-il advenu si tu l'avais perdu tout à fait ?

Elle vit passer dans ses yeux l'éclat mauvais de la provocation, l'instinct prédateur, l'éveil du tigre, suivi d'une longue impuissance. Puis vint cet aveu, d'une furieuse humilité :

— *Rends-toi compte, tu es la seule femme, le seul être au monde devant lequel je puis révéler ma vraie nature !!!*

Il respira à fond, se dressa de toute sa hauteur, l'air un peu égaré encore.

— Avec les autres, quels qu'ils soient, j'ai trop peur d'être moi-même. Jusque dans l'obscurité, je crains de me trahir.

Rosemary lui tourna le dos résolument et comme elle s'éloignait, de ses mains rejetées en arrière, semblait encore le repousser.

— Ne compte pas sur moi ! Je t'aime profondément, tu es toute ma vie, mais il y a des limites…

— Pardonne-moi, j'ai perdu la tête, un peu, beaucoup, passionnément. Cela ne se reproduira plus, j'en fais le serment. Ne t'en va pas, pas avant de m'avoir écouté. Je pars demain, je serai absent pendant une semaine. Peut-être est-ce aussi bien. Pourquoi ne pas en profiter pour aller rendre visite à ta famille ? Je compte faire retraite en Arizona pendant quelques jours, après quoi je ferai un saut à Rome, puis à Madrid pour être de retour le 6 décembre, soit lundi en huit.

Rosemary s'était retournée.

— Cette séparation nous fera le plus grand bien, en effet. J'ai des torts, je le reconnais. Dans nos efforts maladroits pour essayer de rattraper le temps perdu, nous sommes allés trop loin.

— Ne dis pas de sottises, tu n'as rien à te reprocher. Tout est de ma faute. *Mea culpa* !

Rosemary le dévisageait, indécise. Il avait éveillé en elle une méfiance qui ne désarmerait jamais, du moins le croyait-elle.

— J'ai juré, dit-il avec l'ombre d'un sourire. Ne t'inquiète pas pour l'avenir et fais-moi confiance.

— Bonne nuit. À quelle heure pars-tu ?

— Tôt, demain matin. Joe me dépose à l'aéroport. Si tu as besoin de quelque chose en mon absence, adresse-toi à lui. Du reste, toute l'équipe est à ta disposition. Si tu as besoin de moi, je t'ai donné le numéro qui permet de me joindre à toute heure, en tout lieu. Merci. Elle fit un détour pour prendre son manteau. Je te souhaite un bon voyage.

— Je te souhaite la même chose. Penses-tu vraiment aller là-bas ?

— Sans doute.

L'espace d'un instant, Rosemary imagina sa solitude et son attente, s'ils se quittaient dans ces termes aigres-doux. La réconciliation lui parut inévitable.

— Puissions-nous nous aimer toujours, dit-elle.

— Si cela ne tient qu'à moi… Maman, je te demande pardon.

— Au fait, où se trouve l'ascenseur réservé aux gens ordinaires ?

— Descends au rez-de-chaussée avec l'Express, tu trouveras l'autre sur ta droite. Tu seras ainsi à ton étage en moins de temps qu'il n'en faudrait pour attendre ici l'arrivée de l'Omnibus.

— Et j'atteindrai le septième avec le cœur au bord des lèvres, soupira-t-elle.

Résignée, elle pressa la touche qui commandait l'ouverture du bolide. Une fois entrée dans l'alcôve de cuir rouge, elle pivota vers Andy afin de lui adresser un dernier signe. Il lui envoya un baiser.

Comme la porte se refermait, Rosemary appuya sur une autre touche.

OUVERTURE DE LA PORTE.

Il était déjà tourné face à la nuit illimitée. Sourcils froncés, il regarda sa mère par-dessus son épaule.

— Les bougies, expliqua-t-elle. Le sujet m'est complètement sorti de l'esprit. Tu devais m'expliquer en quoi consistait votre projet.

— Ah oui, bien sûr… À l'origine, ce n'était qu'une idée farfelue, celle de demander aux gens d'allumer chacun une bougie pour célébrer l'an 2000. Le plus étrange, ce fut l'accueil enthousiaste reçu par cette suggestion, à l'exception naturellement des Athées Irréductibles. Et alors ? Il n'y a aucune raison de se formaliser, comme le fait Patterson, de la défection d'une poignée d'imbéciles. Ce n'est ni un drame, ni un échec. Ils ne nous pardonnent pas de nous présenter comme les enfants du Seigneur, *God's Children*, mais la plupart des incroyants, moins à cheval sur les principes, sont prêts à allumer leur petite bougie.

Rosemary était cette fois réellement intriguée. Elle fit quelques pas hésitants hors de l'ascenseur dont la porte se referma.

— Veux-tu dire que tout le monde va se livrer à ce manège ? À travers le pays entier ?

— À travers le *monde* entier, maman. Si ce n'est quelques rares tribus vivant encore à l'écart de la civilisation, auxquelles notre message œcuménique ne sera pas parvenu. Autrement, il n'est pas un lieu qui ne se sente concerné. Dans tous les foyers, dans tous les magasins, dans toutes les écoles, églises, mosquées, synagogues, dans tous les temples et dans tous les cloaques, même les plus sordides, les gens craqueront leur allumette ou sortiront leur briquet. À minuit une exactement, heure de Greenwich. Il sera sept heures du matin à New York, minuit à Londres, à Moscou on approchera de midi… Le symbole est évident : l'humanité nouvelle, lavée de ses péchés, réconciliée avec elle-même, entre dans le IIIᵉ millénaire.

Tel qu'il était, silhouette sur fond de croissant de lune et de ville lumière, Andy avait fière allure. Rosemary sentit fondre en elle toute résistance. Une tendresse l'envahissait, une profonde houle de tendresse.

— L'idée est moins farfelue qu'il n'y paraît, murmura-t-elle. Je la trouve belle et touchante. Un milliard de petites flammes papillotantes vont s'allumer pour rendre l'espoir aux hommes. N'est-ce pas merveilleux?

— Le chiffre de huit milliards serait plus proche de la réalité. Les bougies elles-mêmes sont très gracieuses, bleues à l'extérieur, avec un cœur jaune. Ce sont nos couleurs.

— Des bougies spéciales, confectionnées pour la circonstance?

— Je pense bien! Elles sont protégées par un gobelet de verre. Entre le pouce et l'index, il mesura la hauteur d'un verre à jus de fruits. Voilà plus d'un an que la fabrication a commencé. Il s'agit d'un projet très lourd sur le plan financier. Quatorze usines au Japon et en Corée travaillent jour et nuit, sept jours sur sept.

Rosemary laissa choir son manteau, franchit dans l'enthousiasme les derniers mètres qui la séparaient d'Andy.

— Magnifique! Plus j'y songe, et plus je suis séduite. Cette idée, comment vous est-elle venue? Qui en est l'inventeur?

Le fils prodige eut un sourire modeste.

— Devine.

Il fut récompensé par deux baisers sonores, un sur chaque joue. Les yeux de sa mère avaient retrouvé leur éclat.

— Grâce à toi, l'humanité réunifiée, revivifiée, verra s'ouvrir devant elle une ère de lumière! Loin des festins et des cotillons, il se passera enfin quelque chose de pur, un événement chargé d'émotions auquel tout le monde pourra participer.

Andy souriait toujours.

— C'est le but de l'opération, en effet.

— C'est une révolution!

Jetant les bras autour de son cou, elle se serra contre lui.

— Maman, si tu attends de moi que je sois un modèle de vertu filiale…

Rosemary fit un bond en arrière, éclata de rire. D'un pas léger, elle refit le chemin en sens inverse, sans oublier de ramasser son manteau au passage.

— Reviens vite! lança-t-elle avant de disparaître dans l'affreux cylindre de l'Express. Tu me manques déjà.

— Compte sur moi !

Mon fils est un ange, un ange à qui il arrive de trébucher. Comment lui en vouloir ? La perfection n'est pas de ce monde. Et comment s'étonner qu'il ait fait la conquête de tous ? Je suis la plus heureuse des mères. Y en a-t-il une seule dont le fils lui soit un plus grand sujet de fierté ?

Il n'y a que Marie, Marie pleine de grâces…

Ainsi vaticinait joyeusement Rosemary, sans même se rendre compte qu'avait commencé sa descente vertigineuse en direction du centre de la terre.

DEUXIÈME PARTIE

1

Elle décida de remettre son voyage à Omaha au lendemain du Nouvel An. De ses cinq frères et sœurs, tous plus
âgés qu'elle, trois étaient encore en vie. Une sœur et deux
frères. Elle avait eu, avec chacun d'entre eux, deux conver-
sations au téléphone, sous l'identité de la célèbre Rip Van
Rosie, tout d'abord, puis en sa qualité d'*Andy's Mom*. Deux
coups de fil en l'espace de trois petites semaines, c'était
plus qu'ils n'en avaient échangé pendant l'année précédant son effacement du monde sous l'effet d'une malédiction satanique. Désormais membre des Alcooliques
Anonymes, son frère préféré avait cessé de boire, Dieu
merci, depuis 1992. Ils partaient lundi prochain pour une
croisière autour du monde en compagnie de son épouse
Dodie, à l'occasion de leur trente-cinquième anniversaire
de mariage, et tous deux se proposaient d'allumer leurs
bougies à Auckland, en Nouvelle-Zélande. Quant à Eddie,
le frère le moins aimé, il était resté fidèle à lui-même au fil
du temps.

— Tu diras à Andy que l'oncle Teddy s'exprime au nom
de trente mille travailleurs syndiqués des conserveries de
chair à pâté lorsqu'il lui conseille respectueusement d'être
un peu moins coulant avec les Athées. Van Buren a raison.
Il faut les mettre au pied du mur : c'est la bougie, ou une
balle dans la tête !

Judy Kharyat était ravissante. De longs cheveux noirs retenus par un chignon strict, une peau de miel, d'immenses yeux noirs qui jouaient admirablement de la prunelle sous l'ombre des cils allongés au rimmel, une silhouette exquise drapée dans les plus précieux saris, toujours pastel – autant de qualités qui faisaient de cette ancienne étudiante de Vassar[1], promotion 93, une de ces créatures dont on rêve la nuit parce qu'on les a croisées le jour. Pour ajouter encore à son charme, elle portait à la base du front, entre les arcs parfaits des sourcils, une pastille rouge de la taille d'une pièce de deux cents. Le sari, en ce lundi matin, était de soie jaune pâle, sur laquelle jurait un peu l'insigne *I* ♥ *Andy*. La demoiselle apportait à Rosemary la copie papier du condensé des milliers de messages qui leur étaient parvenus jusqu'à la veille au soir, dix-huit heures, ainsi que différents modèles de réponses susceptibles de satisfaire tous les correspondants.

De temps à autre, tandis que les deux femmes travaillaient, installées à la table du salon, Judy se tamponnait les yeux du coin de son mouchoir et ne pouvait réprimer de discrets reniflements. Le maquillage s'effondrerait avant midi. Rosemary lui toucha le bras.

— Judy, quelque chose ne va pas ?

La jeune femme poussa un profond, un énorme soupir.

— Les hommes, murmura-t-elle, levant les yeux au ciel. Un homme, en particulier. Et voilà où j'en suis, c'est inouï ! Quelle honte…

Certains souvenirs affluèrent à la mémoire de Rosemary ; la vie avec Guy, surtout dans les derniers temps, n'avait pas toujours été facile.

— Ils s'y entendent à merveille pour nous mener la vie dure, acquiesça-t-elle, mais nous sommes de taille à nous défendre. Surtout les femmes d'aujourd'hui, beaucoup plus aguerries, me suis-je laissé dire. Si vous éprouvez le besoin de vous épancher, n'hésitez pas ; je suis très attentive, et quelquefois de bon conseil.

---

1. Vassar : célèbre université réservée aux filles, située à Poughkeepsie, dans l'État de New York *(N.d.T.)*.

Judy la remercia d'un sourire discret et peu assuré.

— Je tiendrai le coup, assura-t-elle.

Plus tard, comme la jeune femme, sur le point de partir, ouvrait son porte-documents afin d'y ranger ses dossiers, Rosemary eut la vision fugitive de grilles de mots croisés, toutes remplies.

— Jouez-vous au Scrabble? demanda-t-elle.

Le beau visage de l'Indienne s'éclaira.

— Si je joue au Scrabble? Je suis championne! Je relève le défi quand vous voudrez, où vous voudrez.

— Entendu. Je vous ferai signe un de ces soirs prochains.

Le département télévision était installé dans la partie nord-ouest du niveau dix, dont Craig occupait naturellement le grand bureau d'angle. Pour l'atteindre, Rosemary traversa mille mètres carrés de petits bureaux fantômes, tous identiques. Sur la table un ordinateur, un téléphone, une pile de dossiers; devant la table, un fauteuil vide. Craig et Kevin, tous deux vêtus de jean et de tee-shirts maisons, se prélassaient, leurs baskets posées qui sur la table, qui sur le dossier d'un fauteuil. Ils regardaient un film en noir et blanc, avec Edward G. Robinson.

Eux-mêmes étaient l'un noir et l'autre blanc (Noirs, c'était ainsi que l'on désignait aujourd'hui les gens de couleur; le mot «Nègre», étymologiquement bon mais politiquement incorrect, était devenu tabou). Craig avait de faux airs d'Adam Clayton Powell[1], Kevin ressemblait à un gamin de dix-neuf ans prénommé Kevin – si ce n'était qu'en 1999 certains Kevin de dix-neuf ans devaient être hauts comme trois pommes, avec les yeux bridés.

— Rosemary! Quelle bonne surprise... s'exclamèrent-ils à l'unisson.

D'un bond, ils furent debout. Kevin renversa sa bouteille de Coca.

---

1. Adam Clayton Powell : premier Noir élu au conseil municipal de New York, un des deux membres de sa communauté au sein de la Chambre des Représentants *(N.d.T.)*.

— Asseyez-vous, je vous en prie, dit-elle. Quel panorama splendide !

Allant droit à la fenêtre, elle plongea son regard émerveillé sur l'immense désordre horizontal et vertical du West End au-delà de la rivière Hudson que Washington Bridge, contemplé sous cet angle dans toute sa majesté, enjambait avec l'austère vaillance d'un colosse un peu fourbu.

— Vous êtes sous le charme ? lança Craig dans son dos. Autant que je le suis moi-même chaque matin, en ouvrant la porte de mon bureau ? Il est vrai que l'éblouissement reste intact, même après toutes ces années.

— Cela ne m'étonne guère. Rosemary se retourna, du menton désigna la porte, derrière laquelle commençait le désert. Où sont-ils tous passés ?

— Ils font le pont entre les vacances de Thanksgiving et celles du Nouvel An. Toute la boutique.

— Bravo ! Peu d'entreprises sont aussi généreuses avec leurs salariés.

— C'est Andy tout craché. En fait, nous travaillons un peu au ralenti, en ce moment. Notre intervention du Nouvel An est dans la boîte, pour ainsi dire. Nous sommes parés.

— Les imprévus, toujours inévitables ? La simple transmission routinière et quotidienne des informations ? Les projets en cours ?

— Pas de projets grandioses à l'horizon de l'an 2000. Nous envisageons même de réduire le nombre de productions nouvelles. Pour l'essentiel, nous tournerons sur nos archives.

Kevin épongeait le Coca à l'aide d'une montagne de mouchoirs en papier.

— Quel film êtes-vous en train de regarder ? s'enquit Rosemary.

Face à Hedy Lamarr, Robinson se faisait plus pressant. Non, ce n'était pas Hedy Lamarr, mais l'autre, celle qui lui ressemblait beaucoup[1].

— *The Woman in the Window*[2], dit Craig. Fritz Lang, 1944.

---

1. Joan Bennett, dont le nez spirituel accuse en effet une certaine ressemblance avec celui de Hedy Lamarr *(N.d.T.)*.

2. Titre français : *La Femme au portrait (N.d.T.)*.

— Je ne crois pas l'avoir jamais vu.

— Un grand film noir, très noir.

L'espace de quelques instants, chacun fit silence, les yeux fixés sur l'écran. Puis Craig, de but en blanc :

— Aviez-vous, en me rendant visite, l'intention de me demander quelque chose de précis ?

— Oui, dit Rosemary.

— Veuillez m'excuser, j'aurais dû vous poser la question sur-le-champ. Kevin, ne perd pas une miette de ce chef-d'œuvre. Nous passons à côté.

Le bureau voisin donnait enfin tous les signes d'une activité intense. En son centre, deux tables jonchées de paperasses, journaux, revues, publications diverses. Le téléscripteur cliquetait dans un coin. Contre l'un des murs s'adossait un véritable petit studio d'enregistrement, un autre disparaissait derrière les rayonnages garnis de disques et de cassettes. Craig se hâta de débarrasser deux fauteuils du fatras qui les encombrait.

Lorsqu'ils furent installés l'un à côté de l'autre, il prit l'attitude sérieuse et concentrée de quelqu'un qui s'apprête à recevoir une confidence de la plus haute importance.

— On ne saurait nier que le message conciliateur d'Andy n'ait éveillé un écho favorable dans l'esprit de beaucoup de gens, commença Rosemary. En dépit de ces résultats encourageants, les Athées Irréductibles n'en constituent pas moins une poche de résistance, perçue comme un défi, à partir duquel s'est constitué chez certains de tes partisans un discours hostile, voire franchement haineux, sous prétexte qu'une infime minorité de mécréants se refuse à allumer une bougie à l'heure prévue. Si la situation venait à s'envenimer, à l'approche du Nouvel An, elle pourrait devenir lourde de danger. Or, la responsabilité de *God's Children* est engagée. De quel matériel disposez-vous sur ces gens ?

— À vrai dire, nous n'avons pas grand-chose.

— Je ne voudrais surtout pas donner l'impression de m'immiscer dans un débat qui ne me concerne pas vraiment…

— Rosemary, toutes vos suggestions sont les bienvenues, vous le savez.

— Andy, c'est du moins sa position officielle, reconnaît à tous le droit minimum à la liberté d'opinion. A-t-il fait savoir assez haut que les principes dont se réclament les Athées sont dignes de respect autant que d'autres ? Il suffirait d'un nouveau message publicitaire pour clarifier la situation une fois pour toutes. Voyez-vous, Craig, je serais tout à fait rassurée si je voyais mon fils s'adresser aux conservateurs prêts à en découdre aussi franchement qu'il le ferait s'il avait en face de lui son oncle Eddie, le collectionneur d'armes à feu. Il n'est pas trop tard pour calmer les esprits avant la date fatidique, mais il faut agir vite. La méthode la plus simple semble ici la plus appropriée.

Craig gardait la tête baissée. De la pointe de la basket droite, il jouait en staccato sur la moquette.

— Ce sont des paroles de bon sens, Rosemary. En avez-vous touché un mot à Andy ?

— Pas encore. Je voulais d'abord m'assurer que vous n'aviez rien en préparation sur le sujet. Je souhaitais aussi avoir votre opinion.

— Merci, votre confiance m'honore. Voici ce que je vous propose : je mets nos archives à votre disposition ; vous visionnez tranquillement nos films, spots, bulletins spéciaux, meetings, conférences de presse… Vous serez alors en mesure d'apprécier ce qui a été fait, et ce qui reste à faire, et de formuler d'éventuelles critiques en connaissance de cause lorsque Andy sera de retour, lundi prochain. Nous aurons alors une réunion de travail à laquelle vous participerez. Y seront abordés différents points délicats, y compris celui-ci. Pour ma part, j'ai bon espoir de faire inscrire à l'ordre du jour la question de notre budget publicitaire de l'an prochain dont la réduction me paraît absurde. Une idée de Jay, vous savez, le petit monsieur qui tient les cordons de la bourse. Craig secoua la tête, l'air consterné. Des individus de cette espèce, on se demande parfois d'où ils viennent.

Après lui avoir expliqué le système d'archivage des cassettes DAT, il lui montra le fonctionnement du magnétophone et de la télécommande. Il fit de même pour le lecteur DVD et les films.

Rosemary regardait autour d'elle avec satisfaction.

— Fabuleux, dit-elle. Toutefois, mon bonheur serait à son comble si parmi toutes vos archives se trouvait *Autant en emporte le vent*!

— Mais nous l'avons! Ainsi qu'un documentaire sur le tournage du film, avec bouts d'essai, interviews, séquences coupées au montage, explication des effets spéciaux, les coulisses de la grande aventure!

— Cette fois, je n'en doute plus, je suis au paradis!

— Bonjour. Puis-je vous demander votre nom?

Une voix de lys et de rose, dans laquelle se glissait une pointe d'accent japonais.

— Je suis la mère d'Andy. Il m'a donné ce numéro.

— Un instant, s'il vous plaît. Êtes-vous Rosemary E. Reilly?

— C'est bien moi.

— Veuillez raccrocher, Rosemary. Andy vous rappelle dès que possible. Si vous souhaitez être jointe à un autre numéro, appuyez sur la touche 1.

Rosemary raccrocha, sans pouvoir se défendre de l'impression désagréable d'avoir parlé à une voix artificielle. Elle serait bien inspirée de se procurer la cassette de *It's a Mad, Mad, Mad, Mad World*[1].

Le dos bien calé contre les oreillers, elle assujettit ses lunettes sur son nez et décida – au diable la coquetterie! – de grignoter la seconde moitié d'un croissant tout en atta-

---

1. *Un monde fou, fou, fou, fou,* film réalisé en 1963 par Stanley E. Kramer *(N.d.T.).*

quant une grille de mots croisés. L'angle supérieur gauche était mentalement déchiffré lorsque retentit la sonnerie du téléphone. Rosemary posa le journal et ce qu'il restait du croissant, lécha le bout de ses doigts qu'elle essuya sur le drap en satin.

— Allô?

— Maman? Tout va bien?

— À merveille. Je prends mon petit déjeuner au lit, enveloppée dans du satin. Les stars de la MGM n'étaient pas mieux traitées. La MGM des grandes années, bien sûr. Norma Shearer, Garbo…

Elle fit entendre un doux roucoulement auquel fit écho le rire indulgent de son fils.

— Tu as repris goût à l'existence, on dirait.

Souriante, Rosemary ôta ses lunettes.

— Où es-tu, mon ange?

— À Rome, la ville des villes où tout conduit.

— Ta voix est si claire, fit-elle remarquer! Je ne t'entendrais pas mieux si tu étais dans la pièce voisine.

— Si seulement c'était vrai! Je tenais à te passer ce simple coup de fil affectueux, mais s'est-il passé quelque chose de particulier?

— Andy, sans vouloir être importune…

— Je vois. Tu veux m'entretenir d'un projet de message publicitaire dont tu as déjà discuté avec Craig. Je l'ai appelé hier pour lui parler d'un tout autre sujet, il a fait allusion à votre conversation. Une idée formidable.

La surprise et le soulagement de Rosemary furent à peine perceptibles : une seconde de lumineuse hésitation.

— En toute sincérité? murmura-t-elle.

— Un regard neuf, voilà ce qui nous manquait. Et pas n'importe lequel. Le regard perspicace, intelligent, sensible, de Rip Van Rosie. Tu as mis le doigt sur un phénomène dont j'aurais dû me rendre compte par moi-même il y a plusieurs semaines, au tout début de notre campagne. Nous allons retrousser nos manches et nous mettre au travail, avec toi, si tu t'en sens le courage. Navré de devoir te quitter si vite, mais je suis au milieu d'une réunion. Je rentre samedi.

— Plus tôt que prévu ? s'étonna-t-elle.

— J'ai annulé Madrid. (Silence.) Tu me manques. Je n'ai jamais éprouvé ce sentiment pour personne.

Elle regarda toute la série des spots publicitaires, puis celle des éditions spéciales, où les scénaristes, opérateurs, réalisateurs, donnaient sans conteste le meilleur d'eux-mêmes. Andy était omniprésent. À certains moments, alors qu'il regardait sa mère au fond des yeux, lui enjoignant de ne pas résister à la lumière qui palpitait en elle et de faire comme tout le monde, d'allumer sa bougie à minuit une, le 31 décembre, Rosemary était presque certaine de voir le tigre se ranimer au fond, tout au fond des prunelles bien-veillantes. Retour en arrière, arrêt sur image, défilement plan par plan, elle tenta l'expérience à plusieurs reprises sans rien déceler de suspect. Sa mémoire lui jouait des tours depuis qu'elle avait vu s'embraser le feu d'autrefois dans le sillage du baiser monstrueux…

Il avait succombé à une impulsion mauvaise, mais comment lui en tenir grief ? Le pauvre enfant était si seul…

Circonstances aggravantes, elle n'avait plus grand-chose à voir, dans son apparence, avec la mère dont il avait conservé le lointain souvenir. Il était inutile d'imaginer les gloses des journalistes, télévisions et presse écrite confondues, sur un sujet aussi sensible.

Elle repassa une demi-douzaine de fois un spot de dix secondes dans lequel Andy se présentait vraiment comme un Jésus d'anthologie. Superbe et généreux, il lui recommandait de ne pas oublier d'acheter sa bougie au super-marché ou dans tout autre point de vente (elles étaient disponibles partout), de la tenir à l'écart des enfants. Il était préférable d'attendre le tout dernier moment pour la sortir de son emballage et allumer la mèche, une seconde avant la dernière seconde, la grande Illumination.

Ensuite, estimant qu'elle avait bien mérité une récréation, Rosemary regarda le documentaire sur *Autant en emporte le vent.*

8

La journée de vendredi la trouva nerveuse, angoissée à la pensée du long voyage aérien que son fils allait entreprendre le lendemain.

Son arrivée était prévue dans la soirée.

En début d'après-midi, elle appela Joe, le fidèle, afin qu'il n'oublie pas de passer la prendre avant de filer en direction de l'aéroport.

— Au fait, ce centre de remise en forme dont vous m'avez parlé, est-il ouvert toute la journée, aux hommes et aux femmes ?

— La clientèle est mixte, bien sûr. À quelle heure envisagez-vous de vous y rendre ?

— Sur-le-champ. J'ai les nerfs en pelote. De nos jours, on doit prendre l'avion sans y penser, comme on prend l'autobus. Moi, je n'ai jamais pu m'y faire. Je ne suis pas tranquille, sachant que mon fils sera bientôt là-haut, à dix mille mètres. Avez-vous jamais rien entendu d'aussi suranné ?

— Accordez-moi vingt minutes ; je vous servirai de guide et vous présenterai aux membres du personnel. Je veillerai aussi à ce que personne ne vienne vous casser les pieds.

— Il n'est pas question de chasser les gens à cause de moi.

— Rien d'aussi barbare, rassurez-vous. Je me contenterai de faire passer une consigne de discrétion.

— Entendu, Joe. Je vous remercie. Faites-moi signe dès que vous serez prêt.

Juchés sur des vélos d'entraînement, ils firent plusieurs kilomètres côte à côte. Joe lui parla de l'ex-compagne dont il s'était séparé après vingt ans de vie commune, à présent à la tête d'une florissante agence immobilière à Little Neck. Il eut quelques réflexions d'une grande douceur au sujet de sa fille, Mary Elizabeth, qui préparait à Loyola un doctorat en sciences économiques. Rosemary fit allusion, sans trop s'étendre, à l'inquiétude suscitée par les Athées Irréductibles et le flou relatif de *GC* les concernant. Un nouveau message publicitaire serait peut-être mis en chantier, à l'élaboration duquel elle serait conviée. Elle se réjouissait d'être amenée à participer aux activités de la fondation. Joe approuva et se déclara enchanté de son intégration à leur petite collectivité. Ils descendirent de leur vélo pour se livrer à d'autres exercices.

Tandis qu'elle sautait à la corde avec une maladresse affligeante, il dansait devant un punching-ball qu'il martyrisait en virtuose.

— J'étais boxeur, dans le temps, avoua-t-il sans cesser de sautiller et de cogner. J'ai même remporté les *Golden Gloves*[1] dans la catégorie des poids moyens.

— Vous ne me croirez jamais, soupira-t-elle tandis que la corde, une fois de plus, s'était enroulée autour de sa cheville, mais pendant deux années de suite j'ai été championne du cent mètres de l'équipe junior du collège d'Omaha.

— Cela ne m'étonne guère ; vous avez une silhouette de sportive. Que pensez-vous de notre petite salle d'entraînement ?

— Excellente pour le moral.

Elle n'aurait pu en dire autant de la scène aperçue depuis les hautes fenêtres, juste en face d'eux : une séance de photo qui se déroulait dans l'immeuble opposé. Quelques grandes tiges athlétiques prenaient des poses avantageuses sous les projecteurs.

Joe regarda, fit entendre un grognement persifleur.

— Pas mon genre, assura-t-il. Ronnie était mannequin lorsque je l'ai rencontrée. La première fois qu'elle s'est tournée sur le côté, j'ai appelé le service des personnes disparues. (Il ricana, très satisfait.) Mam était un manche à balai. Vous connaissez les hommes, nous convoitons les filles semblables à celle que le vieux a épousée. Plus ou moins.

Rosemary opina, les yeux ailleurs.

— Je sais, dit-elle… Je sais, je les connais.

---

1. *Golden Gloves :* tournoi de boxe amateur *(N.d.T.)*.

En poussant sa porte, elle se sentait toujours comme une pile électrique. La perspective d'une longue soirée solitaire l'effraya, elle décrocha son téléphone. Judy était chez elle, des larmes dans la voix. Elle ne se fit pas prier pour accepter l'invitation.

À huit heures pile, elle était là, un grand loden jeté sur son sari couleur pêche, les poches pleines de mouchoirs. Elle sortit de son cabas un jeu de Scrabble en plastique, un sablier et une minicalculatrice. Elles s'installèrent près de la fenêtre, comme l'autre jour. La neige tombait en légers flocons blancs tourbillonnants. Les arbres du parc étaient saupoudrés de blanc, un brouillard couleur d'oubli voilait le monde. Park Avenue, ses falaises de lumière se fondaient dans la distance. Rosemary avait chaussé ses lunettes. Son premier mot l'emporta, en nombre de points, sur celui de l'adversaire.

Les jetons, sur son support, formaient JETTY IR. Chassant de son esprit les images perturbatrices, couche de glace accumulée sur les ailes d'un avion, sable qui s'enfuyait inexorablement dans le vase inférieur, elle déplaça les lettres par blocs, écrivit en fin de compte JITTERY [1], transféra le mot sur le tableau.

— Le J compte double, le mot compte double, cinquante points de prime.

Judy pianota sur sa calculatrice d'un index à l'ongle parfait, ni plus long ni moins pointu que les autres.

— Cent, dit-elle. Excellent score pour un début de partie.

— Merci.

Rosemary la scruta par-dessus ses lunettes, piocha dans le sac de nouveaux jetons.

Judy renversa le sablier, considéra le tableau entre deux battements de cils chargés de mascara, inscrivit JINXED [2] à la perpendiculaire du mot de Rosemary dont elle utilisa le J.

— Le mot compte double.

---

1. *Jittery :* être inquiet, nerveux à l'excès.
2. *Jinxed :* maudit, marqué par le destin.

Rosemary rassembla ses lettres. Sans même tourner le tableau elle posa son mot, chevauchant le X et l'espace rose voisin : FOXY[1].

Judy se prit la tête à deux mains, puis poussa un gémissement, qui devint cri.

— Voilà à quoi j'en suis réduite ! À cause de lui, je deviens nulle au Scrabble. Quelle déchéance ! Poser un X à côté d'une case rose ! Vous gagnez à plate couture. Félicitations, Rosemary. Ce type m'a chamboulé le cerveau, il a fait de ma vie un enfer. Je suis MAUDITE, il m'a jeté un sort ! C'est écrit là, sous mes yeux. Je l'ai écrit moi-même !

— Bonté divine, Judy…

Rosemary rattrapa de justesse le sablier qui roulait à toute vitesse en direction du bord de la table et le remit d'aplomb. S'étant levée, elle s'approcha de l'infortunée dont elle lissa les cheveux, essuya les yeux à l'aide de son propre mouchoir.

— Judy, ma chère petite, vous semblez bouleversée… Aucun homme ne mérite que l'on se mette pour lui dans un si triste état. Pas même… C'est lui, n'est-ce pas ? Suis-je bête ! Le coupable, c'est Andy, n'est-ce pas ? N'est-ce pas ?

Les sanglots redoublèrent. Judy se coucha sur la table qu'elle martela d'un poing rageur. Rosemary poussa un profond soupir. Elle avait l'esprit lent, sur ses vieux jours.

La jeune femme se dressa soudain, les joues ruisselantes de larmes pures car le mascara faisait preuve d'une résistance étonnante. Dans un geste de belle théâtralité, elle arracha son insigne sans égard pour la soie qui se déchira en crissant.

— Je le *hais* ! Si vous saviez combien il m'en coûte, chaque matin, d'accrocher sur moi cette saleté ! Je le portais ce soir uniquement dans le but de ne pas éveiller vos soupçons. J'ai l'intention de faire confectionner mon insigne particulier, à moi seule réservé, afin que le monde entier connaisse les sentiments que m'inspirent désormais Andy. Rosemary, si vous connaissiez toute l'histoire, si vous saviez… Il se passe des choses, au neuvième étage, dont vous n'avez pas la moindre idée.

---
1. *Foxy :* rusé.

— Chut ! Rosemary se fit apaisante, pour la bercer dans ses bras comme une enfant. Respirez à fond, mieux que ça. Bravo. Allez dans la salle de bains et rafraîchissez-vous. À votre retour, nous aurons une longue conversation. Que diriez-vous d'un petit alcool ? Que diriez-vous de faire la dînette ? Aucun problème, il me suffit de décrocher le téléphone pour être servie à domicile.

Elles prirent place sur le canapé.

— J'ai fait sa connaissance l'été dernier, à l'occasion d'un meeting à Madison Square Garden, une manifestation dont les bénéfices devaient être reversés à un fonds de soutien aux victimes des inondations en Inde. J'avais apporté une modeste contribution personnelle, un texte dans lequel j'avançais différentes propositions visant à l'amélioration de la distribution alimentaire au sein de l'Union indienne. J'ai pu le lui remettre en mains propres. Dès cette première rencontre, il s'est passé quelque chose entre nous, comme un petit éclair. Nous nous plaisions.

Rosemary approuva d'un signe. Il n'y avait là rien d'étonnant.

— Quelques jours plus tard, je fus convoquée à son bureau, ici, au quartier général de *God's Children*. Andy m'a offert un emploi de secrétaire, avec l'assurance, la promesse, d'une promotion rapide si je m'intégrais bien à l'équipe. Notre liaison a pris naissance sur des bases strictement égalitaires. Hélas ! au bout de quelques jours, quelques nuits devrais-je dire, il avait gagné sur moi un ascendant irrésistible. (Judy baissa le ton.) C'est un amant fabuleux, vous n'imaginez pas à quel point.

— Comment le pourrais-je, se récria Rosemary, puisque je suis sa mère ! Ne dites pas d'absurdités…

La jeune femme se pencha, sa voix prit une inflexion plus intime.

— Je voulais dire, d'une manière générale, comparé aux autres hommes. Chez nous, en Inde, les femmes n'hésitent pas à aborder entre elles des sujets aussi secrets. Je sais ce dont je parle. J'ai deux sœurs, mariées l'une et l'autre. Quant à mes compagnes de chambre, à Vassar, elles ne faisaient pas mystère de leur vie sexuelle. C'est pourquoi, en dépit d'une expérience personnelle fort limitée – avant cela, je n'avais eu qu'une seule et unique aventure, avec un dénommé Nathan, individu de petite envergure sur lequel il vaut mieux garder le silence –, je sais que les hommes se préoccupent essentiellement de leur propre plaisir sans se soucier de celui de leur partenaire. Pour dire les choses comme elles sont, au fur et à mesure que le paroxysme se rapproche, nous, les femmes, nous faisons la même chose, *n'est-ce pas,* avec des moyens inégaux, il est vrai. Le souci de notre satisfaction nous accapare.

—Sans doute, murmura Rosemary, un peu perplexe devant la tournure inattendue que prenait la conversation.

— Andy fait exception à la règle, soupira Judy. Tout se passe comme s'il conservait en permanence le contrôle de lui-même. À tout moment, il reste très attentif à mes sensations, il va au-devant de mes désirs! Mais depuis peu, il n'a cure de mes désirs, mais des siens, les misérables petits désirs de cette… femme! C'est insupportable!

Judy menaçait de s'arracher les cheveux. Rosemary la saisit aux poignets.

—Quelle femme? De qui parlez-vous?

—Est-ce que je sais? La femme qui l'accompagne à Rome, à Madrid! Sa nouvelle maîtresse, la femme avec laquelle il a passé la nuit de Thanksgiving, après ce dîner assommant auquel il vous a traînée tandis que j'attendais, pauvre ingénue, devant un téléphone obstinément muet. La femme qu'il a emmenée en Arizona, à ma place! Il y a quelqu'un d'autre dans sa vie, j'en suis sûre. Dans le cas contraire, pourquoi ne m'aurait-il pas donné signe de vie, depuis huit jours et huit nuits? Pourquoi?

Rosemary garda le silence, haussa faiblement les épaules.

—Aucune idée, dit-elle enfin.

—Il y a pire, enchaîna la jeune femme d'une voix lugubre, après une brève hésitation, un regard en coulisse.

Andy m'a initiée à certaines pratiques dont j'ignorais jusqu'à…

Rosemary l'arrêta d'une amicale pression de la main.

— Je vous en prie, pas un mot de plus. Ces détails ne me concernent vraiment pas. Vous vous mettez martel en tête pour de mauvaises raisons. Le séjour à Madrid est annulé. Andy a décidé de rentrer plus tôt que prévu car il se trouve à New York une personne qui lui manque beaucoup… Il me l'a dit lui-même au téléphone, pas plus tard que ce matin.

Judy la dévisageait, méfiante.

— Ce sont ses propres paroles ?

— Mot pour mot. Il sera là demain. Il vous appellera, soyez-en sûre. Il vous expliquera ce que dissimulait ce long silence. Il n'y a pas de nouvelle maîtresse entre vous, j'en suis certaine.

Le visage de la jeune femme se rasérénait peu à peu.

— Pieux mensonge, dit-elle. Vous cherchez à me rassurer.

— Je suis sa mère, Judy. *Andy's Mom.* Quel besoin aurais-je de vous mentir ?

Quoi qu'il en soit, merci. Grâce à vous, je me sens mieux. Quel gâchis, cependant. J'étais une fille de caractère, cultivée, intelligente. Mon travail m'intéressait. Cette liaison m'a complètement démantibulée. Elle a fait de moi un pantin balbutiant, tout juste capable de coller un X à côté d'une case rose.

Rosemary lui donna sur la main quelques petites tapes encourageantes. Elle se leva.

— Debout, ma belle. Recommençons à zéro, une nouvelle partie.

Judy obéit à l'instant même, tout en élevant de vigoureuses protestations.

— Jamais de la vie ! Ce ne serait pas loyal envers vous qui avez pris un départ sur les chapeaux de roues. Nous pouvons aisément reconstituer les premiers mouvements : *jittery, jinxed, foxy*… Ça coule de source, non ? Rien de tel que le Scrabble pour nous révéler à nous-mêmes.

— J'insiste, dit Rosemary, oublions ce faux départ.

— Soit. Mais c'est à vous que revient l'avantage d'ouvrir le jeu.

Elles avaient regagné la table de jeu.

Tandis qu'elles piochaient dans le sac à tour de rôle, Judy posa une question singulière :

— Les anagrammes vous intéressent-elles ?

Rosemary devint songeuse. Elle se revit, future maman à quelques semaines de son accouchement, transposant inlassablement les jetons du jeu de Scrabble pour former les noms de STEVEN MARCATO et celui de ROMAN CASTEVET. Ainsi lui avait été révélée la vérité sur leur voisin de palier, ce vieil homme si compatissant, en réalité fils d'Adrian Marcato, mage noir du XIXe siècle qui avait longtemps séjourné au Bramford, leur nouvel immeuble depuis un an.

— Il m'est arrivé d'en résoudre quelques-unes, murmura-t-elle.

— L'autre nuit, alors que j'attendais en vain un appel d'Andy, j'ai enfin trouvé la solution de l'anagramme permettant d'obtenir le nom du plus grand criminel de tous les temps. Je l'avais longtemps cherchée, à mes moments perdus dans les transports en commun et dans les salles d'attente. (Une ombre passa sur le visage de la jeune femme.) Il n'est pas de grand malheur sans petite compensation. Le nom se présente sous la forme de deux mots : *Roast Mules*[1].

— *Roast Mules* ?

Judy épela, retourna le sablier.

— Les deux lettres transposées composent un mot d'une simplicité enfantine.

— Nous verrons plus tard, dit Rosemary. Je n'oublierai pas, je vous le promets.

— Inutile de me supplier de vous souffler la solution, je resterai inflexible. Et ne trichez pas en cherchant le secours d'un ordinateur.

Rosemary eut un rire bref.

— Pas de danger, je ne sais pas m'en servir. Mais je compte apprendre très vite. Ces petites merveilles me fasci-

---

1. Littéralement, « mules rôties ». Mais il s'agit surtout d'un mot permettant de nombreuses anagrammes (cf. note p. 142).

nent. Et bon marché, de surcroît. De mon temps, les ordinateurs étaient des monstres, ils envahissaient les pièces! Le y et le mot comptent double.

À califourchon sur le carré central, elle avait posé cinq lettres :

DANDY.

9

En guise de présent, Andy lui avait rapporté un ange, petit bonhomme à la tête bouclée, aux ailes déployées qui tenait un livre d'une main, et de l'autre une lyre. Délicat bas-relief en terre cuite émaillée, reposant sur une plaque de douze centimètres carrés. Blanc sur bleu, le fameux bleu inventé par Della Robbia.

— Andrea Della Robbia, dit-il. Sculpteur florentin du xve siècle.

Rosemary prit l'objet entre ses mains, l'éleva comme une hostie.

— Que c'est beau, Andy. Je n'ai jamais rien vu d'aussi émouvant.

— Il s'appelle «Andy», du nom de son créateur, sans doute.

Dressée sur la pointe des pieds, elle lui donna un baiser sonore sur la joue, gratifia le fragile Andy Della Robbia d'une caresse de ses lèvres.

— Tu es à croquer! Je pourrais t'avaler tout cru.

Leurs vraies retrouvailles eurent lieu le dimanche matin, autour de la table, couverte des victuailles d'un brunch savoureux. À l'aéroport, Andy avait surgi du portique réservé aux VIP flanqué de deux messieurs plus âgés avec lesquels il était engagé dans une conversation qui ne souffrait pas d'être interrompue. Une étreinte entre la mère et le fils, une poignée de mains échangée avec les inconnus, un Français, un Chinois, et le trajet de retour s'était effectué pour Rosemary dans les mêmes conditions qu'à l'aller, à

88

l'avant, en compagnie de Joe. Ils avaient écouté de la musique de jazz pour grand orchestre, style années cinquante, admiré ici et là les premières manifestations de la campagne publicitaire lancée le 1er décembre : Andy souriant du haut d'affiches gigantesques. Sous la photo, ces lignes en caractères noirs sur fond blanc : « À New York, nous allumerons nos bougies à sept heures du matin, le vendredi 31 décembre. Je vous aime tous ! »

À sa descente de voiture, dans le niveau inférieur du parking souterrain – à deux heures du matin, heure de Rome –, Andy semblait épuisé. Ils prirent rendez-vous pour le lendemain.

La table de Scrabble avait été poussée de côté afin de permettre l'installation devant la fenêtre de celle d'un petit déjeuner tardif. Rosemary fit une entrée lente et majestueuse, de peur de laisser choir Andy Della Robbia, qu'elle posa avec d'infinies précautions sur la desserte portant miels et confitures, pour qu'il puisse voir et entendre.

Quant à Andy Castevet Woodhouse, il tartinait son pain de fromage aux herbes.

— Maman, tu as une mine superbe. Ta tenue intérieure est exactement ce que j'avais imaginé. C'est ainsi que je te voyais.

— J'ai rendez-vous. À onze heures trente, dans la salle de gymnastique. Avec Joe.

Andy prit une bouchée de pain au fromage.

— Hum. Vous semblez bien vous entendre.

— Nous apprécions la compagnie l'un de l'autre. Je te dirais volontiers de te mêler de tes affaires, mais je suis mal placée pour prêcher la discrétion après une soirée passée en compagnie de Judy. Les Indiennes s'épanchent sans retenue, surtout celles qui ont le cœur brisé à la suite des mauvais traitements infligés par leur amoureux.

Il maugréa tout bas, se versa une tasse de café fumant. Rosemary lui présenta une assiette de biscuits secs, qu'il refusa.

— Tu devrais avoir honte de ta conduite envers elle. Une fille adorable, championne de Scrabble ! Elle a gagné deux fois de suite contre moi, qui me croyais imbattable. Le sablier me gênait, il est vrai, je ne suis pas habituée à ces deux minutes fatidiques. Je prendrai ma revanche demain, ou mardi. Nous n'avons pas encore fixé de nouveau rendez-vous.

Andy piqua une tranche de saumon du bout de sa fourchette, la posa sur un toast.

— Est-ce de ma faute ? Je ne ressens plus rien pour elle. Devrais-je feindre une tendresse que je n'éprouve plus ?

— Le moins que tu puisses faire, c'est d'avoir une explication franche avec elle.

— Facile à dire. Tu ne l'as jamais vue dans son numéro de procureur.

Il aspergea le saumon d'une giclée de citron vert. Morose, Rosemary n'en finissait pas de touiller son café.

— Faux prétexte. Tu es de taille à te défendre, j'en suis sûre.

Andy ne fit qu'une bouchée de son toast, les yeux ostensiblement perdus dans les lointains de la fenêtre. Rosemary prit une gorgée de café, consulta le chérubin d'un coup d'œil perplexe.

— Andy, ce petit Della Robbia me console de bien des choses. Tu es un amour d'avoir pensé à moi.

Il consentit un soupir de résignation.

— Entendu, je plaide coupable. Ma conduite envers Judy fut inqualifiable, je promets de faire un effort. Je lui passerai un coup de fil dans la journée. Le dimanche, elle fait la grasse matinée.

Rosemary découpa une fine tranche de roulé aux pruneaux.

— Nous sommes invités à un gala de charité organisé en faveur des handicapés mentaux, ou plutôt dans le but de leur venir en aide. Mercredi soir, tenue de soirée de rigueur. Il y aura un bal et Joe sera mon cavalier. Il se flatte d'être bon danseur. Vrai ou faux ?

Andy haussa les épaules.

— Il ne te marchera pas sur les pieds.

— Ne pourrais-tu y aller avec Judy ?

— Maman, je ne l'aime plus. C'est ainsi, je n'y peux rien. Entre elle et moi, tout est fini.

Rosemary ajouta un soupçon de fromage battu sur le roulé aux pruneaux.

— Dommage, vraiment. Vanessa a-t-elle un soupirant ?

— Je l'ignore. Moi et Vanessa, où as-tu l'esprit ?

— J'ai fait un saut à la boutique du *Bergdorf.* À son tour, elle contempla le paysage, la beauté, secrète, inaccessible de Manhattan par un doux matin de novembre, immuable après vingt-sept ans malgré le bouleversement apporté par la démesure de nouvelles tours, l'altération irréversible du vieil horizon. J'en suis ressortie avec un accoutrement à la Ginger Rogers. Dans la mesure où Joe se prend pour Fred Astaire, je puis me payer d'audace, tu ne crois pas ?

Un éclair de malice s'alluma dans l'œil du fils. Son œil ordinaire, couleur d'automne.

— Quelle rouée tu fais, ma petite Rosemary. Je me rends, nous irons là-bas tous les quatre. Après le Nouvel An, en revanche, nous prendrons une semaine de vacances, nous voyagerons, rien que toi et moi. Repos mérité, le mois de décembre s'annonce épuisant. Andy se servit un nouveau filet de saumon, l'entortilla autour de sa fourchette, trempa ce délice dans une jatte de crème citronnée, goba le tout comme il aurait fait d'une huître et le rinça dans une rasade de café noir, sans sucre. La question du décalage horaire risque de compromettre la réussite de l'Illumination si nous ne lançons pas très vite une campagne d'explication précisant qu'il s'agit de minuit, heure de Greenwich. D'après les derniers sondages qui nous sont parvenus, onze pour cent des adultes interrogés à travers le monde restent convaincus qu'ils doivent allumer leur bougie à minuit, *heure locale.* C'est à peine croyable, n'est-ce pas ? Nous allons devoir mettre leur pendule à l'heure. Ensuite, selon ton vœu raisonnable, il y a ce projet de message destiné à clarifier nos positions par rapport aux Athées Irréductibles. Là aussi, le temps presse, c'est pourquoi je souhaite réunir toutes les personnes concernées dès demain, à quinze heures. Si tu n'y vois pas d'inconvénient. Seront conviés Craig, Diane, Hank... Sandy à la rigueur. Ses idées sont toujours pertinentes.

Il semblait l'interroger du regard. Elle haussa les sourcils.

— Ce sont tes collaborateurs, tu les connais mieux que moi. Il t'appartient de les choisir à bon escient, compte tenu du sujet abordé et de l'objectif fixé, qui consiste à trouver les mots justes pour désamorcer le conflit latent entre les faucons du clan conservateur et ces athées militants, indifférents à ton charisme.

Il dévisageait sa mère avec une expression narquoise, un sourire évasif. Rosemary posa son café, soutint le regard de son fils.

— À votre place, Monsieur l'Infaillible, j'éviterais ces fantaisies.

— Hum ?

— Je laisserais sommeiller le tigre en moi. Et ne prétends pas que je suis le jouet de mon imagination angoissée.

C'était le moment ou jamais, avant la réunion de travail qui devait avoir lieu l'après-midi, de se documenter sur les différents mouvements, groupuscules, organisations se revendiquant de l'athéisme, estima Rosemary. Aussi, le lendemain, traversa-t-elle sur la pointe des pieds la salle où se tenait le conseil de la cellule cinéma-télévision avec un discret «Bonjour tout le monde!» à l'intention de Craig, de Vanessa, de Polly et de Lon Chaney Jr. (très peu visible entre ses cheveux, sa barbe et ses sourcils), pour gagner le local voisin qu'elle en était venue à considérer comme son bureau tout en sachant que Suzanne, l'assistante de Craig, en reprendrait possession dès son retour de vacances. Un partage serait peut-être possible puisqu'il y avait là deux tables, deux ordinateurs, deux téléphones…

Pas plus les bulletins d'information que les documentaires, tous enregistrés sur cassette, ne lui apprirent grand-chose. Résolue à poursuivre ses recherches, elle était sur le point de réclamer le renfort d'un informaticien lorsqu'elle découvrit une cassette vieille de plusieurs mois, une production PBS intitulée *Anti-Andy*.

Le film suscitait tout d'abord un sentiment de malaise, tant il était permis de douter de son objectivité. Charmant garçon dont la mise élégante se ressentait à peine d'un énorme macaron *I ♥ Andy,* le présentateur jouait de son accent sudiste pour fustiger les coupables et les reléguer au ban de l'humanité. Les images d'archives enfin montrées contribuèrent à effacer cette impression défavorable. À première vue, les athées de 1999 constituaient une tribu pathétique où s'échelonnaient toutes les nuances de la bêtise et de l'hystérie.

La palme de l'imbécillité revenait sans conteste à la brigade Ayn Rand, une demi-douzaine d'énergumènes, le teint hâve et la boule à zéro, avec des billets d'un dollar imprimés sur leurs tee-shirts, une pièce tatouée sur le front, sous l'éternel bandeau. Farouchement opposés aux exemptions fiscales dont bénéficiaient les institutions religieuses, ils menaient campagne pour que les billets de banque, non seulement le dollar américain, mais toutes les devises de par le monde, arborent la devise « *In Reason we Trust* [1]. » Après avoir détourné un train de marchandises à Pittsburgh, ils l'avaient décoré de banderoles portant des mots d'ordre vengeurs tels que PAYEZ VOS IMPÔTS, ANDY ET TOUTE LA CLIQUE DES CHARLATANS, puis baladé à travers le pays, conduits par leur unique militante. Cette « fille à la locomotive » sortait tout droit des romans à thèse écrits par Ayn Rand, mais le sens de l'allégorie échappait à la majorité des gens, abreuvés par les commentaires sarcastiques des principales chaînes de télévision. L'aventure s'était achevée dans le Montana. Une fois le train abandonné en rase campagne, toute la bande avait trouvé refuge dans une sorte d'enclave libertaire, havre de paix pour délinquants.

Opposition plus sérieuse pour Andy, celle de l'*ACLU* [2], toujours bon pied bon œil vingt-sept ans après que Rosemary

---

1. Paraphrase de la devise « *In God we Trust* », figurant sur les billets de banque américains *(N.d.T.).*

2. *American Civil Liberties Union :* Union américaine pour la protection des libertés civiles *(N.d.T.).*

les eut perdus de vue. Leur porte-parole se faisait un devoir de féliciter le président de *GC* pour ses campagnes contre le racisme, en faveur de l'avortement, ses interventions apaisantes dans les conflits irlandais et moyen-oriental, sans dissimuler qu'elles avaient pu contribuer à nouer ou à renouer le fil des négociations. Lui-même exhibait non pas une, mais deux insignes au petit *I ♥ Andy*.

Ses griefs étaient de nature politico-sémantique. Dans la mesure où Andy était à tu et à toi avec les présidents de la Chambre des Représentants et du Sénat, et s'entretenait sur un pied d'égalité avec la plupart des gouverneurs des États de l'Union, pourquoi ne pas débaptiser *God's Children* pour lui donner le nom plus approprié de *World's Children*[1] ou mieux encore, afin de ménager la susceptibilité des Européens, pourquoi ne pas appeler la fondation *EC, Earth's Children*[2] ? En outre, Andy était-il obligé de se reposer avec tant de complaisance sur sa ressemblance avec le Nazaréen ?

Le coup de pied de l'âne, songea Rosemary, mortifiée. Cette grossièreté n'était pourtant pas dans les habitudes de l'*ACLU*. Quant aux Smith Brothers, les plus terrifiants de tous de son point de vue, leur principal mérite n'était-il pas, d'après le gracieux Sudiste qui s'empressa de fournir des exemples sonores à l'appui de ses quolibets, de chauffer l'inspiration des chansonniers de caboulots ?

Des hommes montagnes, ces quatre frères. Des hirsutes, que l'on aurait volontiers imaginé affublés de peaux de bêtes et de massues. Ils hurlaient à la face du monde que Andy Castevet était le fils de Satan, l'Antéchrist, et qu'ils ne se rendraient jamais sans avoir offert une belle résistance. Retranchés dans un chalet du Tennessee avec un arsenal ultramoderne, les Smith Brothers avaient tenu promesse et vaillamment soutenu le siège du FBI. Aujourd'hui pensionnaires d'un hôpital fédéral, récurés, rasés de près, abrutis par la chimiothérapie, les anciens malfrats coulaient de tristes jours sous étroite surveillance psychiatrique.

---

1. Les Enfants du monde.
2. Les Enfants de la terre.

La réunion de travail fut brève et fructueuse. Les sept participants, Andy, Judy (qui prenait note de tout sur son mémo électronique), Diane, Craig, Sandy, Hank, Rosemary, s'étaient retrouvés dans le vaste bureau du président autour d'une table basse chargée de corbeilles de fruits et de légumes, d'écuelles de raisins secs et d'amandes et de quelques bonnes bouteilles. Canapés de cuir noir pour familles nombreuses, fauteuils assortis. Il était bien difficile de ne pas s'affaler. Hank dominait la situation du haut de son fauteuil roulant électrique…

Radieuse, dans un nouveau sari bouton d'or, Judy avait eu le temps de chuchoter à l'oreille de Rosemary :

— Vous aviez raison. La nuit dernière fut une grande nuit. Inoubliable.

Rosemary était à la fois surprise et soulagée. Pour la jeune femme, tout d'abord, sincèrement éprise d'Andy ; pour ce dernier ensuite, fieffé menteur : *Judy et moi, c'est terminé. Je me soucie d'elle comme d'une guigne,* etc. La mère et le fils échangèrent un regard plein de sous-entendus.

Il valait mieux, pour des raisons d'efficacité et de temps, aller au plus simple, ce dont tout le monde convenait. Partant de ce principe de simple bon sens, la décision fut acquise à l'unanimité d'adopter pour les Athées Irréductibles le procédé qui leur avait si bien réussi dans le traitement d'autres sujets, ainsi qu'en témoignaient les dix meilleurs messages publicitaires de *GC.* Assis dans des fauteuils confortables sur l'estrade de l'amphithéâtre du neuvième étage, Diane et Andy se livreraient pendant deux petites heures à l'exercice périlleux d'une conversation à bâtons rompus sur le thème des Athées et de leurs droits tandis que Kevin et Muhammed officieraient autour d'eux, la caméra sur l'épaule. Le reste serait affaire de coupe et de montage. Réduire, réduire et réduire encore, les interventions de Diane en particulier, Craig en avait une longue habitude.

L'attachée de presse suggéra spontanément d'être remplacée par Rosemary, chez qui cette affaire éveillait un intérêt affectif qu'elle-même était loin de ressentir. « En ce qui me concerne, précisa-t-elle, on pourrait expédier toutes ces

canailles au pôle Nord, cela ne me ferait ni chaud ni froid. »
Ayant davantage à cœur la défense de leurs intérêts, Rosemary saurait obtenir de son fils des réponses plus vivantes,
plus chaleureuses. Certaines de ses suggestions, répliques,
observations, pourraient d'ailleurs être retenues dans le
montage final.

— Il émane de sa personne un tel rayonnement de franchise, de gentillesse !

L'intéressée devint rose, puis rouge vermillon, puis tout
rentra dans l'ordre. Craig toussota, à l'abri derrière sa main.

— Qu'en dites-vous, Rosemary ? Cela vous plairait-il d'essayer ? Au pire, nous perdrons quelques heures demain
matin. Andy, ces arrangements te conviennent, j'imagine ?

Ainsi tout fut réglé en l'espace de dix minutes, sans discussion, sans même une voix pour apporter la contradic-
tion. Rosemary éprouva une légère déception. Autour
d'elle, on ne songeait plus qu'à picorer, boire et papoter. La
frivolité reprenait ses droits, la « réunion de travail » s'arro-
geait des libertés de cocktail. Il revint à Andy l'honneur
d'ouvrir la première bouteille de vin. William et Vanessa se
joignirent à eux. L'homme svelte aux tempes argentées avait
donc été ambassadeur des États-Unis en Finlande pendant
douze ans. D'une main, il tenait par la hanche sa jeune
compagne en minijupe. Image plaisante du nouveau
patriarche à la retraite.

Yuriko et Polly, que Rosemary connaissait à peine, arrivèrent bientôt, suivis de Muhammed et de Kevin, ce dernier
incapable de se déplacer sans batifoler avec une caméra.
Jay fit une entrée tardive, treizième membre de l'équipe
restreinte de *GC-NY*. À laquelle appartenait désormais
Rosemary, un verre de Ginger Ale à la main, en grande
conversation avec Hank et Sandy, tous deux très au fait du
programme d'ouverture de la dernière saison à Broadway.
De temps à autre, elle surprenait le regard de Judy, regard
altéré, pris dans la peur et la tristesse, qui s'éclairait immédiatement sous le sien. La jeune Indienne ne cessait de l'observer à la dérobée. Se voyant surprise, il lui venait un sourire
contraint, un semblant de gaieté qui se transformait en hila-

rité franche lorsque le comptable de la maison, l'irrépro-chable Jay, entreprit Andy sur la question du budget de l'an 2000. Et son interlocuteur de lui lisser les plumes et de jurer – parole de scout! – que l'organisation disposerait des fonds nécessaires pour faire face à ses obligations légales.

Rosemary disserta avec Vanessa de psychologie moti-vante, avec Yuriko d'informatique, et de crèmes de beauté avec Sandy.

Plus tard, alors que s'allumaient les lumières de Central Park South, la petite fête donna des signes de déclin. Diane envoya Muhammed et Kevin à l'étage en dessous pour s'as-surer que tout était en ordre dans l'amphithéâtre. Il y eut ensuite un long aparté entre Craig et l'attachée de presse, puis Yuriko et Vanessa prirent eux aussi le chemin du neu-vième étage.

Joe Maffia avait plutôt bonne mine, son smoking lui allait bien. Après s'être entretenu avec le chef d'orchestre, lon-geant la foule où se pressait une cohue trépidante, il regagna la table d'honneur, douze couverts. Le cha-cha-cha prit fin plus abruptement qu'il n'était prévu. Le temps que Joe s'incline devant Rosemary, qu'Andy en fasse autant devant Judy, la composition de l'orchestre s'était modifiée. Le chef consulta sa nouvelle partition, pointa sa baguette… Il s'éleva un vieil hymne au clair de lune, une mélodie des temps héroïques, signée Irving Berlin.

Les deux couples s'avancèrent sur la piste désertée. Les applaudissements crépitèrent, vite éteints. Un cercle d'ad-mirateurs se forma, assez large pour ne pas gêner les évo-lutions des danseurs, prisonniers des savantes arabesques imposées par le rythme tourbillonnant de «Let's Face the Music and Dance». On se serait cru à Hollywood.

— Tout le monde nous regarde. Quelle horreur! souffla Rosemary.

Joe voltigeait à petits pas glissés. Les pieds de sa cavalière touchaient à peine le sol.

— Détendez-vous, conseilla-t-il. Votre robe est sensationnelle. Comme elle se déploie, comme elle s'envole! Vous auriez dû me prévenir, j'aurais mis ma queue de pie!

Rosemary n'avait pas le choix, trois coupes de champagne avaient eu raison de ses inhibitions. Elle céda au plaisir de s'abandonner. Joe la guidait avec une légèreté surprenante, une infaillible sûreté.

— Quel professeur vous faites! murmura-t-elle, émerveillée. La tête me tourne déjà.

— Avec Ronnie, nous avions pris l'habitude d'aller au dancing, deux fois par semaine, confia-t-il, et de mettre un frein au petit jeu de la virtuosité. Que diriez-vous de m'y accompagner? Vous pourriez porter des lunettes noires pour préserver votre incognito. Vous ne seriez pas la seule.

— Laissez-moi le temps de faire quelques progrès.

— Vous êtes prête, je vous assure.

Andy, de son côté, superbe dans son smoking noir, emportait Judy avec élégance, celle-ci tout de blanc vêtue, éblouissante.

— Ne sont-ils pas magnifiques? fit Rosemary à mi-voix. Mon fils n'est pas si maladroit.

— C'est qu'il a reçu l'enseignement d'un maître, répliqua Joe Maffia, appuyant la confidence d'un énorme clin d'œil. Quand je l'ai pris en main, si je puis dire, il avait une jambe de bois.

— Le dernier qui entre dans le cercle est un âne! cria Andy par-dessus l'épaule de sa cavalière.

Les spectateurs s'esclaffèrent. Tout le monde se précipita dans le vacillement des lumières tandis que l'orchestre attaquait les premières mesures de «Change Partners».

Rosemary soupira d'aise.

— Il m'arrive de ne rien regretter, si ce n'était le prix à payer pour avoir un tel fils.

— Personne n'a la repartie plus heureuse et plus prompte, il faut au moins lui reconnaître ça, maugréa son partenaire. Son père, un acteur, doit y être pour quelque chose, vous ne croyez pas?

Cette allusion innocente à la conception d'Andy fit à

Rosemary l'effet d'un coup de poignard. L'espace d'un instant, la fête s'altéra.

— Cela se peut, en effet.

— Naturellement, vous avez apporté votre contribution, enchaîna Joe avec humeur; tout de même, n'est-il pas étrange que les fouineurs professionnels n'aient pas déterré la moindre information concernant votre ex-mari, depuis le temps? Il se serait volatilisé, que…

Andy lui donna une tape sur l'épaule.

— Changement de cavalière, ordonna-t-il. Ce sont les ordres d'Irving Berlin.

Le troc eut lieu à l'instant même. Les deux femmes n'eurent que le temps de s'adresser un bref sourire.

Andy enlaça sa mère avec passion.

— «*Can't you see I'm longing to be in his place? Won't you change partners and dance with me*[1]?» roucoula-t-il à son oreille.

— Fais le chanteur de charme autant que tu voudras, mais garde tes distances, le gourmanda Rosemary. Que vont-ils penser d'un saint homme qui serre sa mère d'aussi près?

Il s'éloigna tout à fait, la tint à bout de bras sans jamais se départir d'un sourire machiavélique.

— Sais-tu que Craig s'arrache les cheveux? Il voudrait conserver toutes tes interventions et ne peut se résoudre à donner un coup de ciseaux. En revanche, il ne reste plus grand-chose de moi. Le message d'*Andy's Mom*, c'est ainsi que nous appellerons notre nouvelle publicité.

Une gamine de huit ans virevolta auprès d'eux, perchée sur les vernis paternels.

— Je vous adore l'un et l'autre! lança-t-elle. C'est à Williamsburg que nous allumerons nos bougies.

— Je t'aime aussi, riposta Rosemary.

— Et moi donc! fit Andy en écho. Maman, que dirais-tu d'être la vedette du prochain spot? Te sens-tu capable d'expliquer aux incultes que la terre est ronde et que les douze

---

1. «Ne vois-tu pas que je meurs d'envie d'être à sa place? Changeons de partenaires, danse avec moi!» Extrait de «Change Partners» *(N.d.T.)*.

coups de minuit ne sonnent pas en même temps pour tout le monde?

Rosemary succombait au vertige de la danse. Elle ferma les yeux.

— Avec plaisir! Une nouvelle carrière s'ouvre devant moi. Une occasion inespérée de prendre un nouveau départ. Je compte bien la saisir.

— À ta place, je n'en ferais rien.

Elle le dévisagea, pas encore alarmée, simplement surprise. Ses yeux d'ange, son sourire désarmant.

— Pourquoi non? ne suis-je pas irrésistible? Les producteurs des principales chaînes me bombardent d'invitations à déjeuner. J'ai décidé d'accepter certaines d'entre elles. Sérieusement, je ne veux pas jouer les stars, j'ai envie de gagner ma vie, de subvenir à mes besoins. Croyais-tu que j'allais vivre indéfiniment aux crochets de ta fondation? Jadis, je travaillais à la télévision, je serai moins dépaysée que tu n'imagines.

Andy haussa les épaules.

— Ces types sont de vraies girouettes. Un jour, ils te portent aux nues, le lendemain, tu as disparu dans les oubliettes. Ne commets pas l'erreur de fonder ton avenir sur un engouement passager pour ta précieuse personne.

Rosemary ressentit le froid d'un mauvais pressentiment. Son regard devint franchement inquisiteur, Andy détourna le sien.

— Soyons francs. N'est-il pas vrai que je bénéficie d'une bonne, d'une excellente image? N'est-il pas vrai que je puis vous être utile?

— Sans doute. Je voulais seulement te mettre en garde contre le danger de caresser des espoirs déraisonnables.

Une femme passa aux bras d'un gros garçon flasque, les plis de sa robe de grossesse flottant autour d'un ventre prodigieux.

— Nos jumeaux s'appelleront Andy et Rosemary! s'écriat-elle, sa voix balayée par les déferlantes de «Blue Skies».

Rosemary renversa la tête en arrière. Son rire s'égrena, rire de surprise et de bonheur, doux rire d'enfant à petites dents nacrées. Elle lissa les cheveux de son fils comme pour se rassurer, par ce geste de tendre familiarité, de la réalité des choses. Le front appuyé sur l'épaule solide, elle fredonna « *Nothing but blue skies from now on. Never saw the sun shining so bright* [1]. »

Andy secoua la tête. Il avait l'air égaré de quelqu'un qui soudain doute de tout, et même de lui-même.

Joe Maffia avait raccompagné Rosemary devant sa porte. Les adieux se prolongeaient. La main de l'homme effleura, sans insister, une épaule dénudée.

La maman d'Andy, maugréa-t-il. C'est à peine croyable.

Le concierge de l'étage, fort opportunément, n'était pas à son poste derrière le petit bureau à l'extrémité du couloir. Rosemary se demanda s'il n'avait pas reçu la consigne d'aller prendre l'air.

— Moi-même, il m'arrive de ne plus très bien savoir où j'en suis, dit-elle, mais les faits sont têtus. Mon fils n'est pas Jésus-Christ, pas plus que je ne suis la Vierge Marie. Mon nom est Rosemary Reilly, originaire d'Omaha, Nebraska. Dans ma famille, de père en fils, tous les hommes étaient employés chez Hormel [2].

— N'en dites pas plus, j'ai compris.

Sur ces mots, il l'étreignit, lui donna sur la bouche un baiser fougueux. Elle n'offrit aucune résistance.

Quand la porte fut ouverte à l'aide de la carte magnétique, Rosemary s'effaça pour le laisser entrer, verrouilla derrière eux.

Why bandy? comme le disait si bien la chanson. *She was randy. He was handy* [3].

Le bar leur fournit les verres et les flacons de Remy Martin. L'abat-jour rose diffusait dans le salon une pénombre

---

1. «Rien que ciel bleu, maintenant et à jamais. Le soleil brille plus intensément qu'hier.» Extrait de «Blue Skies», toujours d'Irving Berlin *(N.d.T.)*.

2. Grande conserverie *(N.d.T.)*.

3. «À quoi bon tergiverser? Ils connaissaient tous deux la musique.»

de satin. Ils prirent place sur le canapé. Joe prit la main de Rosemary qu'il baisa avec ferveur et garda dans la sienne.

— Je dois vous faire un aveu, dit-il. Depuis ma séparation d'avec Ronnie, je ne me suis pas comporté comme un enfant de chœur, loin de là. J'ai multiplié les liaisons, je suis un spécialiste de la rupture. C'est pourquoi… avant que nos relations ne deviennent plus sérieuses, il serait préférable que je fasse le point. On appelle cela tirer un trait sur son passé, si je ne m'abuse. Dans mon cas, ce sera la première fois et c'est une précaution nécessaire. Puis-je faire une suggestion ?

Il lui caressa la joue sans doute pour la convaincre d'accepter, comme si l'acquiescement de Rosemary n'était pas scellé d'avance.

— Dites toujours, murmura-t-elle, souriante.

— Je songeais au Nouvel An. Le programme est d'ores et déjà organisé dans les moindres détails, je le sais bien. La grande famille de *GC-NY* se réunira dans le parc, à moins que nous ne soyons invités à Gracie Mansion[1] ou ailleurs, et nous allumerons nos bougies d'un seul geste, à la seconde prévue. Pourquoi ne pas nous retrouver ensuite, rien que nous deux ? J'apporterai d'autres bougies – je trouverai le moyen de m'en procurer – et nous nous réchaufferons à nos petites chandelles ?

— L'idée est séduisante, confessa tout bas Rosemary.

Leurs bouches et leurs mains échangèrent des petits riens, des mignardises, des câlins de collégiens. Chacun reprit son souffle, ils choquèrent leurs verres de cognac.

— Tout bien considéré, dit Joe, le coup d'envoi éblouissant de ce IIIe millénaire laissera les gens plus déboussolés qu'ils ne l'auront jamais été depuis que le monde est monde.

— Dans le bon sens, espérons-le, soupira Rosemary dont le regard se pailletait d'étincelles entre deux gorgées de liqueur. L'an mil n'a pas laissé un très bon souvenir, il vaut mieux l'abandonner dans les poubelles de l'histoire.

---

1. Nom de la demeure historique, East End Avenue à Manhattan, où réside le maire de New York *(N.d.T.)*.

— Secouons cette planète morose ! s'exclama-t-il, et de lui picorer les lèvres.

Puis, follement sérieux :

— Il nous arrive une aventure merveilleuse. Si je m'attendais…

Elle riait sous cape.

— Je ne suis pas vraiment surprise. Savez-vous ce que j'ai pensé, au premier coup d'œil ? Plutôt sexy pour un grand-père !

— Très flatté, Rosemary. Le compliment me va droit au cœur.

— Dans mon esprit, je n'avais jamais cessé d'être une jeune femme de trente et un ans, comprenez-vous ? Aujourd'hui encore, il m'est pénible d'admettre l'évidence.

Joe posa son verre, se rapprocha encore.

— Vous parlez comme une gamine de dix-huit ans. C'est très séduisant.

10

Rosemary s'éveilla à une heure matinale, fraîche et dispose pour quelqu'un qui avait passé une partie de la nuit sur un canapé.

À moins que ce ne fût le contraire : béni soit ce divertissement sagement érotique qui lui avait rendu une partie de sa jeunesse enfuie. Son premier tête-à-tête avec un homme depuis sept ans, en temps subjectif, auquel il fallait ajouter un sommeil de vingt-sept ans. Une parenthèse à donner le vertige.

Il était préférable, à tout point de vue, d'oublier le baiser incestueux.

Elle fit le compte des jours qui la séparaient du Nouvel An. Nous étions… voyons, le jeudi 9 décembre. À la première occasion, elle demanderait à Joe Maffia quelques précisions utiles. Faire le point, tirer un trait sur son passé, combien de temps exigeaient d'aussi graves résolutions ?

Dans l'intervalle, quelles limites devraient-ils imposer à leurs effusions?

Le travail avant le plaisir, décida-t-elle dans un élan d'enthousiasme. Il lui incombait de participer à la mise en forme du message qui réconcilierait les habitants de la planète avec leurs fuseaux horaires.

Une fois de plus, comme chaque fois qu'elle se donnait la peine d'y songer, l'événement inventé par Andy lui apparut comme un enchantement, une tranche de rêve découpée dans le sinistre écoulement de l'histoire. Quel symbole pour les générations futures! Mardi, elle avait pris connaissance des dimensions visuelles et sonores de l'Illumination. Retransmises par satellites, des images haute définition inonderaient le monde tandis qu'un concert – les Boston Pops et le Mormon Tabernacle Choir – serait diffusé partout, en direct et en stéréo. Pour n'être pas un ange, Andy n'en méritait pas moins son titre de Grand Communicateur, capable de mettre à la portée de tous l'idée la plus noble, la plus ambitieuse.

Il était fou à lier, naturellement, comme tous les êtres un peu hors du commun. Quelle idée, aussi, de se coller en public contre sa mère, comme s'il voulait lui faire subir les derniers outrages? Au risque de scandaliser la moitié des conservateurs hypocrites qui faisaient le cercle autour de la piste et surveillaient leurs moindres gestes. Quand bien même ils eussent été seuls au milieu d'une forêt profonde, ou sur une île déserte, ce comportement provoquant était indigne d'un fils honnête. Elle allait devoir le tancer vertement.

Les rideaux à peine ouverts, elle cligna des yeux face au soleil éclatant. *Never saw the sun shining so bright!* Son regard chercha, contre un ciel irradié, le point de fuite des falaises de la Cinquième Avenue.

Dans le parc, sept étages plus bas, les coureurs étaient déjà à l'œuvre, une double rangée d'essoufflés multicolores qui se croisaient dans une stricte séparation le long de l'allée périphérique, à un jet de pierre du carrousel ininterrompu de la circulation de Park Drive. N'étaient-ils pas un peu effrayants, tous ces adeptes du grand air pollué et de la forme physique, en train de cavaler par ce petit matin de décembre bleu et craquant de givre, avant d'entamer une longue journée de travail…? Leur ardeur n'avait-elle pas au contraire quelque chose de rassurant? Ce manège d'individus sacrifiant aux travaux forcés de la musculation n'apportait-il pas la preuve que le monde, en dépit de tout, à sa manière futile et fantasque, continuait de tourner rond?

Never saw things going so right!

Cédant à une impulsion irrésistible, elle enfila un survêtement, une veste de mouton retourné, enfonça un feutre sur ses cheveux coiffés à la va-vite, chaussa des lunettes noires et courut se joindre à la cohorte des filochards bariolés. L'ascenseur, cette fois, ne descendait pas assez vite à son gré.

Vus de près, ils étaient encore plus séduisants, toutes générations confondues, jeunes fanfarons à la foulée semi-divine, vieillards implacables, prêts à crever à la tâche, obèses pathétiques… I ♥ ANDY, proclamaient la plupart des insignes et des tee-shirts. WOLFGANG AMADEUS MOZART arrivait en seconde position, suivi par CHOCOLAT et BUISSON ARDENT.

Soudain, dans la direction de Central Park Ouest, la silhouette incomparable d'un vieux cyclope de briques se profila au-dessus des arbres. Saisie, Rosemary reconnut le Bramford, ses flèches et ses tourelles. Contrairement à elle-même, la vénérable bâtisse avait pris un coup de jeune : son ravalement avait bénéficié des techniques de pointe, laser ou microsablage… Un feu rouge immobilisa la circulation, cent mètres plus au nord. Rosemary traversa l'allée.

La route, un léger raidillon, s'incurvait sur la droite. La passante longea le flot des voitures. À l'approche de Central Park Ouest, à la faveur d'un virage en sens contraire, la citadelle lui apparut dans son entier, comme un fantasme gothique pesant de toute sa masse sur l'activité fébrile de la cité. Il avait fait peau neuve, en effet. Entièrement nettoyé, privé de ses gargouilles, le sombre Bramford était devenu un Bramford pimpant. La bannière étoilée claquait sur le faîte du clocher central.

Andy avait vu le jour dans cet immeuble.

Souriante, Rosemary imagina dans la cour une échoppe pourvoyeuse d'insignes et de tee-shirts. Andy, Théodore Dreiser[1], Isadora Duncan et – pourquoi pas ? – Adrian Marcato, une des gloires de l'auguste demeure ou même Satan, son maître, et Quasimodo, portant dans ses bras une Esmeralda défaillante.

Elle entendit des sanglots, se retourna.

Plus bas, un petit enclos à claire-voie délimitait un massif d'arbustes autour duquel des gens semblaient se recueillir. Celle qui pleurait était très jeune, en grand deuil. Elle s'éloignait, soutenue par une femme plus âgée.

Rosemary ferma les yeux très fort.

Le monde vacillait autour d'elle. L'Impensable, l'idée qu'elle avait bannie de son esprit à la seconde même où elle avait vu Andy apparaître sur l'écran de la télévision, *il y avait un mois, jour pour jour,* l'Impensable venait de la rattraper.

Elle redressa le menton, crânement, balaya le fantôme de la terreur. Rabattant sur son nez le bord du chapeau, elle prit la direction de l'enclos suivant la courbe d'une allée asphaltée. À sa naissance, un panneau indiquait *Strawberry Fields*[2]. Quelques personnes se tenaient immobiles autour d'une dalle circulaire décorée de motifs noirs et blancs, sur laquelle on avait déposé des gerbes, des bouquets. Il y avait là des hommes et des femmes, certains dans l'attitude de la prière ; d'autres, les yeux fixes et vides, regardaient droit

---

1. Theodore Dreiser (1871-1945). Journaliste, critique dramatique et romancier. Il est le maître du naturalisme américain, vrai, objectif. Principales œuvres : *le Financier, le Titan, le Génie, L'Amérique vaut d'être sauvée, le Rempart (N.d.T.).*

2. D'après « Strawberry Fields Forever », première chanson écrite par John Lennon, publiée en 45 tours au cours de l'année 1967 accompagnée de « Penny Lane », ce dont Rosemary aurait pu garder le souvenir. Ce qu'elle ne peut savoir, en revanche : le lundi 8 décembre 1980, peu avant 23 heures, John Lennon est abattu au pied du prestigieux immeuble Dakota. Mark David Chapman avait puisé dans *l'Attrape-Cœur* de Salinger la conviction que cet assassinat représentait en quelque sorte une « mission » dont il était chargé. Le coupable purge depuis lors une peine de prison à Attica. Sa libération était prévue pour le mois de décembre 2000 *(N.d.T.).*

devant eux vers un horizon inconnaissable qui pouvait être le néant. À l'écart, des touristes filmaient et photographiaient le petit rassemblement. Une femme au type méditerranéen prononcé jeta sur la dalle une brassée de roses rouges ; elle demeura les mains jointes, les lèvres balbutiantes. Vêtue de noir, elle aussi, comme la jeune femme en pleurs, assise sur un banc voisin en compagnie d'une personne qui pouvait être sa mère, ou sa tante.

Rosemary ne bougeait plus, fascinée et comme éternisée par la peur. Victime d'une hallucination, se répétait-elle, consciente des battements affolés de son cœur. L'Impensable tomba sur elle comme la foudre : ANDY A 33 ANS, L'ÂGE DE JÉSUS LORSQU'IL EST MORT SUR LA CROIX.

Ces gens réunis non loin de la maison natale de leur idole venaient méditer devant une tombe encore inexistante. Une tombe qui serait là un jour ou l'autre.

Elle voulut en avoir le cœur net et s'avança de quelques pas.

La dalle se composait d'une mosaïque dont les pièces noires et blanches dessinaient une roue aux rayons étrangement zigzagants. Sur le moyeu, en partie dissimulées par les roses, on distinguait quatre capitales noires : MAGI [1].

Rosemary leva à demi ses lunettes, afin d'être certaine de ne pas se tromper. Le sens de ce mot – nom, sigle, initiales – lui échappait complètement. Quels bienfaiteurs de l'humanité étaient donc célébrés en ce lieu ? Quelle importance, d'ailleurs ? Rajustant ses lunettes, elle remonta son col et s'en fut sans se retourner le long du chemin si poétiquement baptisé Strawberry Fields. Son pas pressé se mua en course, elle s'enfuyait tête baissée, sans voir le vieux monsieur qui galopait à sa rencontre, sa casquette de supporter des Yankees vissée sur une bobine pas commode.

---

1. Quand les roses rouges seront fanées, le mot apparaîtra dans son entier : «Imagine», titre d'une chanson phare de la dernière période de John Lennon, la carrière solo du début des années soixante-dix. Référence également au film du même titre, réponse hagiographique à la biographie à scandale, *John Lennon, une vie avec les Beatles (N.d.T.)*.

La collision laissa Rosemary étourdie, déconcertée, tout juste capable d'ânonner de faibles excuses. L'autre brandit un poing vengeur.

— Regarde où tu mets les pieds, Greta Garbo !

Le feu aux joues et le cœur froid, elle reprit le chemin de la tour de lumière, distante d'un petit kilomètre, où l'attendait son fils.

Andy lui avait annoncé, pendant la réunion, que sa carte magnétique avait été validée de façon à lui permettre l'accès direct de l'ascenseur Express depuis le rez-de-chaussée. Être amenée si vite, et de sa propre initiative, à utiliser l'affreux bolide décrocheur d'entrailles, voilà ce qu'elle n'aurait jamais imaginé. La touche 10 était à peine effleurée que la porte s'ouvrit. Rosemary se retrouva à l'orée du saint des saints. La matinée n'était guère avancée mais Andy avait la réputation d'être un lève-tôt, installé à son bureau dès la première heure.

Elle fit quelques pas hésitants, un peu troublée par le silence et la solitude de tous ces compartiments abandonnés. La voix de son fils s'éleva dans le fond, à point nommé pour la guider. La porte de communication avec la pièce voisine, son secrétariat privé, était ouverte. Elle entra. Andy parlait au téléphone.

— Je vous en prie. Voulez-vous… Permettez-moi d'en placer une tout de même ! La moitié des panneaux d'affichage sont encore vierges ; plus de la moitié en Asie et en Amérique latine. Vendredi, *au plus tard,* tout sera en place. Il ne restera plus un centimètre carré de libre.

Rosemary traversa le domaine de Judy, laquelle arrivait rarement avant onze heures. Elle s'arrêta sur le seuil du bureau directorial. Assis sur son fauteuil tournant, Andy faisait face à la fenêtre. Sa main fourrageait dans ses cheveux blonds, il perdait patience.

À partir du lundi 13 et jusqu'à la fin du mois, nous occupons tous les spots publicitaires disponibles, sur toutes les chaînes. Les deux spots qui avaient votre préférence, parfaitement, le grand-père et le petit garçon… Je vous demande pardon, l'autre jour encore vous affirmiez qu'ils avaient pour eux le mérite de la clarté et de la sincérité. Oh, la barbe!…

Rosemary ôta ses lunettes et son feutre, elle s'ébroua. L'arôme du café lui chatouillait les narines.

— Les chiffres vont s'améliorer, je vous le promets, reprit Andy. En toute franchise, cette mesure paraît inutile et peu appropriée à la situation. Je ne pense pas que nous devions en passer par là… Elle acceptera, bien sûr. Je m'en porte garant.

Pivotant sur son siège, il découvrit Rosemary adossée au chambranle de la porte. Elle l'interrogea du regard : puis-je entrer?

Oui, fit-il, soulignant d'un sourire l'ample geste d'invite. Il se leva. Jean et tee-shirt, la tenue des petits matins pleins d'entrain.

— René? Ma mère vient d'arriver. Pourrions-nous abréger cette conversation? Je les lui transmets à l'instant même. (Tout en contournant le bureau il regarda Rosemary, elle-même très occupée à jeter les yeux à droite et à gauche, attentive au décor studieux, impersonnel.) Maman? René te présente ses hommages.

Elle gardait le souvenir précis d'une poignée de mains échangées avec un Français à l'aéroport. Elle agita le bout des doigts en signe de reconnaissance.

— Maman te remercie et t'adresse son meilleur souvenir. Nous reprendrons notre discussion quand tu seras de retour. Bon voyage, René. Un grand merci à Simone pour sa généreuse invitation. Maudit soit cet emploi du temps si chargé qui me prive de tous ces merveilleux concerts! N'oublie pas les petites filles, de vraies amours. Dis-leur *ciao* de ma part. (Après avoir raccroché, il poussa un immense soupir de soulagement.) Ton arrivée inopinée me sauve la vie. Ce charmant barbon nous apporte un soutien sans faille, mais quel raseur! Quant à son épouse, elle est sans doute la pire soprano de sa génération.

Ils tombèrent dans les bras l'un de l'autre. La tête contre sa poitrine, Rosemary écoutait battre son cœur. Il est bien vivant, il m'aime. Tout le reste n'est que cauchemar.

— Tu as le nez froid, dit-il. Serais-tu allée faire un tour dans le parc ?

— Mmhmmm.

Quel bonheur d'être là, contre lui. De quelle angoisse idiote avait-elle été saisie, tout à coup ?

— Un tour avec Joe ?

— Seule. Je suis une grande fille. Presque centenaire.

— Personne ne t'a accostée ?

Elle lui montra les accessoires de son déguisement, lunettes et chapeau. Andy s'écarta d'elle, fit un pas en arrière et la considéra de la tête aux pieds.

— Tu es soucieuse, je le sens. Dis-moi la vérité.

— Un pressentiment m'a traversée. Une peur absurde, la certitude qu'il pouvait t'arriver malheur.

Rosemary le dévisageait. Une ombre apparut dans ses yeux, quelques souvenirs de la panique enfuie. Andy haussa les épaules.

— C'est fort possible. Les vilains sont toujours punis, tôt ou tard. Regarde ce qui est arrivé à Stan Shand.

Elle lui donna une tape sur le bras.

— Je t'en prie, pas de ces sous-entendus lamentables.

— As-tu imaginé une catastrophe précise ?

— Rien de tel. Je me trouvais à proximité du Bramford. J'ai ressenti un sentiment indistinct, une menace de souffrance comme un avertissement, une mise en garde contre je ne sais quoi.

— Le Bramford… Méconnaissable, n'est-ce pas ? Quand je l'aperçois, ainsi défiguré, décapé jusqu'à l'os, la culpabilité me tombe dessus. Quelque chose d'autre t'a effrayée. Qu'as-tu vu, entendu ?

Il lui toucha l'épaule, la joue, les cheveux. Elle hésita.

— Rien de grave, sans doute. J'ai croisé un homme portant un insigne haineux à ton égard.

— Un Authentique Fils de la Liberté ? Andy fit entendre un frémissement de rire, ce sont des pitres, de même que la

110

petite bande d'Ayn Rand. Ne t'inquiète pas. Je ne cours pas plus de risques que le premier venu, ni plus ni moins. Un peu moins, peut-être, dans la mesure où je suis la coqueluche du monde entier.

— Si le monde, justement… Si le monde apprenait…

Son regard s'évanouit. Les mots se défaisaient comme du sable, impossibles à prononcer.

— Garde le secret. Je ferai de même et tout ira bien. Un peu de café, maman ? Tout juste tiré du percolateur.

Candeur, indifférence ou simple cynisme ? Rosemary acquiesça d'un geste las. Andy lui baisa la tempe et se dirigea vers la desserte installée dans le prolongement du bureau. Sa mère avait pris place, jambes croisées, sur le canapé. Elle frottait l'une contre l'autre ses mains engourdies lorsqu'il lui apporta une tasse marquée du chiffre *GC* dont le contenu, coupé d'un peu de lait, avait la nuance désirée. Il prit place en face d'elle.

— À l'avenir, quand l'envie te prendra de te dégourdir les jambes, préviens-moi et je t'accompagnerai. Préviens Joe ou n'importe quel membre de l'équipe de sécurité. Si quelqu'un t'avait reconnue, tu aurais pu être victime d'une bousculade, ou même agressée. N'oublie pas, je t'en prie. J'étais sur le point de t'appeler, figure-toi. Avant le coup de fil de René, j'avais reçu la visite de Diane, au comble de l'exaltation sous prétexte qu'elle avait été visitée par le génie, comme il lui arrive de temps à autre. Rien d'essentiel en réalité, aussi ne te crois pas obligée de bouleverser tes projets personnels pour satisfaire une lubie d'attachée de presse. Si tu y tiens vraiment, Judy se fera un plaisir d'organiser une série de rendez-vous avec les producteurs de ton choix, à moins que tu ne préfères…

— Venons-en au fait, Andy.

— Il s'agirait de quelques jours en Irlande, la semaine prochaine. Dublin, puis Belfast. Tes origines irlandaises, mes relations cordiales avec l'IRA dont la direction s'est récemment engagée sur la voie d'une solution négociée, autant de facteurs qui contribueraient à faire de notre voyage un événement majeur, bénéficiant d'une vaste couverture médiatique. Nous serions accueillis en héros, nous ferions un véritable tabac, comme on dit au théâtre. En mettant les choses au mieux, notre section du Royaume-Uni pourrait convaincre le roi de l'opportunité d'avancer la date de sa propre visite, prévue pour la fin du mois. Le monde entier aura les yeux fixés sur nous et toutes les occasions seraient bonnes pour aborder la question du décalage horaire, le point faible de notre campagne.

Rosemary posa son café. Elle considéra son fils avec perplexité.

— Ton attitude me déconcerte et me déçoit, je l'avoue. Vous travaillez sur un projet grandiose auquel participeront, en principe, tous les hommes et toutes les femmes de bonne volonté. N'est-ce rien que d'offrir, fût-ce pendant quelques instants, une vision convalescente du monde, d'apporter l'espoir d'une guérison ? Tu en parles avec un détachement mercantile, comme s'il s'agissait de lancer sur le marché une nouvelle marque de cigarettes ! Une œuvre d'art, c'est ainsi pour ma part, que je perçois l'Illumination du 31 décembre. Jadis, nous avions beaucoup d'amis, comédiens, metteurs en scène, qui créaient ce que l'on appelait alors des happenings, des événements auxquels le public était invité à participer. Le but de ces manifestations organisées autour de thèmes mobilisateurs était toujours de favoriser l'expression de l'initiative individuelle au sein du groupe. Chacun, chacune, devait se sentir partie prenante d'une cause, d'une action. Cesse de réduire l'importance d'une aventure qui pourrait bien être le plus grand happening de tous les temps. Je sais ce dont je parle.

Andy accueillit ce plaidoyer par un profond soupir.

— Entendu, Rosemary. Nous œuvrons à une grande et belle chose. J'ai tort de prendre toute l'affaire à la légère.

— Pour l'Irlande, je suis d'accord, naturellement. D'ailleurs, j'ai toujours envisagé d'aller là-bas un jour ou l'autre. Quel dommage que Brian et Dodie ne puissent nous accompagner !

— Rien que toi et moi…

Elle le dévisagea, déjà méfiante. Il sourit.

— Pour l'autre soir, je plaide les circonstances atténuantes. Les effets conjugués de la valse et du champagne…

Une petite lueur s'alluma dans l'œil du fils, un soupçon d'espièglerie tout prêt à se transformer en quelque chose d'autre. L'indignation fit long feu dans l'esprit de la mère. Elle secoua la tête, partagée entre le rire et la consternation.

— Tu es un ange, je le vois bien. Un ange au bord du gouffre. Ma présence à tes côtés, en Irlande, à deux conditions. Primo, j'aurais besoin d'une secrétaire, de préférence une personne jeune et dynamique avec laquelle je suis déjà en relation. Aurais-tu des suggestions à faire?

Andy prit le ciel à témoin de son infortune.

— Tu es incorrigible! Je vais y réfléchir.

— Secundo, mon petit ami sera du voyage.

— Ton petit ami? fit-il en écho.

— Tu m'as très bien comprise.

Personne ne fut jamais plus surpris que Andy en cet instant. Et furieux. À la vue de ces soudaines ténèbres dans son regard, Rosemary comprit qu'il n'appréciait guère son sens de l'humour. Elle était loin, très loin du compte.

II

Lundi 20 décembre, au lendemain de leur retour d'Irlande, dans le courant de la matinée. Judy souleva le bas de son sari et prit ses jambes à son cou afin de rattraper Rosemary sur le chemin des toilettes pour dames, situées au fond du couloir, coupant dans sa hâte la trajectoire du fauteuil roulant de Hank. La jeune femme poussa Rosemary à l'intérieur, s'empressa de refermer la porte.

— Pas si vite! Je dois vous parler de toute urgence. C'est important.

Après s'être assurée, en regardant sous les portes, que les premières cabines étaient libres, Judy se redressa, le visage empourpré, rajusta posément les plis de son précieux vêtement. Rosemary, de toute évidence, attendait une explication…

— Ne m'en veuillez pas de vous avoir bousculée, il le fallait. Je voudrais être déjà loin, très loin, si vous saviez! Mon comportement, pendant notre voyage, a dû vous paraître quelquefois bizarre; ce n'était pas sans raison, croyez-moi. C'est décidé, je m'en vais. Auparavant, je veux avoir un entretien avec vous; dès ce soir, si possible. Je vous en prie, Rosemary, je ne puis partir sans vous avoir révélé certaines choses.

— Vous *partez*? répéta Rosemary, stupéfaite.

La jeune femme confirma d'un vigoureux hochement de tête.

— Je quitte *God's Children*. Je quitte New York.

— Mon Dieu, Judy, votre liaison avec Andy n'est pas sans nuages, je m'en doute…

— C'est du passé, désormais. Je l'ai su dès notre seconde nuit à Dublin. Rappelez-vous, il avait pris froid après que vous avez été surpris par la pluie. Vous étiez allés vous promener dans le parc, si je me souviens bien. En face de l'hôtel.

Rosemary acquiesça, tristement attentive.

— Auparavant, à la moindre défaillance, il aimait à se faire dorloter. Tous les hommes, paraît-il, apprécient qu'une femme soit aux petits soins pour eux quand ils ne sont pas dans leur assiette. Un souvenir d'enfance, probablement. Ce soir-là, cependant… non, le temps me manque pour vous raconter ces horreurs. J'ai tant de choses à vous dire, Rosemary. Il est *indispensable* que vous sachiez. Ce soir, ce soir ou jamais. J'aurais aussi grand besoin de vos conseils.

— Judy, chez vous les femmes se confient volontiers leurs secrets les plus intimes. J'appartiens à une autre culture, celle d'une native du Nebraska à peine frottée d'un vernis new-yorkais. À Omaha, pour dire les choses comme elles sont, les mères ne tiennent pas vraiment à se voir exposer en détail les prouesses érotiques de leur fils.

— Il s'agit bien de ça! riposta la jeune femme. Je voudrais vous entretenir de phénomènes autrement plus graves dont vous entendrez parler de toute façon d'ici quelques mois. En avril ou en mai, au plus tard.

Il n'y avait pas à se tromper sur la sincérité de Judy. Sa voix trahissait l'appel inconscient des désespérés. Rosemary se fit plus douce.

— Est-ce si dramatique ? Je n'ai pas la moindre idée de ce dont vous parlez…

— Je vous dirai tout, tout ce que je sais, mais d'ici là, pas un mot à votre fils. Il ne doit rien savoir de ma décision. Je l'appellerai demain, ou tard dans la soirée. Je veux éviter l'épreuve d'un face-à-face dont je sortirais vaincue une fois de plus. Son regard me transperce, je bois ses promesses creuses comme du petit lait. Il s'y entend comme personne pour me traîner dans la boue.

— Ce soir, vingt heures, dit Rosemary. Je vous attendrai.

Le visage de Judy s'éclaira. Saisissant les mains délicates, elle les serra de toutes ses forces.

— Merci, merci infiniment.

Elles sortirent à la suite l'une de l'autre. Hank était demeuré en embuscade dans le couloir, toute sa figure plissée de malice derrière l'écran des grosses lunettes.

— OK, Rosemary ? Que s'est-il passé entre vous et le roi ? Nous voulons le fin mot de l'affaire !

— Nous brûlons de curiosité, renchérit Judy sur le ton le plus enjoué. J'allais vous poser la question moi-même : que se trame-t-il entre vous et Sa Majesté ?

— À ma connaissance, il ne se passe rien, pas de quoi alimenter d'absurdes rumeurs ou justifier ces manchettes hilarantes, se défendit l'accusée. En homme courtois, le roi connaît le vieil usage qui consiste à baiser la main d'une dame. Il n'y a là rien de sensationnel, vous en conviendrez.

— Quoi qu'il en soit, j'ai d'excellentes nouvelles à vous annoncer, maugréa l'homme au fauteuil roulant. Nous venons de recevoir les résultats des sondages du week-end.

— Favorables ? s'enquit Rosemary.

Judy lui donna un baiser.

— Mieux que ça. Une apothéose ! À plus tard, Rosemary. Hank…

— Judy, passez une bonne, une excellente journée.

Rosemary s'approcha de Hank dont l'enthousiasme faisait plaisir à voir, justifié sans doute par le contenu des documents ouverts sur ses genoux.

— Après une semaine de diffusion du nouveau message appelant au strict respect de toutes les opinions, y compris celles professées par les Athées, le pourcentage des faucons, style qu'ils-allument-leurs-bougies-ou-il-leur-en-cuira, s'est effondré, passant de vingt-deux pour cent à treize. Voyez vous-même.

— Rosemary se pencha. Après avoir lu, elle émit un doux sifflement.

— C'est à peine croyable.

Le sourire triomphant de l'infirme la prenait à témoin du miracle. Il inclina la tête.

— Tiens, bonjour !

Rosemary se redressa. À son tour, elle salua Sandy alors que celle-ci refermait la porte des toilettes. Impeccable Sandy, mince et blonde, tailleur chic dans les beiges, troublante doublure de la Tippi Hedren imaginée par Hitchcock dans *les Oiseaux*. Sans doute se trouvait-elle dans l'une des cabines du fond, celles dont Judy avait omis de vérifier qu'elles étaient bien inoccupées. Trop loin, il fallait l'espérer, pour avoir surpris leur conversation.

Sandy s'avança, le sourire soyeux comme les chemisiers de soie sauvage qu'elle affectionnait.

— Hello, Rosemary ! Je craignais que la fatigue et les émotions ne vous empêchent d'être parmi nous de si bon matin. Un triomphe, n'est-ce pas ? Vous étiez resplendissante, à Belfast…

— À plus tard.

Hank fit pivoter son fauteuil et s'éloigna le long du couloir.

— Soyez franche, chuchota Sandy en confidence. Est-ce vrai ce que l'on dit, entre vous et le roi…

— Vous en savez plus long que moi. La presse britannique est friande de ragots, elle mérite bien sa réputation. C'est tout ce que je puis dire.

116

Les deux femmes allaient côte à côte dans le sillage de Hank. Craig arriva dans l'autre sens, s'amusa quelque temps avec l'infirme et son fauteuil au petit jeu du «tu passes – tu passes pas», puis Hank lui montra les résultats des sondages et tout le monde de se pencher de nouveau et se congratuler. Après leur avoir souhaité à tous une bonne journée, Rosemary prit la direction du département télévision, Hank continua sur sa lancée, Craig se dirigea de son côté vers les toilettes pour messieurs. Comme il arrivait à la hauteur de Sandy, celle-ci lui toucha l'épaule.

— Quand tu en auras terminé, viens me trouver. Il faut que je te parle.

Rien n'égalait la stupeur de Rip Van Rosie face à l'aplomb des terroristes de tout bord revendiquant haut et fort la *responsabilité* des atrocités commises, avec le relais complaisant des médias. La sœur Agnès de son enfance en aurait brisé sa règle de dépit en l'assenant sur le coin de son bureau. «Depuis quand se vante-t-on de ses crimes? Seul un être doué de raison et d'intelligence est en droit s'assumer la responsabilité de ses actes!» Et vlan, un autre coup de règle. «Ces gens plaident *coupables,* un point, c'est tout. Ils n'ont pas de conscience. Honte sur ceux qui prétendent le contraire!»

On observait une décrue du terrorisme depuis les sommets atteints l'an passé, et chacun s'accordait à reconnaître dans cette rémission l'action lénifiante de *God's Children.* Les interventions publiques et la médiation privée d'Andy avaient certes contribué à apaiser les tensions au Moyen-Orient, mais d'autres conflits prospéraient, en Afrique et ailleurs, et de nouveaux foyers de révolte s'allumaient chaque semaine. Le matin même de leur arrivée à Belfast, six cents personnes avaient péri à Hambourg, victimes d'une intoxication par une nouvelle génération de gaz de combat. Aucune organisation n'avait encore «revendiqué la responsabilité» de cet acte odieux. L'accès à la zone contaminée, une douzaine de pâtés de maisons dans les environs du port, était toujours interdit. On n'en savait pas plus pour l'instant, les autorités se refusant à fournir de plus amples détails.

Pendant le trajet de retour, Rosemary avait tenté de convaincre Andy de la nécessité dans laquelle il se trouvait, à la veille de Noël et de l'échéance cruciale de l'an 2000, de condamner sans appel le recours à la violence comme tous ceux, presse écrite, télévision, qui consciemment ou non participaient à la banalisation, à l'amplification du phénomène, en éveillant autour de lui tant d'échos. Message publicitaire ou proclamation solennelle, le président de *GC* devait appeler au boycott de cette langue de bois et des images terrifiantes qui véhiculaient la haine et poussait l'enfant à mordre son prochain. Le monde était de plomb, la parole mitraillée, l'air même était devenu *terroriste*. La raison suffoquait, enterrée vive sous cette logique du sensationnel. Il devenait urgent de retrouver l'usage d'autres mots, mots vivants, libérateurs, par lesquels la nouvelle génération renouerait peu à peu avec les valeurs fondatrices de la civilisation.

Andy avait approuvé du bout des lèvres, ajoutant que rien ne pressait. Le temps leur manquait pour lancer une nouvelle campagne de caractère éminemment polémique dans laquelle les médias feraient figure d'accusés. *GC* avait trop besoin d'eux pour la réussite de l'Illumination. Que vienne l'année prochaine, on verrait alors ce qu'il était possible de faire. Nullement découragée, Rosemary avait pris quelques notes, soit qu'elle envisageât de faire revenir son fils à de meilleurs sentiments, soit qu'elle espérât trouver le moyen d'ébaucher un projet personnel sur cette question qui lui tenait à cœur.

Elle en était là de ses réflexions douces-amères en attendant le coup de fil d'Andy. Sans doute avait-il pris, comme tout le monde, connaissance des sondages. Quelque importun devait l'empêcher de téléphoner à sa mère. Comment expliquer, autrement, ce long silence angoissant ? Rosemary laissa s'écouler une demi-heure, composa son numéro. Un message enregistré lui répondit.

Elle n'eut pas plus de chance avec Hank.

Poussant la porte du bureau de Craig elle se figea, interloquée.

L'équipe s'était volatilisée. Où étaient passés le chef et son assistant ? Ordinateurs au point mort, téléviseurs éteints… Le monde du silence. Rosemary traversa des enfilades de bureaux plus sépulcraux les uns que les autres. L'opération ville morte se poursuivait dans le hall central où d'ordinaire, tendant l'oreille, elle percevait en provenance du service juridique les rumeurs d'un match de football ou les tirs d'artillerie crachés par un jeu vidéo.

Rien de tel aujourd'hui.

Le silence mis en fuite par ses pas menus se reformait derrière elle. Rosemary retourna dans la salle des archives. Elle se résigna à appeler Sandy, raccrocha au milieu du message enregistré.

Son regard tomba sur la une du *Times* : À HAMBOURG, LE NOMBRE DES VICTIMES NE CESSE D'AUGMENTER… Au-dessus, la date, lundi 20 décembre 1999, agit sur elle comme un révélateur. Elle crut comprendre la raison de ce mystérieux absentéisme.

Plus que cinq jours de shopping avant le fatidique échange de cadeaux.

Profitant de son séjour à Dublin, elle avait accablé sa famille, frères, sœur, neveux et nièces, sous une avalanche d'authentiques chandails irlandais, tricotés à la main dans les îles d'Aran. Il lui restait à pourvoir tous les collaborateurs de *GC* (sept messieurs, cinq dames), ainsi que certains membres du personnel de l'hôtel dont la gentillesse à son égard méritait une autre récompense que le traditionnel billet glissé dans une enveloppe (deux messieurs, deux dames).

En dernier lieu, viendrait la résolution des énigmes posées par le fils et le (futur) fiancé. Le Noël précédent d'Andy faisait, par comparaison, figure de partie de plaisir : un tricycle, un puzzle géant, deux livres pour les tout-petits

119

choisis dans la magnifique collection du Dr Seuss, et le tour avait été joué. Six mois, à peine, s'étaient écoulés songeait Rosemary… Andy, pendant cet intervalle, avait vieilli de vingt-huit ans et, surtout, il avait appris l'identité de son véritable père. À la question banale – quel présent offrir? – s'en était substituée une autre, de nature presque métaphysique : était-il opportun d'offrir quelque chose?

À lui, qui vous savez, pour son anniversaire?

À la réflexion, elle répondit par l'affirmative. C'était un pari sur l'avenir, en quelque sorte, de même que l'hypothétique campagne en faveur d'un boycott des terroristes par les médias. La prévention du mal ou sa guérison par l'autosuggestion, la méthode Coué. Andy ne devait jamais perdre de vue qu'il était aussi un être humain comme les autres, engendré par une femme.

Elle entra successivement chez Gucci, Lord & Taylor, Chanel…

Chez Hermès, elle fit l'acquisition d'une demi-douzaine de foulards et d'une étole, celle-ci destinée à Judy. Elle la lui remettrait le soir même, avec quelques jours d'avance, si elle ne pouvait convaincre la jeune femme de revenir sur sa décision. On avait vu des amants demeurés bons amis après leur rupture (à moins que les autres circonstances auxquelles Judy avait fait allusion, ces «phénomènes dont vous entendrez parler de toute façon dans quelques mois», ne rendent illusoire tout espoir de réconciliation).

Elle régla tous ses achats avec sa carte de crédit. *God's Children* était peut-être *sa* création – il valait mieux, décidément, éviter de penser à *lui,* surtout en cette période de l'année –, il n'en demeurait pas moins que la fondation vivait pour l'essentiel sur les capitaux investis par quelques Crésus tels que ce monsieur René et son homologue nippon, dont les contributions alimentaient aussi un compte séparé affecté exclusivement aux dépenses personnelles du président de *GC.* Andy lui avait confié ces arrangements en même temps qu'il lui remettait la carte de crédit, avant leur départ pour l'Irlande. «Il faut avoir le sens des réalités, maman. Interroge là-dessus toutes les personnes de bon sens : au train où vont les choses, jamais le public, composé pour l'essentiel de téléspectateurs et de lecteurs de la presse populaire, les braves gens que nous souhaitons gagner à notre cause, n'accepteraient de s'identifier ou d'accorder leur confiance à quelqu'un qui ne donnerait pas l'impression de vivre dans l'aisance ou de côtoyer le gratin de la société. Ainsi va le pauvre monde. Quant aux dons qui nous parviennent de tous les horizons, en dollars, en yens, en francs, en pesos, etc., ils sont imposables et le fisc se charge ici comme ailleurs de les redistribuer sous la forme de programmes sociaux. Dans le meilleur des cas. »

Rosemary avait écouté et n'en pensait pas moins. L'an prochain, si tout se passait comme elle l'espérait, les cadeaux de Noël seraient achetés sur ses propres deniers.

Elle s'attarda dans la boutique Sulka, en admiration devant un peignoir de satin noir finement souligné de bleu nuit qui ferait merveille sur la belle carrure de son fils. Une fortune pour une bagatelle qu'aucun honnête homme n'accepterait de porter si ce n'était à l'occasion d'un bal costumé. À deux heures et demie, rendez-vous chez le coiffeur pour une séance qui promettait d'être longue. Entre deux coups de ciseaux, il fut beaucoup question du roi et de son baisemain un peu trop appuyé.

À seize heures, Rosemary était de retour chez elle. Elle n'avait pas encore ôté ses lunettes que le téléphone sonna sur la ligne privée. Andy, sans doute, avait tenté de la joindre à différentes reprises.

— Bonjour ! (Sans être péremptoire, la voix de Diane laissait entendre que les civilités n'étaient plus de mise et que l'on savait à quoi s'en tenir.) Je n'avais pas l'intention de vous déranger pour si peu, Rosemary, lorsqu'un détail m'est revenu à l'esprit. Le père d'Andy n'a-t-il pas joué à Broadway dans *Luther*, la pièce de John Osborne ?

— En effet… commença Rosemary, prise de court par ce ton résolu.

— Il me semblait bien. Dans ces conditions, peut-être accepterez-vous de donner un coup de pouce à une jeune troupe en difficulté qui se propose de remonter la pièce off-

off Broadway. Les répétitions viennent juste de commencer. Or, le propriétaire du local, intégriste de l'Église luthérienne, refuse d'accueillir sous son toit un spectacle qualifié d'« hérétique » et menace de les flanquer dehors sous un fallacieux prétexte. Le montant du loyer ne lui serait pas parvenu à l'heure prévue par le bail, à deux secondes près.

— Si cet homme est luthérien, de quoi se plaint-il ? La pièce, au contraire, est très favorable à Luther.

— Ne me demandez pas ce qu'il a derrière la tête, je n'en sais rien. Une chose est certaine : ils n'ont plus que deux jours devant eux avant de se retrouver sur le pavé. Ils ont décidé de rameuter les amis, les gens du quartier, à l'occasion d'une manifestation de soutien ce soir même, sur les lieux. Il se trouve que la directrice de la troupe est la petite-fille d'un vieux copain. Il vous suffirait d'apparaître quelques instants et d'y aller d'un couplet sur la liberté d'expression pour que la presse se déplace et donne à l'affaire le petit retentissement nécessaire pour accorder un répit à ces gamins. À mon avis, il n'y a pas grand-chose d'autre à espérer. Le propriétaire refusera de céder. Il n'en est pas à son premier coup bas et son intransigeance a toujours été payante.

— À quelle heure, à quelle adresse, cette manifestation de soutien ? demanda Rosemary.

Son premier geste, après avoir raccroché, fut d'appeler Judy, à son domicile. Elle écouta jusqu'au bout le message enregistré, attendit le signal sonore.

— Judy ? C'est moi, Rosemary. Pourrions-nous remettre…

— Je suis là, Rosemary. Que se passe-t-il ?

— Seriez-vous libre, un peu plus tard dans la soirée ? On me demande d'aller soutenir la cause d'une petite troupe de théâtre menacée d'expulsion par un propriétaire malveillant.

Elle expliqua toute l'affaire. Judy se récria sur-le-champ. Elle devait aller là-bas sans hésiter. Le théâtre était par excellence l'art de la propagation des idées, et ceux qui cherchaient à le bâillonner pour une raison ou pour une autre méritaient le nom de barbares et d'inquisiteurs.

— Néanmoins, ajouta-t-elle, si le loyer lui a été payé avec retard, en sa qualité de propriétaire…

— Nous verrons bien, dit Rosemary. Diane affirme que je serai de retour à neuf heures. Le local est dans Carmine Street, au cœur du Village, aussi dirons-nous de préférence neuf heures et demie, pour plus de sûreté.

— Cela me convient ; j'ai tout mon temps, vous savez. Rien d'autre à faire que de plier bagages.

— Ne soyez donc pas si pressée. Attendez au moins que nous ayons eu notre petite conversation.

— Ma décision est irrévocable. Vous comprendrez quand vous saurez tout. Bonne chance pour ce soir, Rosemary. De l'audace, surtout. Allez-y franchement et, comment dit-on… faites un malheur !

Elle composa le numéro de Diane.

— Entendu pour ce soir.

— Merci infiniment. Vous ne vous déplacerez pas en vain, espérons-le. Votre intercession portera ses fruits. Je réserve une voiture pour sept heures trente ?

— Je vais prévenir Joe. S'il accepte de m'accompagner, peut-être voudra-t-il profiter de l'occasion pour sortir son bolide italien. Avez-vous croisé Andy, aujourd'hui ?

— Je n'ai vu que ma femme de chambre. Clouée au lit par cette maudite sciatique !

— Pauvre Diane. Remettez-vous vite.

Appelé aussitôt après, Joe se porta volontaire pour servir de chauffeur, « jusqu'au bout du monde », s'il le fallait.

— Au fait, est-ce qu'*il* sera là ?

— Andy ?

— Non, le luthérien.

— Joe, si vous allez là-bas avec de telles idées préconçues…

— Vous n'y êtes pas du tout. Peut-être avons-nous des amis communs, ce monsieur et moi. Je connais plusieurs propriétaires de salles. Quelle heure ?

Il lui restait à demander tous les détails à l'attachée de presse.

— Le régisseur vous accueillera, dit Diane. Un certain Phil… j'ai oublié la suite. Où ai-je la tête, décidément ! Toutes mes félicitations pour le résultat du dernier sondage.

On sonna à la porte. Andy. Elle reconnaissait son coup de sonnette entre tous.

— Andy vient d'arriver. Je vous raconterai demain comment les choses se sont passées.

— Andy ? Saluez-le de ma part, dites-lui…

Rosemary lui raccrocha au nez et courut vers la porte derrière laquelle le visiteur impatient carillonnait. Elle se trouva en face d'un bouquet de roses rouges dont le merveilleux parfum l'assaillit. Rouges, semblables à celles que l'inconnue avait jetées sur la dalle funéraire, au pied du Bramford. Surplombant cette ivresse de couleur et d'odeur, le visage du fils, portant comme un masque une expression de béatitude absolue.

Rosemary le fit entrer, ferma la porte.

— Quelque chose ne va pas ?

— Quelle blague ! Compte-les, veux-tu ?

Neuf roses.

— Grâce à toi, le pourcentage des imbéciles est passé de vingt-deux à treize. Une rose par point de chute. Quel succès !

Accolades, baisers.

— Il me semblait, aussi, que j'avais mérité une récompense, murmura Rosemary, le nez dans les fleurs. Elles sont si belles, Andy.

— Tes cheveux, dit-il, tout en s'extirpant d'un blouson de cuir fourré. Tu as changé ta coiffure, on dirait ?

— Charmant, n'est-ce pas ? Ernie était dans l'un de ses bons jours, très inspiré.

Elle tourna la tête de droite et de gauche pour lui permettre d'admirer toutes les facettes de la virtuosité d'Ernie. Andy plissa les yeux et reconnut qu'il lui faudrait un brin de temps pour s'habituer.

— Je suis enchantée ! Où étiez-vous passés depuis ce matin ? Je n'ai vu personne.

— En délégation à Albany, la plupart d'entre nous, à la demande du maire, dans l'espoir que le gouverneur accepterait de faire un geste au sujet de la facture hospitalière.

— Tu as été reçu par le gouverneur, dans cette tenue ?

— Je pense bien. Il a même piqué une colère en me voyant arriver.

Elle lui jeta un coup d'œil narquois par-dessus son épaule, tout en disposant les fleurs dans un vase qu'elle était allé chercher à la cuisine. Ils échangèrent un sourire de connivence.

— Mes projets pour la soirée tombent à l'eau, dit Andy, accoudé au bar. Si nous allions au cinéma?

— Moi, c'est le contraire, je suis prise. La liberté d'expression a besoin de ma modeste contribution.

Elle le mit au courant des malheurs de la troupe.

— C'est chic de ta part d'avoir accepté. J'aimerais beaucoup compter au nombre de tes auditeurs.

— Tu es le bienvenu, mais je suis convenue avec Joe d'aller là-bas dans son cabriolet. C'est un deux-places, je crois bien.

— Trois, en se serrant un peu.

Rosemary se fit sérieuse.

— Ta présence sera pour moi un réel encouragement, mais je te prierai d'être correct et d'éviter les allusions perfides dans le style «sacré vieux chenapan», et les claques dans le dos à l'intention de Joe.

Andy la regardait, innocent comme l'agneau pascal.

— Où veux-tu en venir?

— Tu es un garçon subtil. Tu m'as très bien comprise.

Il baissa les yeux.

— Promis, juré, je serai un modèle de discrétion.

— Je vais aller me reposer pendant une heure, prendre quelques notes. Si tu as l'intention de rester, tu trouveras du jambon et du fromage dans le réfrigérateur. Je me ferai monter un en-cas aux alentours de six heures. Joe passe me prendre à sept heures et demie.

Andy avait allumé la télévision, il manœuvrait la télécommande.

— Tiens, voici l'abominable Van Buren en plein effort. On m'a dit qu'il avait retranché de ses discours tout ce qui de près ou de loin ressemblait à un appel au meurtre.

— À la suite de notre message?

— Il sait interpréter les sondages.

Souriant sous son Stetson sur fond d'azur inaltéré, le candidat s'exprimait devant une forêt de micros tendus vers lui. Son haleine formait dans l'air un panache de condensation.

— ... le temps est peut-être venu d'adopter un ton plus conciliant. Aux dernières nouvelles, les Authentiques Fils de la Liberté n'ont plus peur de l'Illumination. Ils pourraient même reconsidérer leur campagne de boycott à la condition qu'aucune pression ne soit exercée sur eux. Pour la première fois depuis longtemps, grâce à la merveilleuse intervention de Rosemary, sans oublier Andy, bien sûr, il se pourrait que notre peuple soit en mesure de parler d'une seule voix...

Andy se frappa la poitrine.

— Ma carrière est brisée! Plus personne ne fait attention à moi.

Rosemary ne put s'empêcher de rire.

— Seigneur, le voilà qui se rapproche du centre. S'il continue dans la bonne direction, il pourrait bien être le prochain locataire de la Maison Blanche, et ce sera notre faute!

Andy passait d'une chaîne à l'autre.

— Aucun risque, assura-t-il.

— Comment le sais-tu? En politique, on n'est jamais sûr de rien.

— Sur ce point précis, fais-moi confiance.

12

Ce fut une nuit d'enfer, il n'y avait pas d'autre mot.

Elle avait pourtant commencé sous les auspices les plus favorables, avec l'accueil enthousiaste réservé au discours de Rosemary par une assistance plus clairsemée qu'elle ne s'était figurée, une trentaine de filles et de garçons, les acteurs et leurs proches, dont la ferveur affectueuse eut vite fait de la mettre en confiance. Spontanément adoptée comme l'une des leurs, invitée à participer en toute simplicité à ce travail d'équipe, un tiers lecture, un tiers répétition, un tiers happening.

Dans la salle aménagée au rez-de-chaussée d'un petit immeuble de grès de quatre étages, une estrade d'une taille inférieure au podium semi-circulaire de l'amphithéâtre de *GC* figurait la scène. Entreprise irréalisable à première vue que de comprimer *Luther* dans cet espace exigu, fût-ce dans le cadre d'une représentation minimaliste de la pièce. Le metteur en scène, petite-fille des amis de Diane, allait devoir dispenser des trésors d'imagination. Comme Rosemary s'étonnait de son absence, Phil quelque chose, le régisseur, lui apprit qu'elle venait d'entrer à l'hôpital St. Vincent pour y être soignée d'un décollement de la rétine.

Elle se tailla un succès facile en évoquant certains démêlés de son regretté ami Hutch avec quelques fondamentalistes étriqués de la cervelle, soucieux de traquer l'impureté et de l'éradiquer de tous les rayonnages des bibliothèques où elle se nichait. Hutch s'était fait prendre à partie par l'un de ces adjudants de la rectitude morale au sujet d'un roman d'aventure pour adolescents, dans lequel une bande de galopins efflanqués se baignait sans un fil sur le dos, puis s'installaient autour d'un feu de camp pour dépecer à belles dents des lambeaux de viande fumée. Tom Paine et Thomas Jefferson avaient même été appelés à la rescousse pour défendre cette scène taxée de primitivisme scandaleux.

Le public était composé de convertis : il lui fit une ovation. Après quoi on se pressa autour d'elle pour la féliciter, solliciter des autographes et l'exhorter à poursuivre son combat pour les nobles causes. Andy et Joe s'étaient faits discrets dans le fond de la salle. Le second leva ses mains jointes en signe de congratulations ; le premier, assis en tailleur et la tête basse, ne daigna même pas adresser un sourire à l'oratrice, en dépit des coups de coude de son voisin.

Les calamités s'abattirent tout de suite après.

Ce fut d'abord un incendie qui se déclara dans le voisinage, assez dévastateur pour attirer les unités mobiles de la radio et de la télévision. À huit heures et demie, Phil déclara que l'attente avait assez duré et qu'ils devraient se contenter des bandes vidéo prises par certains des assistants. Chacun se rassit. À l'instant où le régisseur parvenait à rétablir le silence, celui-ci fut réduit à néant par le rugissement sauvage des sirènes. Moins d'une minute plus tard, la police investissait le théâtre, suivie par une équipe d'artificiers, avec un renfort de chiens fureteurs spécialistes des explosifs. L'alerte avait été donnée par téléphone, au nom d'un groupe qui s'autoproclamait les Luthériens Contre *Luther*, la pièce, non le réformateur. Ils affirmaient avoir déposé dans le théâtre une bombe programmée pour exploser à neuf heures pile. Un canular, selon toute vraisemblance. Une chance sur cent pour qu'il n'en fût rien ; malgré tout l'immeuble devait être évacué de fond en comble. Tout le monde dehors, et plus vite que ça, avec toutes nos excuses.

Joe avait déjà ses clés de voiture à la main. Rosemary, cependant, ne l'entendait pas de cette oreille. L'égoïsme forcené de ses revendicateurs d'attentats, assez présomptueux, dans le cas présent, pour se revendiquer de Jésus-Christ et de la *vraie* foi, la mettait hors d'elle. Profitant de ce qu'elle avait sous la main un auditoire compréhensif, elle décida de mettre à l'essai une diatribe antiterroriste dont elle espérait bien, une fois acquise l'expérience d'interventions plus longues et plus musclées, faire son cheval de bataille face à des publics moins accommodants.

Andy haussa les épaules.

— À vos ordres, dit Joe, s'adressant à la mère plutôt qu'au fils.

Empruntant le portable de Phil, aimable jeune homme – il avait les mêmes yeux espacés, le même menton fuyant que Leah Fountain [1] –, elle chercha refuge dans l'embrasure d'une fenêtre, au fond de la ruelle dont l'accès restait bloqué. Il s'engouffrait un vent glacé. Elle resserra autour d'elle

---

1. Leah Fountain : une des treize membres de la secte satanique du Bramford *(N.d.T.)*.

les pans de son manteau, composa le numéro de Judy. Andy, Joe, Phil, les acteurs et leurs supporters, tous interceptaient les locataires descendus des étages supérieurs. Ce vaurien de propriétaire, à l'évidence, ne logeait pas tout son monde à la même enseigne.

— Rosemary, dit-elle, après le signal sonore à la fin du message enregistré. Judy, si vous êtes là, répondez. Des complications ont surgi, dont je vous parlerai, et jamais je ne serai de retour à neuf heures trente. Une alerte à la bombe, figurez-vous. Rien que ça ! Remettons notre rendez-vous à dix heures, si cela vous convient toujours. Je vais appeler la réception, afin que le concierge de garde au septième étage vous laisse entrer chez moi.

Des acclamations fusèrent. Elle se démancha le cou pour voir quelle personnalité ou quel événement soulevait cette étrange liesse.

Après avoir laissé la consigne à la réception, elle rejoignit enfin les autres. Remerciements, accolades, promesses d'entretenir des liens de solidarité en tous lieux, en toutes circonstances. Bonne chance, leur souhaita simplement Rosemary.

La malédiction s'enchaîna sur un nouveau contretemps. Comme il allait se plier en quatre pour réintégrer l'arrière de l'Alfa Romeo noire, un bijou de collection qui faisait la fierté de son propriétaire, Andy découvrit une estafilade longue de dix centimètres sous le pare-chocs arrière gauche. Le silence maussade de Joe à la vue de cette blessure fraîchement infligée en disait long sur sa colère. Sans desserrer les dents, il fit le tour du pâté de maisons, jusqu'au parking auquel avait été confié le précieux véhicule. Invité à constater de visu le préjudice subi, le gardien prétendit sans s'émouvoir n'être au courant de rien. Joe sentait la moutarde lui monter au nez, la discussion menaçait de tourner à l'algarade. À dix heures, Rosemary fit preuve de fermeté. Il était temps de rentrer, déclara-t-elle. Si cet incident revêtait une telle importance aux yeux de Joe, un constat dressé par son assureur aboutirait plus sûrement que la stérile escalade de la violence verbale.

129

— *Si ?* se récria le propriétaire, courroucé. *Si* cela revêt de l'importance ?

Ils venaient de se remettre en route. La radio de bord leur apprit qu'une rupture de canalisation à l'angle de la Huitième Avenue et de la Trente-Neuvième Rue provoquait un embouteillage monstre.

— En toute sincérité, Rosie, vous étiez en grande forme, lui répéta pour la dixième fois Joe Maffia alors qu'ils prenaient leur mal en patience au milieu du flot automobile de la Trente-Troisième Rue. Vous les teniez tous dans le creux de votre main.

— Compliment très exagéré, se défendit Rosemary. Un orateur a rarement l'occasion de s'exprimer devant un public aussi amical. J'aurais pu… leur réciter l'annuaire du téléphone, ils auraient trouvé ça à mourir de rire.

— Voilà précisément où je voulais en venir. Vous mettez de l'humour dans tout ce que vous dites. N'est-ce pas, Andy ?

Andy ne pipa mot. Recroquevillé à l'arrière, il gardait une mine de chien battu. Rosemary se retourna.

— Tu sembles mal en point. Que se passe-t-il ?

— Rien… rien de grave, en tout cas, maugréa-t-il après un silence. Des brûlures d'estomac, j'ai dû manger quelque chose de gâté. Ahhh…

Rosemary tendit la main par-dessus le dossier, caressa la joue de son fils.

— Ce n'était pas le contenu de mon réfrigérateur, au moins ? Je ne voudrais pas avoir ton empoisonnement sur la conscience.

— Non. Bien sûr que non.

— Qu'y avait-il dans ce réfrigérateur, du jambon ? grommela Joe. Avec la charcuterie, on n'est jamais trop prudent, ajouta-t-il tout en insérant une cassette dans le magnétophone.

La voix chaude et fluide d'Ella Fitzgerald déploya ses fastes. Elle chantait le *Irving Berlin Songbook*. Il était près de onze heures lorsque l'Alfa Romeo, désenchevêtrée de la cohue, se trouva de retour sur la Huitième Avenue, le capot en direction de la Quarantième Rue. Songeant à Judy, Rosemary ne s'inquiétait pas outre mesure. Elle devait être assoupie sur le canapé ou, mieux encore, en train de manipuler ses jetons de Scrabble pour tenter de résoudre une nouvelle anagramme, encore plus énigmatique que *Roast Mules*. Après plusieurs heures de recherches aussi vaines qu'infructueuses, Rosemary avait fini par s'avouer vaincue. Suppliée une fois de plus, Judy se laisserait peut-être fléchir et livrerait la réponse. Il le faudrait bien, surtout si la jeune femme avait l'intention de se perdre dans la nature.

— Du velours, à partir de maintenant, dit Joe, le pied sur l'accélérateur.

— Croise les doigts, conseilla Andy.

Les yeux sur son rétroviseur, le chauffeur ralentit et se rabattit sur la droite pour laisser passer un bolide de la police, sirène hurlante, gyrophare en batterie.

Ella s'en souciait comme d'une guigne. Elle s'y entendait comme personne pour réduire les pires catastrophes à quelques vibratos. Avec nonchalance, comme on lance des ronds de fumée en l'air, elle affirmait la vie est belle et j'ai passé une journée au paradis.

— Une nuit de chien, Ella, rectifia Rosemary, et le paradis n'est pas pour demain.

Le gyrophare était déjà au bout du monde, loin, très loin devant eux. Rosemary se sentait gagnée par la mélancolie.

Isn't this a lovely day to be caught in the rain? You were going on your way, now you've got to remain…

Dans la voix d'Ella, l'accent narquois de la provocation.

— Mettez plutôt le bulletin d'informations, suggéra Rosemary.

— Interrompre ce rêve éveillé ? Tu n'y penses pas, protesta Andy.

— Il a raison, renchérit Joe. Plus qu'une erreur, ce serait une faute de goût.

Rosemary arrêta le défilement de la bande, enfonça une touche ici, une touche là.

— Hum ! Joe se rabattit de nouveau ; une ambulance passa, retentissante. Il se prépare un orage carabiné, dirait-on. C'est ça, le tempérament irlandais. La touche du milieu, Rosie. Interdiction de détériorer le matériel.

Elle respira à fond, se rencogna et se tint coite.

À Hell's Kitchen[1] les caves avaient été inondées et le service du métro restait perturbé sur plusieurs lignes, expliquait la présentatrice. L'incendie de West Houston Street avait fait deux morts. Une dizaine de familles se trouvaient désormais sans abri, à quatre jours de Noël.

Rosemary poussa un soupir. Comme elle se tournait vers son fils, ils furent à nouveau doublés par une voiture tonitruante de la police, roulant à tombeau ouvert.

— Comment te sens-tu à présent?

— Comme ci, comme ça.

Rosemary posa une main sur le dossier, s'y appuya du menton.

— Andy, ce Phil je ne sais quoi, le régisseur, tu ne lui as pas trouvé un air de famille avec quelqu'un?

Silence.

— Leah Fountain, reprit-elle. Les mêmes yeux! Et le menton, aussi faible.

— En effet.

Elle pivota sur son siège. Un feu rouge les bloquait à Columbus Circus. Sur la gauche, à deux cents mètres de là, la fantasia des flics et des ambulances avait convergé au pied de la tour dont *GC* occupait plusieurs étages.

Rosemary avait pâli.

— Mon Dieu…

Joe posa la main sur le genou emmitouflé de sa voisine.

— À quoi bon s'affoler avant d'en savoir plus? Je suis là, Rosemary.

Andy éclata de rire.

— Que diriez-vous d'une alerte à la bombe? Les Luthériens Contre *Luther* ne nous lâcheront plus!

Rosemary aiguisait son regard sur la mêlée chaotique.

---

1. Hell's Kitchen : surnom d'un quartier autrefois mal famé de New York, quartier des mauvais garçons, quadrilatère situé entre la Neuvième Avenue et l'Hudson, depuis la Trentième Rue jusqu'à la Cinquante-Neuvième.

— Tu vas beaucoup mieux, on dirait. Voilà qui fait plaisir à entendre.

Le feu était vert. Joe retira sa main compatissante et passa en première.

— Que s'est-il passé ? demanda-t-il à travers la vitre baissée.

Le policier chargé de contrôler l'entrée de la rampe d'accès au parking dû s'accroupir pour répondre au conducteur de l'Alfa Romeo.

— Un meurtre, je n'en sais pas plus. (Il se pencha, reconnut la passagère.) Rosemary, je suis de tout cœur avec vous !

La descente était interminable. Arrivé au niveau inférieur, Joe fit halte devant la gardienne en uniforme. Celle-ci se hâta de contourner le véhicule afin d'ouvrir la portière, côté passager.

— Rosemary, vous faites l'effet d'une princesse dans son carrosse !

— Merci bien !

Elle s'extirpa, saisissant pour ce faire la main charitable de la gardienne. *Un homme qui avait l'âge d'être grand-père, que faisait-il au volant d'un engin conçu pour pulvériser des records sur le circuit des Vingt-Quatre Heures du Mans ?*

Non sans mal, les yeux plissés, elle déchiffra le nom brodé sur la poche de l'uniforme.

— Merci, Keesha. Tous ces policiers, là-haut, ces ambulances… Il est arrivé quelque chose de grave ?

Keesha ouvrit de grands yeux effarés.

— Un meurtre. On a tué une femme dans la galerie du rez-de-chaussée, dans une boutique. Beaucoup de sang.

Rosemary étouffa une exclamation, se mordit la lèvre.

— Où dites-vous qu'elle a été tuée ? demanda Andy, tout en se hissant hors de sa niche.

Rosemary lui tendit la main.

— Dans l'une des boutiques de la galerie, répondirent les deux femmes d'une seule voix.

Joe venait de fermer et de verrouiller sa portière. Il prit appui contre le toit de l'Alfa.

— Dites-m'en plus, intima-t-il.

Keesha le rejoignit, tout en répétant pour la troisième fois les bribes d'information dont elle disposait.

— Je suis épuisée, je monte, annonça Rosemary. Andy, fais-moi le plaisir d'aller directement chez toi et de te mettre au lit avec une infusion quelconque ou un comprimé de Pepto-bismol. Tu as une mine de papier mâché.

— Ne t'inquiète pas pour moi.

Elle appliqua la main sur son front, l'espace d'une minute, fronça les sourcils.

— Pas une once de fièvre. Deux comprimés d'aspirine ne te feront pas de mal, à tout hasard. As-tu là-haut quelque réserve de thé, ou de verveine ?

— Tu t'es surpassée ce soir, maman. Le théâtre et la liberté d'expression te tiennent à cœur, c'est l'évidence. Même une brute ne serait pas demeurée totalement insensible à tes arguments.

— Louées soient les langues bien pendues. Amen. N'oublie pas de suivre mes conseils.

D'un même pas, ils se dirigèrent vers la sortie réservée aux PERSONNES AUTORISÉES. Elle lui baisa l'oreille, tandis qu'il passait sa carte magnétique dans la glissière. Tenant la porte ouverte, Joe leur céda le passage. Andy s'arrêta devant la porte de son Express personnel, la fusée clinquante, affrétée par le diable. Il leur fit son sourire le plus enjôleur, avec juste ce qu'il fallait de lassitude aux coins des yeux.

— Merci pour la virée en Alfa, Roméo !

Joe grimaça un acquiescement.

— Il est l'heure d'aller au lit, Andy Baby.

Le fils était déjà catapulté vers les hauteurs célestes ; le chevalier servant dévisagea Rosemary, souriant. La porte donnant sur le parking se referma dans un doux cliquetis.

— Joe, je suis exténuée. Restons-en là pour ce soir, si vous le voulez bien.

— Je me suis déjà senti en meilleure forme moi-même.

Ces retours laborieux sont mortels. Pardonnez-moi, le mot est malencontreux.

Main dans la main, ils se dirigèrent vers les ascenseurs.

— Pauvre femme. Qui cela peut-il être?

— Nous le saurons bien assez tôt, dès demain matin. Je me demande quelle boutique a fait les frais du carnage. Pour un coup de publicité, ils sont servis, et gratuitement!

L'ascenseur prenait de l'altitude à une vitesse raisonnable. Joe se pencha vers Rosemary, posa ses lèvres sur les siennes.

— Quelle femme vous faites! Il n'y en a pas deux comme vous, et je sais ce dont je parle.

— Merci encore. Je regrette presque de vous avoir prié de m'accompagner là-bas. Par ma faute, voilà votre petite merveille italienne nantie d'une vilaine égratignure.

— Je l'avais oubliée. C'est gentil à vous de me remettre l'incident en mémoire.

Au septième étage, Luis était à son poste, en train de téléphoner et de manipuler les touches de son standard. Il secoua la tête en voyant arriver Rosemary, raccrocha aussitôt.

— Je n'ai jamais rien vu de pareil! Toutes les lignes sont occupées. On aurait assassiné quelqu'un dans la galerie marchande, est-ce vrai? Les chiens seraient devenus fous?

— Personne ne m'a rien dit au sujet des chiens mais pour le reste, malheureusement…

Rosemary laissa la phrase en suspens. Certains mots, plus lourds que d'autres, ne se laissaient pas prononcer à la légère.

— La victime serait une femme, ajouta-t-elle à mi-voix.

Luis se signa. Il ne fit aucun commentaire, ce dont elle lui sut gré.

— Avez-vous laissé entrer Judy Kharyat?

— Dennis m'avait passé la consigne, mais personne ne s'est présenté.

Rosemary garda le silence. Ils échangèrent un long regard entendu.

— Merci, dit-elle enfin.

Tournant les talons elle s'éloigna le long du couloir, cherchant sa carte dans son sac.

— Pensez-vous qu'elle puisse encore venir? demanda Luis.

— Oui, naturellement!

Rosemary pressa le pas.

Sitôt la porte refermée, elle gagna le salon, interrogea son répondeur.

Aucun message.

Elle décrocha, composa le numéro de Judy.

Les yeux clos, elle écouta le message, le bref silence, le *beep*.

— Judy? C'est moi, Rosemary. Si vous êtes là, répondez, je vous en prie. Il est arrivé quelque chose… Judy? Répondez, par pitié!

Silence.

Beep. Tonalité.

Elle reposa le combiné. D'une secousse, se libéra de son manteau, jeté en vrac sur une chaise. Elle fit les cent pas, à peine consciente du reflet que lui renvoyaient les hautes vitres, une petite femme mince, en jean et tee-shirt *I ♥ Andy.* Elle se vit enfin, se figea. Était-il normal, était-il *naturel,* pour une mère, d'afficher ainsi en toutes circonstances l'amour qu'elle portait à son fils? Et la question qu'elle n'avait cessé d'éluder depuis son bref échange avec Luis s'inscrivit en toutes lettres dans son esprit : Judy était-elle la femme assassinée? Sauvagement agressée alors qu'elle traversait la galerie marchande en direction de l'ascenseur?

Comment expliquer son retard? Pour une raison quelconque elle avait dû prendre le métro, et la malchance avait voulu qu'elle empruntât justement une des lignes perturbées par les inondations. On pouvait imaginer d'autres scénarios, tout aussi rocambolesques. Bloquée dans son propre ascenseur, la belle appelait en vain au secours depuis des heures. Prise en défaut, la reine de la ponctualité allait surgir d'un instant à l'autre, avec une excuse en forme d'anecdote sinistre, telle que la grande cité en inventait par milliers, ce soir comme tous les autres soirs.

Rosemary alluma la chaîne des informations régionales, en laissant le son très bas, à la limite de l'audible. Adossée au chambranle de la fenêtre, elle plongea les yeux sur le méli-mélo des voitures, estafettes, ambulances, garées en bas, prises dans la bourrasque des gyrophares multicolores.

Quelle nuit infernale ! Ne t'en déplaise, Ella.

B

À New York, il était certains jours particulièrement appréciés par les lecteurs de la presse écrite, ou par les passants qui se contentaient, en nombre croissant, de déchiffrer les titres à la devanture des kiosques ; il s'agissait des jours où la une des deux grands quotidiens proposait la même manchette.

Ce plaisir, digne d'attirer l'attention des collectionneurs en raison de son caractère exceptionnel, leur fut réservé ce mardi 21 décembre.

Ce crime atroce était de toute évidence l'œuvre d'un maniaque. Inspirés par la mise en scène spectaculaire du meurtre proprement dit, par le prestige du lieu, le nom de la boutique – un véritable coup de maître ! –, les éditorialistes avaient tous deux succombé à l'attrait irrésistible du même jeu de mot que l'assassin leur avait servi sur un plateau : BLOODFEST AT TIFFANY'S [1] !

Le titre s'étalait sur toute la largeur de la page, en énormes caractères gras.

On dénombrait peu de variantes d'un texte à l'autre. Ici, les chiens qui avaient flairé l'odeur du sang étaient des bergers allemands appartenant au propriétaire de l'un des appartements situés dans les étages supérieurs ; là, il était question des dogues danois du propriétaire de l'immeuble.

D'après les deux articles, la victime avait été découverte nue, allongée sur le grand comptoir du magasin, les bras le

---

1. Allusion au célèbre *Breakfast at Tiffany's* (*Petit déjeuner chez Tiffany*), film réalisé en 1961 par Blake Edwards, avec Audrey Hepburn, d'après une nouvelle de Truman Capote (*N.d.T.*).

long du corps. Dans la position d'une patiente sur une table d'opération, suggérait l'un des rédacteurs ; son confrère évoquait un sacrifice à quelque dieu païen.

Aucun désaccord concernant les sept couteaux à découper et le pic à glace. Tandis que l'un des articles évoquait la présence d'autres instruments tranchants retrouvés dans le corps ou disposés autour de lui, l'autre apportait des précisions. Un seul d'entre eux faisait allusion à de menus larcins, quelques montres et bracelets, un saladier à punch.

En guise d'illustration, les deux quotidiens proposaient la même photo prise par les services de l'Identité judiciaire et transmise par bélinographe. Couleurs pâlichonnes. Un profil de la victime dont quelques flous distribués aux endroits stratégiques atténuaient la nudité. Le corps lacéré de traînées sanglantes était couché sur la vitre d'un comptoir rempli de bibelots scintillants. Des cercles blancs entouraient les manches en argent du pic à glace et de trois couteaux visibles. On ne distinguait pas grand-chose du décor, à l'exception de quelques cuillères et fourchettes éparpillées autour du cadavre. À l'arrière-plan, on apercevait des branches de houx.

À l'heure où les journaux étaient sous presse, la malheureuse n'avait toujours pas été identifiée. De race indienne, à première vue, proche de la trentaine. Prenant pour cible le point rouge à la naissance des sourcils, le pic à glace lui avait transpercé le front.

Victime de la malchance.

Ou du mauvais œil. Maudite, en quelque sorte.

Tandis que le médecin légiste donna l'ordre de préparer le corps en vue de son autopsie, quelqu'un émit l'hypothèse selon laquelle la victime pourrait bien être la fiancée indienne d'Andy Castevet. Les témoignages recueillis étaient peu fiables, même celui des réceptionnistes, dans la mesure où la jeune femme avait l'habitude, en public, de dissimuler son visage derrière un pan de voile rabattu. D'ailleurs, les Indiennes vêtues d'un sari, le front orné d'un point rouge, n'étaient pas si rares dans une agglomération cosmopolite de plusieurs millions d'habitants. Andy, cependant, disposait là-haut d'un pied-à-terre et la morte avait l'âge approprié. Il serait si simple de lui passer un coup de fil pour le prier, avec ménagement, de bien vouloir descendre afin de procéder à une éventuelle identification.

À minuit, Rosemary appelait la réception. Avait-on enfin pu mettre un nom sur la victime ? Le préposé lui conseilla de se préparer à recevoir un choc. En ce moment même, Andy était en route, dans un instant il sonnerait à sa porte. Rosemary raccrocha. Elle vit s'ouvrir devant elle le Deuxième Cercle de l'Enfer – à moins que ce ne fût déjà le Troisième.

Andy, lorsqu'il parut enfin, n'était pas tout à fait dans son état normal. Hors de lui, plutôt hagard, fou de colère contre le monstre, ou les monstres qui lui avaient si cruellement ravi son ex-fiancée. Il livra à sa mère tous les renseignements dont il disposait. Les meurtriers avaient opéré de l'intérieur. Il s'agissait, selon toute vraisemblance, de familiers des lieux, capables non seulement de neutraliser le système de sécurité, mais sachant où trouver l'emplacement bien dissimulé du boîtier de contrôle qui commandait la descente électronique du rideau de fer. Enfin – mais dans ce cas précis, peut-être la chance les avait-elle servis –, ils n'ignoraient pas que toute l'équipe de *Tiffany's* s'en était allée peu après la fermeture de vingt heures afin d'assister à la veillée funèbre d'un collègue décédé dans l'après-midi.

La police commencerait ses interrogatoires dès demain matin. Ils concernaient des milliers de gens et promettaient d'être interminables. Personnel de l'immeuble, personnel de l'hôtel et de la galerie marchande, employés de bureaux, locataires, propriétaires, clients, invités… tout le monde devait être mis sur le gril.

Rosemary versa des larmes amères. Une fille superbe, un dynamisme incroyable. De l'enthousiasme, de la générosité à revendre, toute la vie devant elle… L'émotion ressentie par Andy était d'un caractère plus douloureux, plus intime. Vers trois heures du matin, après qu'elle se fut résignée à prendre un somnifère, Rosemary sentit le sommeil monter en elle comme une eau sombre. Dans la tiède dérive de sa conscience, elle se demanda si Andy serait en mesure d'éclaircir les propos énigmatiques de Judy au sujet d'un événement « dont elle entendrait parler d'ici peu, en avril ou en mai ».

La voix de son fils lui parvint depuis la pièce voisine. Il était au téléphone, en train de décrire à son correspondant la mise en scène du meurtre. Les mots jaillissaient de sa bouche, étranglés, sauvages, aussi brouillés de haine que s'il avait tenu devant lui l'assassin et ses complices. Les expressions employées, d'une grande violence, semblaient autant de poings dont il martelait le visage ennemi.

Une bouffonnerie couleur de sang…

Le musée des Horreurs, une scène échappée du Grand Guignol…

Si cette débauche d'images pouvait l'aider à surmonter sa peine, songea-t-elle.

Un spectacle sordide, digne de cette saloperie de Guilde du Théâtre !

Joe arriva chez Rosemary peu après neuf heures pour lui tenir compagnie, en l'absence d'Andy, qui s'était rendu avec William et Phil à City Hall, où le maire avait convoqué une réunion à laquelle devaient participer le préfet de police ainsi que les représentants de la presse et de la télévision. À la demande d'Andy, Muhammed leur avait servi de chauffeur. Joe, ce jour-là, avait mieux à faire. Il entra, les journaux du matin sous le bras, tenant une boîte de chocolats.

Andy avait passé la plus grande partie de la nuit au téléphone. Informer les principaux associés de *God's Children* et leur donner l'assurance que le drame n'aurait pas de conséquences fâcheuses sur les activités de la fondation, cette tâche n'avait pas dû être facile. Les bailleurs de fonds devaient s'inquiéter à juste titre. Comment réagiraient leurs millions de disciples à travers le monde en apprenant que la victime du « festin sanglant » de chez *Tiffany's* – crime dont la nouvelle, précédant le soleil, avait déjà fait le tour de la planète grâce à la diligence des médias friands de sensationnel – n'était autre que la secrétaire particulière d'Andy, et sa petite amie de surcroît ? Ce coup de projecteur malencontreux jeté sur le président de *GC* et le cercle restreint de ses collaborateurs ne risquait-il pas de plonger dans la terreur les âmes sensibles, à quelques jours de l'Illumination ? On pouvait d'ores et déjà redouter de nombreuses défections, surtout dans les milieux qu'il avait été si difficile de gagner à la cause, intégristes musulmans, amish… Cette irruption brutale du fait divers dans la vie d'Andy allait briser l'élan prodigieux qu'il avait su donner à son mouvement. Amoindrie dans le noble objectif qu'elle s'était fixé, amputée de certains participants, la grande fête des bougies échouerait à célébrer le renouveau de l'humanité.

Andy avait bon espoir de pouvoir convaincre le maire et toutes les parties concernées d'attendre le 1er janvier pour divulguer l'identité de Judy. Dans l'intérêt de tous, l'Illumination devait être un succès. Le calendrier des vacances de fin d'année avait été choisi en fonction de cette échéance, à laquelle tout le monde se préparait. Si d'aventure s'élevaient quelques voix discordantes, William gardait pardevers lui un argument légal satisfaisant. Quant à Polly, veuve très volage d'un sénateur et d'un magistrat de la chambre notariale, elle avait fait provision de secrets susceptibles d'éclabousser bien des réputations.

Rosemary écoutait en buvant un café brûlant à petites gorgées. Rien ne semblait pouvoir la réchauffer, pas même le chandail irlandais. Séparés des autres, les dix jetons de plastique n'en finissaient pas de la narguer. Elle les mit en rang, pour leur apprendre l'obéissance. Le premier mot composé allait comme suit :

141

LOUSETRASM [1].

Le deuxième :

LOSTMAUSER. Une autre énigme, à l'usage d'un soldat allemand.

Et le troisième :

OUTSLAREMS.

— Pourquoi sept couteaux ? demanda-t-elle soudain.

Installé sur le canapé, la boîte de chocolats ouverte à portée de main, Joe leva le nez du journal qu'il était en train de lire. Il la dévisagea, par-dessus ses minces lunettes. Sur son tee-shirt, Andy ne se départissait pas de son sourire.

— Quand ils l'auront alpagué, ils lui poseront la question.

Rosemary tourna les talons, fatigua pendant quelque temps le tapis de ses lentes allées et venues entre la table et le vestibule. Joe la suivait des yeux.

— Vous me donnez le tournis, murmura-t-il. Restez donc tranquillement assise.

Elle fit halte, parcourant du regard les titres des autres quotidiens, épars sur la table basse.

— Ils se croient malins, maugréa-t-elle. Tous des chacals, en réalité une bande de nécrophages de l'espèce la plus répugnante. La honte de leur profession.

— *Tiffany's* est du même avis.

Rosemary reprit ses va-et-vient.

— Pourquoi *Tiffany's*, d'ailleurs ? Le magasin le plus prestigieux, le plus exposé, le plus visible depuis la rue, le plus admiré par les passants de la galerie. Système de surveillance ultraperfectionné, visites régulières des vigiles et des chiens. Pourquoi le choix des assassins ne s'est-il pas porté sur une boutique plus discrète, de l'autre côté de la

---

1. Il est impossible de traduire les anagrammes de l'énigmatique terme anglais « Roast Mules ». « Lousetrasm », au même titre que les autres combinaisons de six lettres utilisées, n'est pas un mot signifiant, mais a été choisi par l'auteur pour les associations qu'il permet et qu'il suggère. Certaines de ces variations sont des jeux de mots, comme « lost mauser » (le *mauser* désigne un fusil ou un révolver allemand). L'auteur tient à s'excuser auprès de ses lecteurs étrangers pour toutes ces variations qui, quoi qu'il en soit, ne gênent en rien la compréhension du récit.

galerie ? Du reste, pourquoi fallait-il que le crime eût lieu dans un espace commercial ?

— Questions de bon sens, ma petite fille. Mais en quoi concernent-elles un psychopathe ? Ou même *plusieurs* psychopathes ?

Joe laissa s'échapper un soupir d'impuissance. Il reprit sa lecture.

Rosemary s'en revint lentement devant la table où s'étalait l'entêtante devinette à dix lettres. Posant sa tasse de café inachevée, elle fronça les sourcils, pivota vers l'homme assis.

Il la dévisagea, l'air poliment interrogatif.

— Quoi d'autre ? demanda-t-elle. En plus des couteaux et du pic à glace ?

— Voyons… sur les photos on aperçoit quelques cuillères, des fourchettes… Un petit instant.

Il se passa l'index sur la langue, feuilleta à l'envers et à vive allure les pages de son journal. Rosemary s'était approchée. Elle se pencha, les yeux fiévreux fixés avec impatience sur le lecteur qui n'allait pas assez vite à son gré. Il trouva enfin l'article recherché, dont il déchiffra les premières lignes en marmottant.

— Nous y voilà… *d'autres instruments de coutellerie étaient fichés dans le corps de la victime, ou disposés autour de lui.*

— Quels instruments ? Couteaux, lames de rasoir, ciseaux ? Combien y en avait-il ?

— Aucune précision.

— Le *Times*… Rosemary chercha du regard autour d'elle. Le *Times* donne certainement d'autres détails.

— Ne perdez pas votre temps. Tout est dans *Z-Nineteen*. «Une femme assassinée dans une boutique de luxe.» Qu'y a-t-il d'autre à savoir ?

— Veuillez vérifier, je vous en prie.

Joe envoya promener son journal.

— Rosy, il faut vous faire une raison. Judy est morte. Tout est dit, en trois petits mots, et le nombre de cuillères éparpillées autour d'elle n'y changera rien. Ces types ont besoin d'un cérémonial particulier, ils ont leurs pratiques, leurs cultes fétichistes, ils observent un certain rituel, que sais-je ?

143

À quoi bon fouiner dans cette symbolique de bazar? Vous n'y gagnerez que des maux de tête.

— Regardez, je vous le demande à nouveau. Ce torchon me répugne, je n'ai pas envie de me salir les mains.

Joe haussa les épaules. Il se saisit de l'autre journal, réprima un sourire.

— Un torchon, *Z-Nineteen*? Pour ma part, je trouve ça plutôt accrocheur.

— Grand bien vous fasse.

— Sacrebleu! Ils sont futés, rien ne leur échappe, pas même le style de l'argenterie. Onze cuillères, onze fourchettes, de facture édouardienne, écrivent-ils.

— Onze, répéta-t-elle.

Puis retourna devant la table.

Joe l'observait avec curiosité.

OUTSLAREMS fut bouleversé. Elle s'occupa, quelques instants, à manipuler les jetons pour former de nouvelles syllabes.

— Connaîtriez-vous, par hasard, l'autre patronyme de Judy?

— Judy avait donc un autre patronyme? Première nouvelle. M'expliquerez-vous, à la fin, où vous voulez en venir?

— Vous trouverez un annuaire dans le tiroir de la petite table. Peu importe que le premier nom ne figure pas dans son intégralité, l'initiale suffira. Kharyat. K-H-A-R-Y-A-T. West End Avenue.

Joe la considérait comme il aurait fait d'une enfant un peu exaltée dont il vaut mieux ne pas contrarier les caprices.

— L'initiale fera l'affaire, vous en êtes sûre?

— Elle est d'une importance cruciale, confirma gravement Rosemary.

Joe opina du chef et s'exécuta. Il n'eut même pas à se lever pour ouvrir le tiroir dont il retira le gros annuaire relié cuir de Manhattan.

— Pour la première fois, je comprends ce qu'a dû ressentir le Dr Watson, soupira-t-il.

Rosemary ne fit aucun commentaire. Ses doigts s'affairaient à brouiller les jetons. Joe trouva les K, tourna quelques pages, ajusta ses lunettes.

— L'unique Kharyat de l'annuaire. Kharyat, Judy S.

Rosemary lança un jeton qu'elle tenait dans son poing. Il l'attrapa au vol, regarda la lettre, puis Rosemary.

— Un S? Vous le saviez donc? Comment faites-vous?

— J'ai des pouvoirs, je suis un peu médium.

Elle fit volte-face, traversa le salon une fois de plus. Cette fois, elle s'arrêta devant Andy Della Robbia, posé sur le meuble contenant le poste de télévision. Le petit ange fait pour être admiré, et qui lui-même voyait tout.

— Onze cuillères, dit-elle.

Joe se fourra un morceau de chocolat dans la bouche. Elle se tourna vers lui, le trouva les yeux ronds, en train de mâcher dru.

— Sept fourchettes, dit encore Rosemary. Sept couteaux à découper. Elle respira à fond, comme pour se délester d'un poids qui lui pesait sur la poitrine. Un pic à glace. Que représentent ces objets?

— Comment ça, ce qu'ils représentent?

— Chez *Tiffany's*, précisa-t-elle.

— Ils sont plus chers. Ce détail mis à part, leur fonction reste la même, que je sache.

— Plus cher, en effet. Ailleurs, ils seraient peut-être d'acier inoxydable, ou de vulgaire aluminium. Chez *Tiffany's*, ils sont en argent. Rosemary se prit la tête des deux mains, tira ses cheveux en arrière. Nous arrivons à un total de trente, enchaîna-t-elle. Trente pièces en argent.

Joe en oublia de mastiquer son chocolat. Il déglutit sans même y penser, avec effort.

— Trente pièces d'argent logées dans le corps de Judith S. Kharyat, ou déposées autour d'elle.

Joe battit des paupières. Son regard exprimait la plus totale incompréhension.

Rosemary se pencha au-dessus des roses rouges offertes par Andy Castevet.

— Judith S. Kharyat, répéta-t-elle tout en froissant les fleurs dans un geste dérisoire de profonde tristesse... *Judithesskharyat*.

— Judas Iscariote? murmura Joe Maffia.

Elle opina. Ils se dévisagèrent, l'espace d'un long moment, sans que l'on sût lequel des deux tenait captif le regard de l'autre.

— Mon intuition me souffle qu'il s'agit d'un pseudonyme, dit Rosemary. Son nom de baptême doit être très différent.

S'étant redressée, elle ferma les yeux, posa la main sur son front et s'éloigna d'un long pas d'arpenteuse, suivant une trajectoire circulaire.

Joe l'observait, interloqué.

— C'est donc vrai ? Vous êtes une sorte de visionnaire ?

— Quelquefois, dit Rosemary, poursuivant son manège.

L'homme semblait saisi. Il se plaqua le poing sur la bouche.

Elle s'arrêta, pivota pour lui faire face.

— Il lui fallait trouver un pseudonyme aux sonorités indiennes, expliqua-t-elle. Un pseudonyme indien à la mode de Vassar, afin d'atténuer son apparence sans doute peu orientale. Une fille dotée d'une grande intelligence, férue de jeux de mots, d'énigmes sémantiques et d'anagrammes.

Rosemary cligna des yeux, très vite, très fort. Ses mains désemparées s'étreignirent.

— Elle a provoqué une rencontre avec Andy dans les circonstances que vous savez, à l'occasion d'un meeting. La première partie de son plan, s'introduire au sein de l'état-major de la fondation en qualité de collaboratrice de confiance, fut couronnée de succès. L'objectif poursuivi ? Déterrer toutes les turpitudes possibles sur *God's Children* et son président, de façon à pouvoir étayer ses calomnies sur des preuves irréfutables. Toute l'affaire devait apparaître comme une imposture, menée de main de maître par un escroc d'envergure. Le physique d'Andy, sa ressemblance éclatante avec celui auquel nous pensons tous, lui a donné l'idée de masquer son identité sous le nom de Judy S. Kharyat, Judy Kharyat. Triste humour, n'est-ce pas, considérant l'horrible façon dont ce même pseudonyme devait inspirer ses assassins. Les autres n'y verraient que du feu, croyait la malheureuse, et sans doute n'avait-elle pas l'intention de s'incruster parmi vous plus d'un mois ou deux. Hélas ! c'était compter sans la séduction irrésistible d'Andy… Rosemary s'éclaircit la gorge. Elle a succombé à son charme et s'est trouvée prise au piège, condamnée à interpréter ce rôle absurde et dangereux. Il m'a fait «dérailler», disait-elle. Cet aveu aurait dû me mettre la puce à l'oreille. J'aurais dû établir certain rapprochement.

Joe la scruta de ses yeux froncés. L'incrédulité n'était plus de mise, il buvait littéralement chaque mot prononcé par Rosemary.

Elle revint vers le canapé d'un pas plus léger. Toute sa personne exprimait une désinvolture nouvelle, comme si ce qui venait d'être dit la libérait d'un fardeau. Elle se pencha, fit son choix parmi les chocolats offerts, croqua avec gourmandise.

— Je vous parie ma chemise que cette jeune et belle personne n'était autre qu'Alice Rosenbaum. Tout concorde. À l'heure qu'il est, l'autopsie est terminée, le médecin légiste devrait être en mesure de confirmer mon hypothèse.

— Alice *Rosenbaum ?* Joe allait de surprise en surprise ; une oreille attentive aurait décelé dans sa voix quelques nuances d'exaspération. D'où sortez-vous cette Alice Rosenbaum ? Jamais entendu parler.

— Détrompez-vous. Ce nom a fait la une des journaux, il y a quelques années. Il vous sera sorti de l'esprit, voilà tout. Alors qu'il était au collège, l'un de mes frères fréquentait une certaine Alice Rosenbaum, qui constituait un point de discorde entre notre père et lui. C'est sans doute la raison pour laquelle ce nom m'a frappé lorsque je l'ai retrouvé l'autre jour en visionnant des films d'archives sur la coalition anti-Andy. Alice Rosenbaum, chef de la Ayn Rand Brigade, conductrice du train de marchandises détourné. Une militante, une vraie ! La révolution, pour elle, était la locomotive de l'histoire. Les trains, elle en faisait son affaire. Pour exprimer son désarroi, le terme « dérailler » lui est venu spontanément. Rien d'étonnant à cela, n'est-ce pas ?

— Judy, notre Judy, ne serait autre, *n'était* autre…

Rosemary approuva d'un mouvement du menton catégorique. Sa main voleta au-dessus de la boîte de chocolats. Elle fit la moue, se ravisa.

— C'est l'évidence même, dit-elle. Comme toutes les taupes, elle s'est servie d'un pseudonyme à clef. Indien de préférence, pour les raisons que vous imaginez.

C'en était trop pour Joe Maffia. L'impatience le rendait fébrile, il sauta sur ses pieds.

— Pourquoi fallait-il absolument un pseudonyme indien et tout le saint-frusquin, sari, paupières maquillées, point rouge, etc.? Pourquoi ne pas se contenter d'une perruque et d'une paire de lunettes papillon? Une couverture bien de chez nous, du genre Alice J. Smith ou Paula Jones, c'eût été trop banal, peut-être? Pas assez exotique?

De l'index, Rosemary se frappa le milieu du front.

— Vous avez mis le doigt dessus, M. Maffia, sans même vous en rendre compte. Ce point rouge, en effet. Comment dissimuler son tatouage, la pièce d'un dollar que les militants de la Ayn Rand Brigade portent gravée à cet endroit précis? Elle ne pouvait pourtant pas se ceindre la tête d'un bandeau pendant un mois! Le point rouge dont les Indiennes respectueuses de la tradition ornent leur front offrait un camouflage idéal.

Joe restait confondu. Il secoua la tête, comme pris de vertige.

— Misère de misère, je ne m'y retrouve plus, je nage complètement! Si je vous suis bien… (Il se passa la main sur le visage, regarda Rosemary bien en face…) Ceux qui ont éparpillé sur elle et autour d'elle les trente pièces d'argent voulaient en quelque sorte la «récompenser» d'être ce qu'elle était à leurs yeux, un Judas? Prête à trahir Andy?

Rosemary se détourna.

— Cela ne tient pas debout, enchaîna-t-il. Pour commencer, Judy n'aurait jamais trahi l'homme dont elle était amoureuse. Elle l'aimait, vous le reconnaissiez vous-même, il lui avait mis la tête à l'envers. Certes, leurs relations s'étaient un peu tendues ces derniers temps, tout le monde pouvait s'en rendre compte. En mettant les choses au pire, si un soupçon monstrueux prenait forme dans votre esprit… comment aurait-il pu… Il ne nous a pas quittés de toute la soirée!

Elle fit volte-face, si soudainement qu'il en demeura interdit, sur la défensive. Les yeux de Rosemary, braqués sur lui, semblaient deux cavernes violettes, si profonds étaient les cernes creusés par l'angoisse et l'insomnie.

— Mais les autres, dit-elle. Les autres étaient ici !

On sonna à la porte. Andy.

L'espace de quelques secondes, ni l'un ni l'autre ne firent un geste. Puis Rosemary parut se détendre, comme si un sursaut s'était produit en elle, l'abolition de toute peur, de toute hésitation. Nouveau coup de sonnette. Elle se dirigea vers la porte, de plus en plus lentement à mesure qu'elle s'en approchait. Joe fit quelques pas de côté pour s'écarter de la table basse, être libre de ses mouvements, à tout hasard. Sur son visage, une expression étrange, où se mêlaient la résolution, la curiosité, l'amusement.

La mère et le fils se trouvèrent l'un en face de l'autre.

— Mission accomplie, annonça-t-il.

— Bravo.

Ils s'enlacèrent, se séparèrent aussitôt. Il lui baisa la tempe, lui ramena les cheveux derrière l'oreille.

— Pauvre maman. Quelle petite mine…

— Je tiens le coup, assura-t-elle. Sa main retrouva d'elle-même les vieux gestes de tendresse, caressa la joue, le front, épousa en aveugle la forme parfaite du visage tant aimé. Tu es de retour plus tôt que prévu.

Andy se dressa de toute sa hauteur. Il les regarda tour à tour, joyeux, triomphant, tandis qu'il faisait claquer la porte derrière lui.

— J'ai quelque chose à vous dire, une nouvelle à vous annoncer, extraordinaire ! Vous ne devinerez jamais.

Bras dessus, bras dessous, la mère et le fils gagnèrent le salon.

— Joe, mon vieux, tu vas tomber à la renverse.

Joe lui jeta un regard d'avertissement appuyé. Il glissa sur l'intéressé sans alerter sa méfiance.

— Andy…

— Asseyez-vous, l'un et l'autre. Le fils s'éloigna de sa mère, ôta sa veste. Quand vous saurez ce que j'ai appris là-bas, vous allez choir d'émotion. Vous restez debout ? Vous ne me croyez pas ? À votre aise.

Il tira sur son tee-shirt blanc à rayures marines, vierge de toute publicité.

Joe échangea un regard avec Rosemary. Trouva-t-il chez elle l'acquiescement recherché ? Il se jeta à l'eau.

— Sans doute vas-tu nous parler d'un certain tatouage ?

Le visage d'Andy s'écarquilla. Stupeur et dépit.

— Vous avez reçu un coup de fil ! Qui ? Qui a vendu la mèche ?

— Ta mère n'a eu besoin de personne, elle a tout deviné par ses propres moyens.

Andy fixa sur Rosemary un regard ébahi, l'ébahissement presque comique du simple mortel qui découvre en sa mère une mutante.

— Ainsi, tu sais que Judy n'était autre qu'Alice Rosenbaum ?

Rosemary hocha la tête.

— Quelque chose t'a donc mise sur la voie ?

— Les trente pièces d'argent. Et le nom, bien sûr.

— Le *nom* ?

— Judith S. Kharyat.

— Dites-le plus vite, en rapprochant les syllabes, conseilla Joe.

Les lèvres d'Andy formèrent le nom en silence. Il lui vint un fin sourire d'entendement.

— Ils ont pensé à tout, décidément. Cette homonymie met la touche finale à leur œuvre, cela mérite un coup de chapeau. Un jour, elle m'avait révélé le nom caché derrière l'initiale du milieu, d'interminables consonances indiennes auxquelles je n'ai rien compris. (Sa main laissa en suspens le mouvement elliptique destiné à illustrer les divagations pittoresques de la « patronymie » indienne.) Tu ne vois donc pas qui a fait le coup ? demanda-t-il. Malgré toute ta clairvoyance, tu n'es pas allée jusqu'à démasquer les coupables ?

— Non, admit-elle humblement.

— Les autres membres de la Brigade, bien sûr ! Les cinq malfrats qui formaient sa bande et l'accompagnaient partout. Certains d'entre eux, tout au moins. Nous venions d'arriver lorsque le préfet fut informé de la véritable identité de la victime. Sous l'effet du choc, sans doute, un voile s'est déchiré dans mon esprit, la vérité m'est apparue. Elle avait reçu pour mission de s'introduire au sein de *GC* à seule fin de nous espionner, de trouver le défaut de la cuirasse. La situation lui avait échappé et ses copains, par ce meurtre spectaculaire, faisaient d'une pierre deux coups : d'une part ils se vengeaient de leur camarade coupable, d'une manière ou d'une autre, d'avoir changé de camp, pourrait-on dire ; de l'autre ils sabotaient l'Illumination en jetant le doute sur nous, puisque, d'une certaine façon, toute la mise en scène contribuait à faire de ce meurtre la punition infligée à une indicatrice sur le point de me trahir, *moi*. Jouant de ma ressemblance avec une certaine image du Christ, à l'aide de certains accessoires géniaux, trente couverts en argent, un pseudonyme énigmatique, ils ont monté une véritable machine de guerre destinée à obtenir un retentissement maximum. Le corps nu, ensanglanté, d'une femme sur le grand comptoir de *Tiffany's*... que pouvait-on rêver de mieux ?

Joe étouffa une exclamation. Il se donna du plat de la main une grande claque sur la poitrine.

— Ouf, quel soulagement ! Je parle pour moi, naturellement. Il n'est pas interdit à Rosemary de tirer des conclusions différentes. À vrai dire, nous étions un peu nerveux, avant ton arrivée.

— Ce raisonnement ne manque pas de cohérence, murmura Rosemary. Tout les accuse, en effet...

Andy agita l'index.

— Je n'avais pas eu le temps d'ouvrir la bouche que le maire avait déjà débrouillé toute l'affaire, y compris le mystère des pièces d'argent. Pour toutes les personnes présentes, ce fut une révélation. La pertinence de la démonstration emporta notre adhésion. Nous sommes tombés d'accord sur la nécessité de ne pas divulguer la double identité de Judy avant le 3 janvier, jour de la rentrée. Le fort je ne sais quoi, fief de la Brigade dans le Montana, est placé sous la surveillance du FBI. Les recherches informatiques ont déjà permis d'établir un lien entre l'un de ces chenapans et un avocat dont le cabinet se trouve au dix-huitième étage de la tour.

— Quel soulagement! répéta Joe.

Il se rapprocha de la boîte de chocolats.

Andy prit sa mère par les épaules, plongea son regard dans le sien.

— Nous tenons les coupables. N'est-ce pas déjà une mince consolation?

Elle battit des cils.

— Certainement.

— Il faut te ressaisir, te reposer. Quel coup de vieux! Tu as presque l'âge d'être ma mère.

Elle le boxa, en manière de plaisanterie. Il encaissa les coups avec des contorsions de garnement.

Joe les surveillait, tout en mâchouillant ses douceurs. Il sourit.

— Tout compte fait, dit Rosemary, tu as raison, c'est un petit réconfort de savoir que les coupables recevront leur juste châtiment. En y réfléchissant, je serais sans doute parvenue à cette conclusion moi-même : les brigadistes étaient tout désignés, en effet. On ne peut que se féliciter de la rapidité d'intervention du FBI.

Un sourire angélique s'épanouit sur le visage las. Le jour n'était pas plus innocent que le regard de Rosemary, levé sur son fils.

Les contempteurs de Judas.

Ainsi, elle s'était trouvée au milieu d'eux, les douze disciples, les faux apôtres.

Plus que onze, à présent.

Rosemary brouilla MULTAROSES, après quelques tâtonnements composa ASTROLUMES.

Assise devant la fenêtre, en cette fin d'après-midi mélancolique, après une douche, une sieste réparatrice. L'atmo-

152

sphère était ouatée, une ample douceur enveloppait toute chose, propice à de lentes maturations. Soyeux, le pyjama d'intérieur qu'elle avait revêtu dans la perspective d'une longue solitude ; discret, le trio de jazz dont les sonorités élégantes effleuraient le silence. La neige plaquait contre les vitres un kaléidoscope de dessins blancs tourbillonnants.

ULTRAMESSO ? Description pittoresque d'une chambre désordonnée d'adolescent [1]. Inconcevable, toutefois, dans la bouche d'un enfant.

Le nom fatal se cachait-il vraiment derrière *Roast Mules,* ou bien la prétendue anagramme n'était-elle qu'une invention de Judy, alias Alice Rosenbaum, une supercherie comme l'avaient été le sari, le tatouage, le mascara ? À quoi bon ? Même la plus irréductible des Athées n'aurait pas imaginé ce pauvre subterfuge pour agacer les nerfs de l'ennemi. Et l'amitié de Judy pour Rosemary Reilly n'avait-elle pas eu tous les accents de la sincérité ?

MORTUALESS…

Hutch, l'ami libraire, avait manqué de temps pour lui révéler la véritable identité de Roman Castevet. La secte avait employé les grands moyens en le plongeant dans un coma dont il ne s'était jamais réveillé.

Judy n'avait pas eu le temps de lui révéler – quoi, au juste ? Que le cher Andy, au lieu de pratiquer la fraude et l'évasion fiscale comme s'y attendait Alice, appartenait à une communauté sataniste que rien ne rebutait, messes noires, envoûtements, invocations malfaisantes ? Était-ce le gouffre au fond duquel il l'avait entraînée ? Après cette révélation, de Judy à Rosemary, à qui les brigadistes, contempteurs de Judas, se seraient-ils adressés ? Au *Times,* à n'importe quel quotidien à grand tirage ? Cette suggestion, venant de la part d'une renégate, n'aurait pas retenu leur attention plus de deux secondes. Un éditeur eût été l'interlocuteur le plus intéressant, prêt à acheter un livre à paraître courant avril ou courant mai. Pour quelle autre raison l'auraient-ils sauvage-

---

1. Ultramesso, du verbe *to mess,* embrouiller, déranger, souiller… *(N.d.T.).*

ment assassinée ? Ils devaient être défoncés à mort, shootés, dans un trip de violence inouïe, de misérables toxicos, comme l'étaient la plupart des surineurs de cette sinistre fin de millénaire, dont le nombre était d'ailleurs en déclin constant, grâce à l'œuvre pacificatrice d'Andy.

Les contempteurs auraient-ils osé jeter le pire à la face du monde ? La vérité toute crue, l'abomination suprême ?

Non. Si Judy avait découvert de qui son amant était le fils, elle ne serait jamais allée trouver Rosemary, ni se serait confiée à elle avec une telle liberté. La jeune femme, au contraire, aurait interrogé avec adresse, dans l'espoir de glaner d'autres renseignements. Questions fureteuses, à la limite de l'indiscrétion. Chez nous, en Inde, les femmes se disent tout… Belle excuse, en vérité.

Les onze autres disciples, par conséquent, n'en savaient pas plus. Les adorateurs de Satan n'avaient pas de secrets les uns pour les autres. Cette promesse d'initiation intégrale était l'un des arguments favoris de Roman pour tenter de l'amener à rejoindre…

STEALORMUS.

À l'occasion du précédent réveillon de Noël (son dernier Noël, un semestre auparavant), pour la première fois elle avait autorisé Andy à se rendre seul chez Minnie et Roman, jusqu'au lendemain matin. Il était alors âgé de cinq ans et demi, à un jour près. Certains rituels devaient être observés, certaines instructions transmises, six mois avant son prochain anniversaire, avait déclaré Roman. Ils respectaient leur part du contrat, elle devait en faire autant. Le père de l'enfant avait des droits, lui aussi. Des droits et des pouvoirs.

La secte lui était indispensable. Que peut faire la mère d'un galopin doté de magnifiques yeux de tigre, de cornes naissantes moins agréables à regarder, pour ne pas mentionner certaines parties de son anatomie franchement épouvantables. Infirmités que l'homme de 1999, l'âge du Fils de Marie, parvenait sans doute à maîtriser grâce à la même volonté démoniaque qui lui permettait d'unifier la couleur de ses prunelles (Rosemary se gardait bien de l'interroger). Dans quel dénuement se trouve la malheureuse mère, privée de la possibilité de gagner sa vie puisqu'il lui faut sans cesse veiller sur le petit phénomène, interdit d'école maternelle, interdit de toute vie publique, en fait. Que peut faire l'infortunée lorsqu'elle éprouve le besoin impérieux de faire appel à une baby-sitter? Pas question de téléphoner à une agence ou de solliciter une jeune voisine.

La secte acquittait toutes les factures. Les femmes n'étaient qu'une bande de vieilles radoteuses sur lesquelles Rosemary se reposait dans les cas de nécessité absolue, moyennant des conditions sévères dont elle s'assurait ensuite, à sa manière, qu'elles avaient été scrupuleusement observées.

À l'exception de Laura-Louise, cette calamité vivante, tous les membres de la secte faisaient preuve envers elle d'une grande serviabilité. Comme aujourd'hui, on lui témoignait le plus profond respect.

Roman lui avait affirmé sous serment (un engagement sacré auquel il lui était interdit de se soustraire, prétendait-il) qu'aucun mal ne serait fait à son fils, aucune contrainte exercée sur lui. L'enseignement reçu se proposait de fortifier son corps et son esprit. L'énergie accumulée ferait de lui un prêtre d'exception, la tête solide, le port fier et droit. Comme tout endoctrinement religieux intelligemment conçu, celui-ci serait une école de courage; il y puiserait une inspiration qui l'animerait sa vie entière. S'il lui était impossible d'assister aux séances en qualité de simple observatrice, la secte se ferait une joie de l'accueillir en son sein, ainsi qu'il lui avait été maintes fois proposé. L'absence d'un sang jeune et généreux commençait à se faire cruellement sentir – dans le vieux regard de Roman s'était allumé un pétillement malicieux – et deux places se trouvaient vacantes. N'était-ce pas encore la meilleure façon de garder en permanence un œil sur le cher petit?

Merci bien, sans façon.

Elle avait passé la plus grande partie du réveillon assise sur un tabouret dans un placard débarrassé de ses étagères et dont le fond ouvrait, quand le verrou n'était pas fermé, de l'autre côté, sur le placard symétrique de l'appartement voisin. Le passage dérobé par lequel on l'avait transportée, dans la terrible nuit du mois de décembre de l'année 1965. Blottie dans son réduit elle écoutait, l'oreille collée contre l'extrémité d'un verre, faible chambre d'écho appliquée sur la paroi de contreplaqué blanc. De temps à autre, par bribes ténues, lui parvenaient des incantations funèbres accompagnées d'un air de flûte que soulignait le rythme monotone d'une percussion. De toutes les fentes, de la moindre fissure suintait l'âcre odeur du tanin à laquelle on pouvait trouver du charme avant qu'elle ne fût recouverte par des bouffées de soufre à faire chavirer le cœur.

Avait-*il* répondu à leurs prières ? Était-*il* monté des profondeurs de son royaume chtonien ou s'était-*il* matérialisé devant eux, pouf ! surgi de l'univers parallèle où régnaient les divinités infernales ?

Alors seulement, songeant à son fils, Rosemary s'était sentie inconsolable. Elle aurait dû, depuis longtemps déjà, prendre Andy sous le bras et déguerpir. Encore six mois avant son anniversaire… peut-être n'était-il pas trop tard ? Elle irait loin, le plus loin possible, San Francisco ou Seattle. Au milieu de toutes les difficultés, elle se débrouillerait pour rassembler l'argent nécessaire à l'achat des billets d'avion. Une fois en lieu sûr, elle s'adresserait à une institution privée, une clinique pour enfants tenue par des religieux. Ils comprendraient à demi-mot, ils s'occuperaient du petit garçon, ils sauraient quoi faire.

Quand le remugle sulfureux se fut dissipé, elle respira un peu mieux. Le tanin, par comparaison, était un enchantement. Ce même tanin qui entrait dans la composition des potions que Minnie lui préparait chaque jour pendant sa grossesse. L'enfant à naître s'en était nourri. Nous l'aimons déjà, avait assuré le vieux couple, nous voulons faire de lui un fier petit gaillard, nous y veillerons de notre mieux.

Plus tard, elle s'était préparé un lait de poule généreusement arrosé de bourbon. Tradition de fin d'année oblige, la télévision programmait *It's a Wonderful Life* [1], un conte de

---

1. Titre français : *La vie est belle*, de Frank Capra, réalisé en 1947, avec un tout jeune James Stewart *(N.d.T.)*.

fées qui faisait passer le frisson de l'épouvante. Rosemary le voyait pour la seconde fois.

Le lendemain matin, Andy avait traversé les deux placards dans l'autre sens, joyeux, frais comme un gardon. Enchanté de retrouver sa mère et de sentir les tendres bras se refermer sur lui. Il s'était élancé dans le salon. Avait-il passé une bonne soirée? S'était-il bien amusé? Il avait hoché la tête, les yeux fixés sur l'étoile, tout en haut du sapin. Rosemary s'était agenouillé auprès de lui. Il avait les joues roses, tout l'émerveillement du monde luisait dans ses yeux.

— J'ai promis de ne rien dire. Crois-tu que ce sera très mal, si je le fais quand même?

Elle lui avait caressé le dos. Le plus adorable des bambins dans son pyjama de flanelle.

— Cela dépend. Si tu as envie de garder le secret, il vaut mieux ne pas rompre ta promesse. En revanche, si tu as changé d'avis et meurs d'envie de tout me raconter, n'hésite pas. Les petits enfants ont parfois le droit d'être versatiles. Mais si tu préfères garder le silence, je ne t'en voudrais pas. Après tout, je t'ai donné la permission de passer la nuit loin de moi.

Il avait décidé de garder le silence.

Pour Rosemary, ce Noël devait être le dernier. En son absence, Andy avait célébré vingt-sept fois la naissance du Christ. Vingt-sept Noëls de ténèbres, parfumés au tanin, sur fond d'incantations lugubres scandées par la flûte charmeuse et les tambours de guerre.

TREMOLUSSA…

«Le satanisme, c'est terminé. Je ne veux plus en entendre parler», avait-il affirmé, les yeux dans les yeux de sa mère à peine retrouvée.

Maman, il faut me croire, jamais plus je ne mentirai.

S'il s'était joué d'elle, abusant de son amour et de sa candeur, vendredi soir, Rosemary saurait à quoi s'en tenir.

Dans l'avion qui les ramenait de Dublin, il avait tenu à mettre les choses au point. Judy et lui avaient prévu de passer le réveillon ensemble. Le 25 au matin, ils se retrouveraient tous les quatre, les jeunes tourtereaux et les moins jeunes, Rosemary et Joe, et procéderaient à l'échange des cadeaux. Au cours de leur première partie de Scrabble, Judy avait fait allusion avec un effroi mêlé d'ironie aux séances insolites qui se déroulaient au neuvième étage.

L'amphithéâtre et ses coulisses, vestiaires, déambulatoire, salle de conférence, tous espaces insonorisés, isolés du reste de l'immeuble par plusieurs niveaux de bureaux inoccupés au-dessus, en dessous… le lieu parfait pour célébrer des messes noires. Infiniment plus sécurisant que le salon de Roman et de Minnie.

Après ces sombres excès, il ne fallait pas moins de cinq personnes, en effet, pour faire le ménage. L'amphithéâtre ? Nickel, avait ordonné Diane. Et les autres de descendre. L'équipe d'entretien de l'immeuble n'avait donc pas accès au neuvième étage ?

Ultramesso ?

SOULMASTER[1].

La neige tombait drue à présent, le ciel semblait rayé de balles traçantes. Les cassandre de la météo avaient gagné la première manche. Un blanc tapis de douze centimètres d'épaisseur vers minuit, cinq de plus au petit matin. Le vent soufflerait en rafales, soixante kilomètres à l'heure, pas moins.

La radio ne voulait pas demeurer en reste : Bing Crosby et son *Noël blanc* avaient été appelés à la rescousse.

---

1. Le Maître des âmes.

TROISIÈME PARTIE

14

Le blizzard qui s'abattit sur la partie septentrionale de la côte est des États-Unis pendant les derniers jours de l'année 1999 battit tous les records enregistrés depuis un siècle. Tant par sa durée, deux jours et demi, sa violence et la profondeur de la couche de neige : un mètre cinquante depuis Cape Hatteras jusqu'à Cape Cod.

À New York City, on rendait grâce au ciel de n'avoir envoyé que soixante centimètres. On plaignait les pauvres Bostoniens, condamnés à rester ensevelis tandis que notre «Mère Nature» (était-elle autre chose que Dieu le Père dans sa version mégère inapprivoisée?) répandait ses extravagances sans faire de détails : voies ferrées impraticables, toits de supermarchés effondrés, théâtres vides, magasins désertés, voyageurs immobilisés, tout le monde bouclé entre quatre murs à l'exception des gamins sur leurs luges et des skieurs de fond.

Le vendredi matin, comme par magie, le soleil fit son apparition, la lumière se répandit à travers les fins flocons clairsemés. Quelque main invisible avait suspendu l'ouragan pour permettre à la foule recueillie des consommateurs d'obéir à l'injonction irrévérencieuse et triviale qui s'étalait à la une d'un quotidien parmi les plus populaires : LA GRANDE BOUFFE, ENFIN ! Midtown Manhattan était une fantasmagorie blanche, un paysage enchanté que la neige avait enclos dans son demi-silence. Le long des rues se voyait une pesante géométrie de formes accroupies, prostrées, à demi estompées, à demi surgissantes sous leur linceul. Pour le reste, la ville n'était qu'une toundra démantelée à travers laquelle les hommes piétinaient, patinaient, se cassaient la figure, skiaient ou se lançaient des boules de neige, cabriolaient avec des chiens, poussaient des enfants enfermés sous des bulles de plastique… Ceci sous le regard débonnaire, engageant des commerçants postés sur le seuil de leurs échoppes grandes ouvertes.

— Salut! Si nous allions admirer l'arbre?

Ils n'avaient pas eu l'occasion de se voir ou de s'adresser la parole depuis le mardi matin. Prenant prétexte de son état de délabrement physique et nerveux, Rosemary les avait mis à la porte tous les deux, avec un chaste baiser pour chacun, priant Joe de bien vouloir la débarrasser de ses chocolats et de ses feuilles de choux. Andy avait annoncé, la mine soudain plus grave, qu'il éprouvait le besoin de prendre un peu de recul et se proposait de passer quelques jours dans sa retraite. Il serait de retour le 25 décembre au matin.

Rosemary s'était félicitée de cette décision sans trop s'interroger sur les motivations, chagrin, culpabilité, un mélange des deux, qui poussaient ainsi son fils à se retrancher du monde. Il n'avait d'ailleurs pas précisé s'il comptait assortir cet exil d'une complète solitude. Elle imaginait un ranch postmoderne, murs d'adobe et jardin de cactus façon *Playboy*, dans lequel il devait être assez difficile aux êtres simples de renouer le fil d'un dialogue interrompu avec leur conscience. Andy, bien sûr, était d'une autre trempe.

— Tu m'écoutes?

— Bien sûr. Rosemary franchit les quelques pas séparant le lit de la fenêtre. Où es-tu?

— Quarante-cinq étages plus haut. Je viens d'arriver.

Rosemary contempla le parc, la blanche dilatation des arbres.

— Comment as-tu fait?

— J'ai pris l'avion, l'hélicoptère et le métro, successivement. N'as-tu pas envie de prendre un peu l'air, après plusieurs jours de claustration ? Trottoirs et chaussées sont plus ou moins dégagés. Les chasse-neige ont tout déblayé et le grand nettoyage commence. Un vrai temps de Noël.

Elle poussa un soupir.

— Le dernier Noël que nous ayons passé ensemble est très présent dans ma mémoire. Nous avions dressé un sapin dans le salon et l'avions décoré de notre mieux, toi et moi. As-tu conservé le moindre souvenir de ces instants ?

— Aucun. C'est pourquoi je suis toujours en Arizona. As-tu des bottes ? Les magasins ont été dévalisés.

— J'ai tout ce qu'il me faut, assura-t-elle. Il me manque juste les chiens et le traîneau.

Tout New York, semblait-il, aurait pu en dire autant. Bottes (de couleurs variées, y compris le noir et le brun), gants, mitaines, bonnets de laine, bonnets à poils, casquettes à oreillettes, insignes *I ♥ Andy*, joues enflammées par le froid, sourires éclatants et lunettes noires pour se garantir de la réverbération, les hordes promeneuses étaient équipées pour affronter les grands frimas.

— La ville offre le meilleur d'elle-même après une tempête de neige, fit observer Rosemary. Ils sont heureux, n'est-ce pas ? cette blancheur éclaboussée de lumière réveille en eux la fraîcheur qu'ils ont gardée de l'enfance.

Cramponnés l'un à l'autre, ils cheminaient le long de Central Park Sud, parmi les douzaines d'autres pionniers, tous ravis de l'occasion qui leur était offerte de prendre une belle revanche sur l'automobile, fiers de fouler le terrain reconquis. Ils allaient à petits pas précautionneux pour éviter les pièges du verglas, là où la couche de soixante centimètres avait été déblayée.

Rosemary avait résolument adopté le style Garbo des grands films, identique à celui de l'incognito parisien : énormes lunettes noires, feutre rabattu dont le bord rejoignait le col dressé d'une redingote sortie tout droit de

Ninotchka [1], où elle avait dû être usée par un colonel de l'armée Rouge reconverti en portier d'hôtel cinq étoiles.

Travesti en Monsieur tout-le-monde, Andy était certain de passer inaperçu. Un béret, des lunettes, un insigne géant, ces quelques accessoires suffisaient à le transfigurer en légionnaire de la grande armée des supporters de *GC*. Un légionnaire avec le grade de centurion, malgré tout. La preuve leur en fut donnée par un policier, ses yeux embusqués derrière les indispensables lunettes. En voyant s'approcher cet athlète blond flanqué d'une élégante entre deux âges, il leva sa main gantée, pouce levé.

— Yo, Andy! s'écria-t-il. Bravo, bravissimo! *Numero uno!*

Les deux passants répondirent à son sourire.

— Merci, je t'adore, répliqua Andy.

— Seigneur! Même la voix est ressemblante, s'exclama le pandore. Dis-moi quelque chose d'autre.

— Vive les flics!

L'autre se tordait, tout en agitant la main en signe d'adieu. Rosemary regarda son fils, elle le poussa du coude.

— Andy?

— Du calme, maman. Ces petites singeries font partie du déguisement. Le véritable Andy dirait-il jamais une chose pareille?

— En pleine rue? Sûrement pas. La prochaine fois, essaie « allez au diable! »

Il hurla de rire, enlaça les épaules maternelles, juste à temps pour négocier le virage à angle droit tracé par le chasse-neige à l'entrée de la Sixième Avenue. D'aussi loin que portait le regard, la reconquête piétonnière était devant eux un fait accompli.

Rosemary déchiffra une enseigne.

— Depuis quand cette artère prestigieuse a-t-elle perdu son diminutif d'avenue des Amériques?

— Voilà seulement quelques mois qu'on l'a débaptisée à titre officiel.

Elle eut un sourire fugace.

---

1. Film de Ernst Lubitsch, réalisé en 1939, avec Greta Garbo *(N.d.T.)*.

— Ainsi, ils se sont décidés à « compter les syllabes », comme disait le pauvre Hutch.

L'évocation du disparu jeta entre la mère et le fils un froid semblable au sillage laissé par un fantôme. À maintes reprises elle lui avait parlé de son vieil ami, condamné à mort par Roman et sa clique.

Ils progressèrent cahin-caha, leurs mains entrelacées, décochant regards et sourires aux quatre coins de la toundra. À mi-parcours, les badauds s'étaient attroupés autour d'une limousine qui avait fait la culbute. Les gens ratissaient la neige avec leurs mains afin de dégager les vitres et les portières. Andy et Rosemary se mirent de la partie. Quand une porte fut enfin ouverte, on s'aperçut qu'il n'y avait personne à l'intérieur.

Ils se remirent en route, tout en pourchassant la poussière de neige accrochée à leurs cheveux, leur front, leur nez, partout.

Plus tard, débouchant dans la Cinquante et Unième Rue Ouest, ils se trouvèrent dans le dos du Radio City Music Hall, sous la verrière bordée de néon rouge.

— As-tu fixé une date pour ton prochain meeting? demanda Rosemary. Je suis impatiente de te voir dans le rôle de tribun.

Andy inhala profondément, expulsa un long panache de vapeur.

— Plus de meeting, murmura-t-il. Pas de sitôt, en tout cas.

— Pourquoi? protesta-t-elle. Tes apparitions en public sont d'une grande efficacité. À la clinique, l'assistante sociale se souvenait très bien de t'avoir vu quelques mois auparavant ici même, dans cette salle. Elle en frissonnait encore. La chère enfant n'aurait pas été plus bouleversée si elle avait subi quelque expérience mystique.

— Je ne sais trop, dit-il, les yeux ailleurs. Après l'Illumination, j'avais l'intention de prendre un peu de recul, définir d'autres formes d'action adaptées à de nouveaux objectifs.

Rosemary enchaîna, affectant de ne pas avoir entendu la nuance d'ennui, d'hostilité latente contenue dans la voix de son fils.

— J'ai moi-même commencé à travailler sur un projet d'émission-débat. Le titre est déjà trouvé, une idée formidable que tu m'as soufflée l'autre jour : Les Yeux neufs. Elle abordera un large éventail de problèmes, depuis l'escalade du terrorisme encouragé par la diffusion dans la presse, à la télévision, dans le langage courant, d'un arsenal d'images, de mots, d'attitudes visant à la banalisation du phénomène, jusqu'à l'adoption des patins à roulettes comme nouveau mode de transport urbain. Chaque sujet sera traité à la faveur de son évolution au cours des trente dernières années. Je ne me contenterai pas d'être une présentatrice potiche, dans le style *Andy's Mom*. Les invités seront mis sur le gril, réticences et cachotteries seront exposées sans pitié. M'en crois-tu capable ?

— Je pense bien. N'oublie pas, dans tes projets, nos vacances en tête à tête. J'y tiens beaucoup.

— Non, dit Rosemary. Pas maintenant. Nous le regretterions.

Andy ne fit aucun commentaire, visage soudé dans un silence fâché. Ils ne trouvèrent plus rien à se dire, satisfaits seulement de traverser le champ de neige sur lequel un grand soleil allongeait leurs ombres. Main dans la main.

Ils prirent le tournant de Rockefeller Plazza et se figèrent.

— Wow ! s'exclama Andy, la tête renversée, sa main libre en écran devant ses yeux.

Rosemary émit un long sifflement. Les gens allaient et venaient autour d'eux. À pas comptés, ils s'approchèrent de l'immense pyramide de lumières multicolores.

— Trop, c'est trop ! se plaignit Rosemary. Trop de clinquant, trop de couleurs, trop de lumières, trop de tout ! Rien de tel que des yeux neufs pour voir que rien ne va plus. Il fut un temps où l'arbre était encore visible sous les colifichets. Qu'en reste-t-il derrière cette montagne d'ampoules ? Il pourrait aussi bien s'agir d'un sapin synthétique.

— En fait, ils ont plutôt allégé le décor par rapport à l'an passé. Les protestations se sont multipliées. On a même fait circuler des pétitions : «Rendez-nous le sapin de notre enfance!»

Ils se frayèrent un chemin parmi la foule, entre deux murailles de neige tassée de part et d'autre. Les environs immédiats de l'arbre avaient été aménagés en patinoire. Ceux qui évoluaient là, sous le regard des spectateurs, étaient de première force. Rosemary les admira longtemps.

Un petit garçon haut comme trois pommes s'arrêta devant eux. Son père, solide gaillard encapuchonné, tenait le gamin par les épaules, tout en ôtant l'une de ses mitaines. L'enfant tirait sur l'autre et jetait sur l'inconnu de furtifs regards par en dessous. L'homme leur adressa un clin d'œil.

— Sois gentil, ne te fais pas prier, chuchota Rosemary.

Andy s'accroupit. Il se confectionna un vaste sourire, ôta ses lunettes.

— Bonjour.

L'enfant pencha la tête de côté.

— Es-tu vraiment Andy, oui ou non ?

— En toute franchise, à cet instant précis, je n'en suis pas certain. Et toi, qui es-tu ?

— James.

— Salut, James. Enchanté de faire ta connaissance.

Ils échangèrent une poignée de mains cérémonieuse.

— C'est tout de même plus drôle avec de la neige, tu ne trouves pas ?

— Assurément, monsieur Andy. Nous allons faire un bon-homme.

Andy le gratifia d'une claque sur l'épaule.

— Amuse-toi bien, Jimbo.

Il se redressa, se trouva face au père, même taille, même carrure, même âge. Il remit ses lunettes.

— Votre fils est du tonnerre.

L'autre lui braqua l'index sur la poitrine.

— Un type comme vous, sa place est au gouvernement. Vous seriez dix fois plus efficace. Vous, au moins, vous savez parler aux gens. Vous donnez l'impression d'être proche d'eux, de leurs préoccupations.

— Il m'a fallu des années d'entraînement pour en arriver là, confia Andy.

Rosemary le tira par la manche.

— Joyeux Noël. L'homme adressa un petit salut à Rosemary, il entraîna son fils.

— Joyeux Noël, murmura Rosemary.

Andy agita la main. James s'était retourné. Il brassa l'air de sa mitaine, décocha sur son héros un dernier coup d'œil perplexe.

Le *Stage Deli*, dans la Septième Avenue, était à moitié vide. Un serveur surgit à côté de leur table, calepin et crayon en mains.

— Votre jumeau est assis là-bas, dans le fond, annonça-t-il.

Andy regarda dans la direction indiquée. Quelqu'un qui lui ressemblait comme un autre lui-même lui adressa un signe de connivence auquel il répondit. Rosemary se prit au jeu, ainsi que la compagne du sosie. Marilyn Monroe en personne.

— Que prendrez-vous ? demanda le serveur.

Deux sandwiches au pastrami, deux bières.

Andy dévora à belles dents, ses lunettes noires obstinément tournées vers la fenêtre.

Rosemary ôta les siennes. Elle dévisagea son fils.

— Andy, si tu as quelque chose sur le cœur, je t'écoute.

L'espace d'un long moment, il resta silencieux, puis secoua sa mélancolie d'un haussement d'épaules.

— Je méditais sur l'amère ironie du malheur qui me prive de la seule femme belle, intelligente, ayant manifesté spontanément sa préférence pour une obscurité totale à l'occasion de nos ébats intimes. En réalité, elle voulait simplement éviter d'avoir à se passer tout le corps au brou de noix. Les Indiennes, affirmait-elle, font ça dans le noir. Peut-être est-ce la vérité, allez savoir.

— J'en doute, murmura Rosemary. D'après ce que je *crois* savoir, les Indiennes sont très ouvertes, très libres d'esprit.

Andy ramena son attention sur sa mère. Il souriait.

— En ce qui me concerne, même sans tenir compte des problèmes que tu connais, l'obscurité me convient admirablement. Elle laisse libre cours à l'imagination.

Rosemary promena un bref coup d'œil circulaire, surprit

quelques regards intrigués fixés sur elle, remit ses lunettes.

— Jamais je ne pourrai avaler ce sandwich monstre, dit-elle. Je vais leur demander d'envelopper le reste.

Central Park Sud avait d'ores et déjà reçu la visite des chasse-neige. Une seconde équipe était à l'œuvre, l'immensité blanche se transformait peu à peu en un cauchemar de gadoue. Voitures particulières et taxis roulaient au pas, en file indienne. Andy et Rosemary avançaient l'un derrière l'autre, le long d'un talus étincelant.

— Qu'as-tu prévu de faire ce soir?

— Assister à la messe de huit heures trente à St. Patrick's. Joe nous a pris des places. Et toi?

— Me coucher tôt, dit-il. Le voyage m'a épuisé. Cette parenthèse se sera révélée bénéfique, d'un autre côté.

Ils étaient revenus à leur point de départ, au pied de la tour. Ils gravirent les marches glissantes du perron, saluèrent au passage un portier débonnaire avant de s'engouffrer dans la porte à tambour.

Comme toujours en période festive, il y avait foule dans le vestibule du grand hôtel. La décoration était discrète, des guirlandes de houx, de branchages de sapins et de feuilles d'or suspendues aux corniches et encorbellements de marbre. À condition de tendre l'oreille, on percevait à travers le brouhaha les accents émouvants de «Greenleeves» musardés sur instruments anciens. Ils tracèrent leurs parcours vers les ascenseurs entre des chasseurs ployant sous les bagages, un maelström de collégiennes françaises en uniforme… Bousculé de tous côtés, un serveur répandit sur leur passage le contenu de sa vasque d'oranges. Les fruits s'éparpillèrent, roulant comme des billes vers tous les horizons du sol de marbre poli.

— Continue sans moi, je fais un saut au drugstore. Elle lui montra le sac de chez *Stage Deli*. Tu n'en veux pas, sûr et certain?

— Certain. Après tout, c'est ton sandwich, à toi d'en venir à bout! À quelle heure faut-il t'appeler demain matin? Onze heures?

— Parfait.

169

Il se pencha vers Rosemary pour échanger avec elle le baiser de la séparation. Leurs lunettes se heurtèrent.

— Joyeux Noël, maman.

— Joyeux Noël, Andy.

Leurs regards restaient dissimulés mais les lèvres, du moins, offraient un sourire de circonstance.

Il s'éloigna, longea la rangée des ascenseurs, tourna au coin pour atteindre l'Express. Rosemary le suivit des yeux, pensive, puis elle entra dans le drugstore où les petites Françaises agglutinées devant le rayon parfumerie et le présentoir des revues échangeaient des plaisanteries et se poussaient du coude.

Rosemary choisit un tube de dentifrice, une lampe de poche et fit mettre la facture sur le compte de sa chambre. Après quoi elle échangea quelques mots avec le jeune homme étrillé, impeccable et souriant qui se tenait derrière le comptoir. Il acquiesça, s'en fut chercher l'article demandé dans le fond de la boutique. Après s'être assurée que personne ne leur prêtait attention, Rosemary enleva ses lunettes. Le pharmacien revint presque aussitôt. Les collégiennes décampèrent soudain dans un grand éclat de rire, ce fut une ruée vers la porte. Le jeune homme resta impassible.

— Messe de minuit? demanda-t-il.

— Vous avez deviné, Al. Merci. Et joyeux Noël.

— La moitié du flacon devrait vous tenir éveillée pendant trois ou quatre heures. Joyeux Noël, Rosemary.

— Rosemary? c'est moi, Joe. Passez-moi un coup de fil dès votre retour. J'ai une mauvaise nouvelle à vous annoncer.

La mauvaise nouvelle ainsi que Rosemary devait l'apprendre en lui téléphonant, concernait la benjamine de la famille, âgée de vingt-trois ans, prénommée Mary Elizabeth. S'étant découverte depuis peu une vocation de lesbienne, la petite débauchée avait pris pension chez son amante,

170

une dame de plus de quarante ans. Saisie d'une inspiration charitable, Ronnie avait décidé de les inviter toutes deux pour le réveillon.

— Noël compte beaucoup pour elle, précisa Joe, c'est une fête sacrée. Les trains circulent de nouveau. Si je me dérobe, Mary Elizabeth pensera Dieu sait quoi, que son père désapprouve ses choix affectifs, que je ne veux plus entendre parler d'elle.

— Joe, ne vous en faites pas pour moi, je vous souhaite de passer une excellente soirée en famille.

— En outre, j'ai plutôt envie de rencontrer cette personne, la quadragénaire qui partage la vie de ma fille, fût-ce pour me faire une idée.

— C'est tout naturel, Joe. Franchement, je ne vois pas d'inconvénient à assister à cette messe toute seule. Au contraire, d'une certaine façon. Il y a longtemps que je ne suis entrée dans une église. Même avant mon accident, j'en avais perdu l'habitude. Un peu d'intimité sera peut-être la bienvenue. Ne vous faites aucun souci. Allez là-bas sans mauvaise conscience, c'est moi qui vous en prie.

— Merci, Rosie. Présentez-vous à l'entrée de la Cinquante-Cinquième, non loin de Madison. Quelqu'un filtrera les entrées. Contentez-vous de donner mon nom. À quelle heure, demain matin ?

— Onze heures, un peu plus tôt, un peu plus tard.

— À demain, donc. Merci encore.

Rosemary éprouva un soulagement immédiat, sitôt après avoir raccroché. La défection de Joe Maffia lui rendait vraiment service. Elle n'avait pas menti en confessant son désir de solitude pour ses retrouvailles avec Dieu, après une si longue crise. De même avait-elle l'intention de faire son entrée perdue dans la foule des fidèles plutôt que de se faufiler par la porte réservée aux privilégiés.

L'idée d'assister à une messe lui était venue mardi soir, après qu'elle eut décidé de son emploi du temps de la nuit du 24 décembre.

La cathédrale serait bondée malgré la célébration de plusieurs services supplémentaires en ce dernier Noël du

IIe millénaire. Il lui répugnait de devoir garder ses lunettes de star, incompatibles avec l'atmosphère recueillie du lieu, aussi avait-elle demandé à Joe de lui procurer une place dans les travées réservées aux invités. Il avait d'emblée proposé de l'accompagner mais le cœur n'y était pas, on le devinait sans peine. Le sentiment du devoir, plus que l'enthousiasme, avait inspiré sa réponse. De même Rosemary avait-elle longtemps tergiversé avant de se résoudre à prendre le chemin de St. Patrick's. Sa présence à l'église, ce soir-là, lui apparaissait comme une obligation morale.

Pauvre Joe. Divorcé, comme elle, il n'était pas un dévot. Pauvre Joe, qu'elle aurait dû abandonner après la messe, de toute façon, pour mener à bien ses projets personnels.

La chance était capricieuse. Chaque fois qu'ils avaient envisagé de passer la soirée ou le week-end ensemble, un événement imprévu s'était mis en travers de leur dessein. À Dublin, une panne de courant et, à Belfast, l'incendie de l'auberge. Ensuite, Joe avait souffert d'un tassement de vertèbres, puis une tempête de neige avait dévasté la côte est des États-Unis. On eût dit qu'une puissance bien supérieure à leurs pauvres volontés s'ingéniait à faire en sorte qu'ils ne puissent céder à la tentation avant l'échéance fixée par Joe lui-même : la nuit du Nouvel An.

Elle appela ses frères et sa sœur, distribua les derniers cadeaux aux membres du personnel.

Quant aux présents destinés aux proches collaborateurs d'Andy, ces complices en satanisme peut-être – auxquels elle devait accorder le bénéfice du doute jusqu'à preuve du contraire –, ils seraient remis demain matin ou jamais, selon les enseignements tirés des événements de la nuit.

Pour l'un d'entre eux au moins, le foulard de soie dans son bel emballage Hermès, la question était résolue. Qu'en faire, sinon le conserver pour elle-même en souvenir de la disparue ? Un foulard orné de motifs d'inspiration indienne, pour une belle jeune femme toujours vêtue d'un sari.

Assise devant la fenêtre, elle mangea la seconde moitié du sandwich au pastrami. Encore indécise sur la manière dont les choses allaient se passer, sur la conduite qu'il convenait d'adopter, elle entraînait ses pensées à suivre l'enchaînement le plus simple, le plus rigoureux, afin de ne pas Lui faire gaspiller Son temps. Cette nuit parmi toutes les nuits, Il allait être très occupé…

Hutch, vieux mécréant, avait dû se retourner dans sa « cantine aux asticots », ainsi qu'il lui plaisait d'appeler la dernière demeure de l'homme.

De son côté, Judy (ou Alice) n'aurait sans doute pas considéré l'initiative d'un œil trop favorable, pour l'accepter en fin de compte comme une « mise au point » nécessaire.

Quand vous avez la preuve formelle, très chèrement acquise, de l'existence du Malin, Dieu, que vous pensiez avoir laissé loin derrière vous, retrouve un second souffle et vous rattrape. Peut-être a-t-il perdu Sa foi en vous, et sans doute se sentirait-il offusqué si vous aviez l'audace d'entrer dans Sa maison et de communier à la Sainte Table aussi avez-vous jugé préférable, pendant toutes ces années, de garder une distance respectueuse.

Jusqu'au jour où le besoin d'aide et d'éclaircissements se fait vraiment sentir.

À sept heures, bien camouflée derrière ses lunettes et l'anonymat de vêtements surtout destinés à la garantir du froid, Rosemary prenait le chemin de la cathédrale. Le portier de l'hôtel avait proposé de héler un taxi. À quoi bon ? Elle avait du temps devant elle et la nuit était claire. En digne fille du Nebraska, la marche ne lui faisait pas peur.

Elle suivit l'itinéraire emprunté le matin même en compagnie d'Andy. Disposés le long des trottoirs à présent entièrement dégagés, des monticules de neige se hérissaient ici et là de l'éclat du chrome. Parvenue à l'orée de Rockefeller Plazza, elle n'eut qu'un regard pour le pesant cône de lumière – il prenait malgré tout, à la nuit, un petit air de fête plus seyant – avant de s'engager dans la Cinquième Avenue où le stationnement et la circulation avaient été interdits.

St. Patrick's Cathedral se dressait de l'autre côté, dans toute sa majesté gothique. L'édifice étincelait, tapissé de givre, offrant à la ciselure des projecteurs tous les détails de sa triple arche en croisée d'ogives et de ses flèches jumelles.

Rosemary avait plus d'une heure d'avance. Derrière les cordons de sécurité installés par la police, la file d'attente tournait déjà au coin de la Cinquantième Rue pas assez longue, toutefois, et de loin, pour remplir tous les bancs de l'immense nef.

Rosemary traversa la chaussée. Tout en descendant le long de la colonne, elle examina les gens qui la composaient, enregistra quelques détails insolites, blouson de motard, jeune fille à cheveux rouges, décida de prendre sa place parmi le commun des fidèles. Personne ne prêterait attention à ses lunettes noires, Lui moins que quiconque.

Devant elle se trouvait un couple âgé venu d'aussi loin que Westchester. Ils gratifièrent la nouvelle venue d'un sourire discret, avant de lui tourner le dos.

Nul ouragan ne se leva lorsqu'elle franchit le porche et traversa le narthex. Elle fit une génuflexion et se signa sans être frappée par la foudre. Dans le fond, sur la droite, un banc restait presque inoccupé. Elle s'y glissa et s'assit en retenant son souffle.

Lentement, elle desserra la ceinture de son loden et s'adossa dans un craquement plaintif de vieux, vieux banc épuisé par un long usage. Les yeux clos, elle laissa se dissoudre en elle les déferlantes apocalyptiques de l'orgue dont le déchaînement splendide se déployait en résonances interminables à travers l'espace du vaisseau. Longues, brèves, longues, les notes se poursuivaient en appels surhumains, coulées de joie solennelle qui s'enroulaient autour de chaque pilier, pli après pli, s'amplifiaient en vibrations fracassantes, répercutées par tous les échos de la haute voûte nervurée.

Un toussotement la fit sursauter. Debout dans l'allée, une dame attendait que Rosemary voulût bien lui permettre de prendre place à côté d'elle, où la place était encore libre. Robuste quinquagénaire à cheveux gris, vêtue de rose, chapeautée de rose, les deux insignes *I ♥ Andy* et *I ♥ Rosemary*, épinglés sur les revers du manteau. Rosemary lui adressa un sourire contrit et, plutôt que de se lever pour livrer passage à cette admiratrice modèle, préféra glisser sur le banc pour se rapprocher de son voisin de droite. La dame en rose hésita, finit par installer sa personne replète dans l'espace exigu. On entendit des craquements embarrassants.

— Ils se plaignent tous, chuchota la dame.

— Je sais, acquiesça Rosemary.

— Joyeux Noël.

— Joyeux Noël à vous aussi.

Elles se tournèrent à l'unisson, regard fixé sur le lointain de l'autel. La dame en rose n'était pas à son aise. Elle plia son manteau sur ses genoux, chercha un mouchoir dans son sac, s'agita sur son siège. Rosemary lui jeta un coup d'œil compatissant. Elle était bien à plaindre, en effet. Venue à l'église dans l'espoir de passer une heure dans le calme, à l'écart des errements du monde, elle se trouvait à côté d'un zombie à lunettes noires. Rosemary se pencha, toucha du doigt la monture de l'accessoire incriminé.

— Chirurgie ophtalmologique, murmura-t-elle.

Sa voisine opina du bonnet.

— Ah! Je *vois*. Je comprends. Je me demandais aussi… ces lunettes de soleil, en ce lieu, à cette heure! De quoi souffriez-vous, ma chère? Il se trouve que je suis infirmière à Saint Clare's.

— Décollement de la rétine.

L'infirmière exprima, dans un murmure, qu'elle prenait part aux souffrances d'autrui. Sa main serra, dans une brève étreinte, la main de Rosemary.

Elles échangèrent un nouveau sourire, d'un même mouvement se tournèrent, accommodèrent à l'infini.

Mentir dans Sa demeure. À une infirmière irlandaise, de surcroît. Joli début.

Rosemary cambra le dos. Crânement, elle leva le menton. Le poids de ses fautes ne la dispensait pas d'avoir un maintien digne. Le dos droit, la tête droite, comme à l'exercice.

L'orgue roulait sur eux en bouffées formidables. La grande majorité des fidèles s'étaient agenouillés, ainsi ses deux voisins, lèvres balbutiantes, abîmés dans leurs prières. Que de voix s'élèvent vers Toi, Seigneur ! Entends-tu leur détresse ?

Rosemary plia les genoux, les posa sur le prie-Dieu rembourré de velours rouge, croisa les mains sur l'accoudoir. Ayant ôté ses lunettes, d'un geste discret elle les glissa dans sa poche. À nouveau, les mains jointes, elle ferma les yeux. Sa respiration se fit plus lente, apaisée. Elle descendit dans sa mémoire et celle-ci lui parut interminable. De ce vertige elle parvint à extraire le souvenir d'un semblable bien-être. Il y avait si longtemps…

… Mon père, pardonnez-moi parce que j'ai péché. Vous le savez mieux que personne. Je suis venue Vous parler d'Andy et Vous demander conseil pour l'avenir. Merci de m'avoir accueillie en ce lieu. Il m'est venu une pensée présomptueuse, mais à force d'entendre les gens s'extasier sur mon réveil miraculeux et mon rétablissement prodigieux, j'en suis arrivée à la conclusion que Vous étiez pour quelque chose dans la mort accidentelle de Stan Shand. Vous avez provoqué mon retour à la réalité afin que par mon intermédiaire s'accomplisse Votre volonté. Ce faisant, mon Dieu, peut-être avez-Vous présumé de mes forces et de ma clairvoyance. Montrez-moi ce qu'il faut faire, et ne me demandez pas d'infliger à mon fils de trop grandes souffrances.

Le prie-Dieu frémit, geignit de toutes ses articulations. Rosemary attendit, tête basse, que le calme fût revenu parmi ses voisins.

Je progresse par petites étapes, en aveugle, suivant un itinéraire dont la destination finale m'échappe. Si cette nuit devait confirmer mes plus terribles soupçons, si je devais surprendre Andy en train de célébrer une messe noire, indiquez-moi ce que je devrai faire ensuite, la voie du devoir. Manifestez Votre volonté par un signe quelconque, je Vous en conjure. S'il m'est permis, en retour, de solliciter une faveur, souvenez-vous, Seigneur, que Andy est à demi humain. Et même davantage, si mes efforts ont porté leurs fruits. Dans l'hypothèse de sa triste culpabilité, est-ce trop Vous deman-

der que de lui accorder la moitié de cette miséricorde que vous accordez à tous Vos enfants ?

Il s'éleva un cri déchirant, d'une violence incroyable, qui monta comme une aiguille vers le ciel de la cathédrale, tournoya dans le transept, se catapulta, démultiplié, d'un bout à l'autre de la nef, s'effilocha en dents de scie alors même qu'un deuxième hurlement prenait le relais, puis un troisième. Celui ou celle qui troublait ainsi la messe de Noël ne connaîtrait pas de répit avant longtemps. La souffrance fusait de son cœur, c'était la voix de quelqu'un qui hurle en vain dans le désert, le malheur à l'état de foudre. Toutes les têtes s'étaient dressées, les yeux jetés à droite et à gauche exprimaient l'horreur ou la crainte, très peu la pitié. Certains se signèrent, d'autres baisèrent la croix de leur chapelet.

L'infirmière fourra son manteau et son sac sur le sol, contre les jambes de Rosemary, empoigna l'accoudoir du prie-Dieu avec fermeté, se mit debout. Vivement, d'une foulée sportive, elle s'éloigna le long de l'allée. À quelques rangées devant Rosemary, un homme s'extirpa de sa travée en s'efforçant de ne pas écraser les pieds de ceux qu'il dérangeait.

— Excusez-moi, je suis médecin.

La stridence était retombée au diapason d'une plainte. Quelques sanglots secouèrent encore le silence, comme les derniers soubresauts d'un incendie. Tout se tut. Un prêtre descendit de derrière l'autel, s'approcha du groupe qui s'était formé en haut de l'allée.

Le son de l'orgue, enfin, éclatant comme la trompette des anges. De toutes les poitrines s'échappa un soupir de soulagement. On se réfugia dans la prière, ou dans les chuchotements.

Rosemary était restée aux aguets, le poing crispé contre sa poitrine. Son cœur battait à se rompre.

Tu voulais un signe, n'est-ce pas ? Es-tu satisfaite ?

Elle avait la bouche sèche, c'était à peine si elle osait respirer.

Elle resserra son manteau autour d'elle, repoussa les effets de l'infirmière et quitta la travée. Tout en gagnant la sortie elle remit ses lunettes, noua sa ceinture. On la suivait des yeux.

— Cette femme, là, c'était Rosemary, j'en mettrais ma main au feu !

— Toute seule, habillée comme la première employée venue, et quittant l'église avant la fin de la messe ? Allons donc !

15

Elle allait vite, le long des trottoirs fraîchement nettoyés de Central Park Sud. La tête basse, les poings dans les poches. Une simple coïncidence, rien de plus, se répétait-elle, un pénible concours de circonstances. Même à St. Patrick's, pendant la nuit de Noël, personne n'était à l'abri d'une crise d'épilepsie ou d'une attaque. De quel droit osait-elle interpréter les souffrances infligées à cette infortunée créature comme un message à *elle* adressée, par le Très-Haut ?

Réaction stupide, dictée par la peur et d'une folle arrogance. S'autoproclamer l'agent de Dieu sur la terre, rien de moins ! Hôtels et résidences se succédaient, ce n'était qu'entrées, sorties, échanges de compliments, de baisers, de cadeaux. Parés des plumes du paon, les favoris de la fortune se préparaient à de furieuses agapes. Passant sous une verrière, elle reçut une bouffée de chaleur dont les effets se dispersèrent aussitôt aux vents glacés du carrefour de la Sixième Avenue.

En approchant de la tour, comme chaque fois, Rosemary fut saisie par sa splendeur. Elle se détachait, forteresse étincelante, contre la nuit urbaine, cette fantasmagorie de lumières, ce brasillement énorme que la neige enrobait d'une sorte de douceur nacrée. Elle avait espéré pouvoir remarquer, au milieu du feu d'artifice, le rectangle allumé d'une fenêtre témoin, à l'un des étages de GC, ayant pris soin de laisser un point de repère contre l'une de ses propres vitres, un foulard bleu épinglé entre les deux rideaux, une lampe allumée posée sur la table, juste derrière. Cette tache devait signaler le niveau à partir duquel il fallait chercher la fondation. Son regard fouillait en vain la façade incendiée : impossible de distinguer, dans ce flamboiement uniforme, les fenêtres éteintes de celles qui ne l'étaient pas, impossible de distinguer le bleu du rouge.

Elle fit le tour de Columbus Circle, s'engagea sur la rampe d'accès taillée à travers la neige et qui déboucherait sur l'Avenue, juste en face de l'immeuble.

Elle se changea. Pantalon noir, chemise verte, chandail noir. Aux pieds, des espadrilles noires. Garbo, version monte-en-l'air. Après avoir extirpé la lampe de poche de son étui de plastique, elle mit les piles en place, actionna le poussoir logé dans la tête de l'appareil. Cet objet tenait dans le creux de la main, il n'en émettait pas moins un rayon d'une grande intensité. Imperceptible symptôme des progrès accomplis dans tous les domaines en l'espace de trente ans.

Rosemary glissa la petite merveille dans sa poche gauche, la carte magnétique dans sa poche droite. À quoi bon s'encombrer d'autre chose ? En principe, son absence ne devait pas durer plus de quelques instants.

De deux choses l'une, ou ils étaient là-haut, très avancés dans les préparatifs de leur sinistre mascarade, ou elle trouverait le neuvième étage désert et plongé dans l'obscurité. Si quelque chose était en train, elle n'avait nullement l'intention de s'attarder pour jouer les espionnes. Craignant un coup de fatigue après le trajet aller-retour entre St. Patrick's et l'immeuble, elle n'avait pris qu'un seul des comprimés remis par Al. Dose suffisante puisqu'elle se sentait en pleine forme, débordante d'énergie. Une montée d'adrénaline pour dissimuler la peur tapie, l'épouvante et l'horreur face au désastre imminent ?

Sa vivacité pouvait simplement s'expliquer du fait de l'heure précoce : pas même dix heures. Certains d'entre eux, sans doute, avaient eu affaire ailleurs et n'étaient pas rentrés. Rien ne pressait.

Elle se prépara une tasse de café instantané, alluma la télévision. Un flash d'information, débité d'une voix urgente, sollicita aussitôt son attention.

— Aux dernières nouvelles, le bilan de l'explosion atteindrait le chiffre de cinquante-neuf morts. La présentatrice poussa un soupir consterné, secoua la tête. Récapitulons les faits, si vous le voulez bien…

L'enfer de Hambourg recommençait. Un autre attentat au gaz, un peu moins meurtrier. C'était au tour du Québec d'être frappé.

Le soir de Noël…

Rosemary se laissa choir sur un siège et rumina son amertume.

Sur la plupart des autres chaînes, il n'était question que de cela.

— Personne n'a encore revendiqué la responsabilité de l'attentat, précisa un commentateur.

— Crétin, murmura-t-elle.

Elle eut la vision fugitive de James Stewart, entraînant Donna Reed dans une folle valse sur la piste dressée au-dessus de la piscine. Le film de Capra était un chef-d'œuvre, bien sûr, mais de là à le regarder deux fois de suite en l'espace d'une semaine… L'index sur les touches de la télécommande, elle poursuivit sa quête d'images, s'intéressa quelque temps à l'émission publicitaire *God's Children All-Holy-Days Special*. L'apparition d'Andy l'incita à changer de programme une fois de plus. Elle n'avait pas envie de le voir et de l'entendre vendre sa salade. Retour sur l'actualité. Au Québec, le bilan s'était alourdi : soixante-deux morts. Rosemary éteignit le poste.

Ses pas nerveux la conduisirent devant la fenêtre. Elle contempla le parc sous son tapis de neige moucheté d'innombrables empreintes. Comment Joe supportait-il son escapade à Little Neck ? Quel effet cela lui faisait-il, de savourer la cuisine de son ex-épouse en compagnie de Mary Elizabeth flanquée de sa quadragénaire ? Les aléas du service ferroviaire le contraindraient-ils à passer la nuit sur place ? Il s'était montré avare de détails, concernant sa vie en commun avec Ronnie et les raisons de leur séparation, pourtant Rosemary avait cru comprendre qu'il n'y avait jamais eu entre eux de mésentente physique. Retrouverait-il ses vieilles habitudes dans la chambre de Ronnie ? Elle ressentit un pincement au cœur. Cet accès de jalousie inattendue la déconcerta.

Annuler AMOURLESTS. À la place, composer LOSTMAUSER. Démarche vaguement familière.

À onze heures moins le quart, après avoir retouché son maquillage et sa coiffure – contrairement à sa première impression elle n'avait pas, mais alors pas du tout stimulé l'inspiration d'Ernie, Andy avait vu cela du premier coup d'œil –, elle prit la moitié d'un autre comprimé. Au cas où son absence durerait plus longtemps que prévu.

Elle entrouvrit la porte donnant sur le couloir, juste assez pour faire entrer le bureau du concierge dans son champ de vision. Une dame était de service, dissimulée à son regard par le couple, un homme et une femme vêtus de lourds manteaux, avec lequel elle s'entretenait. La porte une fois refermée, Rosemary considéra, encadré sur le mur, juste à côté, le plan de l'étage avec les sorties de secours indiquées en rouge. Il s'en trouvait une en face de sa chambre.

Nouvelle tentative. La porte fut vivement refermée tandis qu'un groupe de gens approchait, venu de l'autre extrémité du couloir. Après leur passage, elle entrebâilla de nouveau, attendit pour se glisser au-dehors qu'ils fussent tous devant le bureau. Elle referma en douceur, s'assura que la pancarte DO NOT DISTURB était bien en place et traversa le couloir sur la pointe des pieds. Pesant sur la barre de métal transversale, elle repoussa le panneau vitré de l'issue de secours.

Rosemary déboucha dans un espace circulaire aux parois de chaux éblouissante. Éclairage au néon. Au-dessus, en

181

dessous, s'enfuyaient les spirales vertigineuses de l'escalier. Cramponnée à la rampe de métal noir, elle gravit une volée de marches triangulaires. Parvenue au huitième palier, elle s'arc-bouta contre une porte vitrée identique à celle de l'étage inférieur.

Lumière tamisée, moquette vert forêt, murs bleus : on était entré dans le domaine de *God's Children*. Non loin de là, en face des ascenseurs se trouvait une porte en noyer à double battant dont l'immense poignée de cuivre était gravée du sigle *GC*. Son reflet dans le métal, mince silhouette noire progressant à pas de loup, la fit sursauter lorsqu'elle l'aperçut. Elle se baissa, prenant appui d'une main sur le sol, plaqua un œil contre l'interstice entre les deux battants.

S'étant redressée, elle marqua une brève hésitation ; puis elle sortit de ses poches la lampe et la carte magnétique, inséra celle-ci dans la glissière prévue à cet effet à côté du chambranle. Si cette carte donnait accès à l'ascenseur privé d'Andy, elle devait en principe lui permettre d'entrer chez lui par la grande porte.

Son geste en direction de la poignée n'était pas achevé que les battants pivotaient. Ils s'ouvrirent sur de vastes ténèbres.

Ses yeux s'accoutumèrent. À la lueur parcimonieuse venue du vestibule, elle distingua les contours d'une salle de réception. Le rayon de sa lampe de poche balaya des meubles de grand prix, supportant des bibelots qui auraient trouvé leur place dans une galerie d'art. Sur le canapé s'éparpillaient des magazines haut de gamme. La culture et la finance s'étaient ici données rendez-vous. Autour de la pièce s'alignaient des portes.

Rosemary fit quelques pas à l'intérieur, se tourna, découvrit comme prévu les portes des ascenseurs. Elle tenta de se remémorer la topographie du neuvième étage, telle qu'elle pouvait la reconstituer en fonction de ses trois visites précédentes, à l'occasion de la conférence de presse, de l'enregistrement de l'émission et d'une réunion qui s'était tenue deux jours auparavant dans l'une des salles de conférence.

Toutes les pièces avaient vue sur le parc. L'amphithéâtre, par conséquent, devait se trouver derrière les ascenseurs. Pour regagner le sien elle se souvenait d'avoir longé un mur incurvé. L'arrière du plateau suivait une ligne parallèle à la façade de l'immeuble orientée vers Broadway. En toute logique, l'escalier de service en colimaçon qui débouchait dans l'espace compris entre les loges et les toilettes devait être situé là-bas, au-delà de l'angle nord-est de la salle de réception, presque à l'opposé de l'endroit où elle se trouvait.

Guidée par le halo de lumière, elle franchit une porte sur la droite, s'engagea dans une allée verte entre deux rangées de bureaux dont les numéros oscillaient entre 800 et 820. Parvenue à un embranchement, elle choisit la voie de droite, la coulée verte s'enfuyait devant elle, les numéros de part et d'autre allaient croissant. L'escalier était niché au fond d'une alcôve, sur la droite, là où elle l'avait localisé, à peu de choses près. Un tourbillon de marches noires.

Elle en fit l'ascension sans hâte et sans lâcher la rampe, éborgnant de sa main gauche l'éclat de la lampe qu'elle maintenait dirigée vers le sol. À mi-hauteur elle s'arrêta, tendit l'oreille. Dans le silence et la solitude, elle arriva au sommet. Le vert l'enveloppa, sol, murs, plafond. Sur la droite, à quelques mètres l'une de l'autre, deux portes. Entre elles, contre le mur légèrement convexe, un téléphone à carte. Sur la gauche, deux autres portes, voisines, portant les symboles toilettes pour dames et pour messieurs. Aucun rai ne filtrait sous ces dernières, contrairement à celles d'en face dont la plus proche donnait accès aux loges des dames. Entrebâillée, celle-ci ménageait une échappée de vue sur l'émail vert de la cloison intérieure.

Rosemary s'était immobilisée en haut des marches. Les narines frémissantes, elle prenait le vent. Elle huma longuement. L'odeur passa sur son visage comme le toucher d'une main ennemie. Elle ne put réprimer un frisson.

Tanin, es-tu là ?

Elle se faufila jusqu'à la porte entrouverte, écouta. Pas un mouvement, pas un bruit.

Elle s'enhardit, poussa le battant. Les cabines se faisaient face, par groupe de trois. Aucune n'était fermée, les rideaux tirés de côté. Dans la loge de droite, le manteau de Diane, qui avait coûté la vie à cinq cents visons, au moins, pendait sur un cintre non loin d'une cape de velours. Sa précieuse montre, ses bagues nombreuses reposaient dans une coupe, sur l'étagère. Son sac avait été oublié sur la banquette sous laquelle étaient rangées les bottes noires. Sur la banquette encore, négligemment jeté en fouillis, un collant noir.

La voix profonde de Craig se fit entendre depuis le foyer. La porte de communication, mal refermée, était située dans le fond, derrière les tables de maquillage.

Le ton était interrogateur, sembla-t-il à Rosemary. Elle se pencha davantage, appuyée contre la poignée, sans oser franchir le seuil. Impossible de comprendre les paroles prononcées, impossible d'identifier les autres voix. En revanche, un déclic en provenance du couloir l'obligea à prendre la décision immédiate d'entrer pour de bon et de fermer la porte derrière elle, à l'instant précis où s'ouvrait celle du vestiaire pour messieurs. Le cœur affolé, elle battit en retraite dans la loge de Diane.

Elle se ressaisit bientôt, regarda autour d'elle. En face, on cultivait le style bohème branchée : maillot de bain à volants, étole faite de deux castors aux yeux de verre, museaux soudés. Bottes d'amazone, sac de chez Gucci, des dessous féminins de soie, aux impressions léopard. Le style Polly…

Dans le foyer voisin, on se taisait.

Le silence écoula son chapelet de secondes, de minutes. Les relents de tanin, plus forts à présent, recouvraient un bariolage de parfums coûteux. Son odorat s'était aiguisé, peut-être un effet secondaire des comprimés. Sa vue semblait s'être améliorée, elle aussi.

La loge mitoyenne devait être celle de Vanessa. Qui d'autre porterait ce duffle-coat bleu électrique ? Jean fuchsia, bottes brunes, dessous noirs. Rosemary prit le parti de visiter les loges, l'une après l'autre. Elle entra dans celle de Sandy où l'accueillit un amoncellement de peaux de coyotes, en nombre suffisant pour avoir fait la fortune d'un trappeur de l'époque héroïque. Cette pelisse ultralongue qui avait glissé de son cintre devait être du dernier chic, accompagnée de bottes de cuir blanc et d'une robe de cachemire vert pistache. Aucun sous-vêtement visible.

Elle aurait dû repartir sur-le-champ. Son opinion était faite. La présence ou l'absence d'Andy faisait-elle la moindre différence ? Ses collaborateurs ne s'étaient pas dévêtus pour le plaisir de discuter du programme d'urgence en dix points que *God's Children* comptait soumettre aux pouvoirs publics dans le cadre de sa nouvelle campagne visant à l'amélioration de la protection sanitaire des plus démunis.

L'odeur de tanin, à elle seule, constituait une preuve. Elle inhala profondément.

Le tanin, bien sûr. Inoubliable odeur qui avait accompagné sa grossesse.

Le foyer, toujours silencieux, l'attirait comme la porte interdite du château de Barbe-Bleue.

Elle atteignit la hauteur des deux dernières loges. À côté de chez Sandy, il n'y avait rien. En face, le compartiment ne contenait qu'un seul vêtement, mais il était d'une beauté, d'une qualité digne d'admiration. Une longue chasuble de soie brute, irrégulière et souple au toucher, d'un superbe ocre foncé. Rosemary souleva une manche de belle ampleur, remarqua le capuchon, la ceinture faite d'une cordelette de la même matière somptueuse.

Un habit de moine, ou plutôt une pièce de collection, étoffe rare, finitions parfaites, luxueusement inspirée de là bure religieuse. Elle écarta l'encolure du cintre afin de pouvoir déchiffrer l'étiquette. Il était écrit : MME DELPHINE – COSTUMIÈRE DE THÉÂTRE.

Un cheveu était resté accroché au petit rectangle de soie. Rosemary le pinça entre deux doigts et le fit tourner devant elle. Sa singulière acuité visuelle lui montrait un long cheveu d'un noir de jais, plus clair à la racine…

Un cheveu teint. Elle le posa en équilibre sur l'épaule de la robe.

Songeuse, elle s'aventura entre les tables de maquillage, face aux miroirs garnis d'innombrables ampoules. Quelques mètres la séparaient encore de la porte tentatrice que l'on avait oublié de refermer. Rosemary les franchit sans hésiter. Le battant reposait simplement contre le chambranle, elle se contenta d'entrebâiller.

Non loin de là, légèrement sur la gauche par rapport à l'observatrice, Sandy était assise sur un canapé, absorbée par son jeu de tarot. Vêtue d'une magnifique chasuble couleur de rouille, la belle alignait ses cartes sur une antique malle armoire. Elle déplaça celle-ci, puis celle-là, étudia la configuration obtenue. Un profond soupir lui échappa. L'avenir s'annonçait sous de sombres auspices.

Les effluves pénétrants du tanin se répandirent par l'ouverture. Rosemary en fut imprégnée. Ils brûlaient cette saleté comme d'autres la myrrhe ou l'encens. Une autre chasuble de même nuance passa devant elle, venant de la gauche.

— Il sera bientôt onze heures. La voix de Polly. Je lui avais instamment demandé de ne pas être en retard. Je déteste me coucher à l'aube, mon équilibre intérieur n'y résiste pas. Le désordre s'installe en moi, j'en ai pour plusieurs jours à me remettre.

Sandy rassembla ses cartes qu'elle battit en virtuose. Elle les étala de nouveau. Polly fit un second passage dans l'autre sens, elle se piqua sur l'accoudoir du canapé, tout en grignotant un sablé. L'échancrure de la chasuble révélait ses jambes nues, haut croisées, au galbe toujours admirable pour une personne qui n'était plus de toute première jeunesse. Elle fit frétiller ses orteils, vérifia la netteté de ses ongles carminés, s'intéressa au destin fâcheux qui se dessinait sur la malle armoire. Dans le geste qu'elle fit pour se pencher au-dessus des cartes, ses boucles blondes basculèrent et lui masquèrent en partie le visage.

— Tss-tss, fit-elle observer.

Sandy soupira derechef.

— Le chaos, encore et toujours. Sans rime ni raison.

Entrée d'une troisième sorcière, venant de la gauche.

— Quelqu'un saurait-il ce qu'est devenu Andy? Il était là tout à l'heure, il a disparu.

— Il sera bientôt onze heures, se plaignit Polly.

— En effet, dit Diane. Elle se jucha sur l'autre accoudoir. Les garçons donnent des signes de nervosité.

Chasuble violette pour Diane, en harmonie avec la couleur de ses yeux. Elle surveillait l'agencement des cartes à mesure que Sandy les disposait sur la malle.

— «Lousetrasm», qu'est-ce que cela signifie? demanda-t-elle.

— Rien de particulier, dit Sandy. Le chaos, une fois de plus. Je cherche la solution d'une anagramme que m'avait proposée Judy.

— Tu veux dire Alice, rectifia Polly.

La tireuse de cartes secoua la tête, l'air accablé.

— Je n'arrive toujours pas à y croire.

Diane haussa les épaules, elle s'éloigna d'une démarche impatiente.

— Les puzzles, les petites énigmes sémantiques, tous ces jeux de mots, jeux de vilains… j'ai horreur de ça.

Rosemary recula, soudain très intriguée. Sandy avait-elle reçu, elle aussi, quelques confidences de Judy? Était-elle «contaminée»? Une bouffée d'angoisse lui serra la gorge. Elle fit volte-face et se trouva en face d'Andy, celui-ci les yeux rieurs, un index sur les lèvres pour lui intimer le conseil de garder le silence. Comme elle ouvrait la bouche, il lui plaqua une main en bâillon sur le visage.

— Il s'en est fallu de peu que je ne sois, moi aussi, la dupe de tes airs candides.

Andy ôta lentement sa main, posa un baiser sur le nez maternel.

Son sourire était désarmant, pourtant Rosemary l'aurait volontiers effacé d'un revers de main. Elle se tint coite, frissonnante, tandis qu'il lui adressait un clin d'œil avant d'ouvrir à demi la porte et de se glisser de l'autre côté.

— Mesdames, auriez-vous l'obligeance de libérer la place pour quelques instants ? J'ai besoin d'être seul.

— Pour quoi faire ? répliqua une voix venue de la droite. Diane, l'effrontée.

— La méditation est un vice solitaire, mesdames, vous ne l'ignorez pas. J'aspire à un bref recueillement avant de commencer la cérémonie. Veuillez débarrasser le plancher. Merci.

Il portait une chasuble monacale, lui aussi, avec capuchon et cordelette, de la couleur la plus appropriée aux circonstances : le noir. Le luxueux peignoir de chez Sulka, qui attendait deux étages plus bas dans son emballage cadeau, risquait de faire double emploi. Raison de plus pour ne pas en régaler ce vantard impénitent, matamore fertile en fourberies, digne fils de… son père.

Sandy rassembla ses cartes, forma le paquet au carré.

— Que faisiez-vous là, dans notre vestiaire ?

— Je chaussais les bottes de sept lieues, pour déguerpir plus vite. Polly…

— Vous aviez promis de respecter l'horaire prévu.

— Commencez sans moi. Je parle sérieusement. Allez-y, je vous rejoins dès que possible. *Yo, Kevin ! En avant la musique !* Dites-le-lui.

Il fermait la porte de communication avec l'amphithéâtre lorsque Rosemary, la mort dans l'âme, se résigna à franchir le seuil de la chambre verte.

Un foyer des artistes, que ce fût au théâtre ou à la télévision, dont les parois étaient de couleur verte, du vert le plus intense, au sein d'un théâtre lui-même entièrement vert, voilà qui n'était pas ordinaire. Une redondance visuelle, en quelque sorte. Un phénomène, de toutes les façons[1].

Une cloison à mi-hauteur séparait le foyer de la salle. Le plafond bas, poli comme un miroir, ajoutait encore à l'étran-

---

1. Ces commentaires mystérieux demandent deux mots d'explication. Comme souvent, face à un jeu de mot intraduisible, il s'agit d'aller au plus simple. *Greenroom,* en effet, dans l'argot des gens du spectacle, désigne la pièce dans les coulisses où se réunissent acteurs et actrices en attendant le signal de leur entrée en scène. Ce que nous appelons le foyer *(N.d.T.)*.

188

geté du lieu. La régie son et lumière s'y réfléchissait à l'envers, ainsi que les silhouettes de ceux qui attendaient de l'autre côté, vaquant aux menues activités de gens qui s'occupent à ne rien faire pour tuer le temps : va-et-vient, cigarettes, papotage.

Rosemary s'installa dans un fauteuil en face du canapé, les bras sur les accoudoirs, les mains croisées devant elle. Ses jambes minces sous le fuseau noir serrées à l'oblique, les pieds joints. Andy traversa la pièce en direction du distributeur de boissons. Son reflet l'accompagnait partout, têtes unies dans une proximité troublante.

— Noir, sans sucre ? demanda-t-il tout en resserrant la cordelette autour de sa taille.

Après un silence, elle acquiesça.

Il appuya sur la touche *ad hoc*. Le gobelet tomba et se remplit de café. Andy actionna le distributeur voisin. Il revint bientôt, posa sur la malle le café et la boîte de Coca-Cola. Il ouvrit celle-ci d'une pichenette, prit place sur le canapé, en face de sa mère. Rosemary se pencha pour prendre le gobelet, aperçut, sous un presse-papiers en argent, une feuille de calepin portant quelques mots griffonnés. Andy suivit son regard. Il semblait désinvolte, satisfait de lui-même et de la situation. Ou feignait de l'être avec une facilité déconcertante.

— Veux-tu la solution ? murmura-t-il.

— L'anagramme de *Roast Mules* ?

Il opina, souriant.

— Il ne m'aura fallu qu'une semaine pour la trouver.

— Certainement pas ! s'écria-t-elle.

Il pouffa de rire.

— Je dispose là d'un terrible moyen de chantage. Tu files doux, maman, ou je déballe le petit secret !

Assise très droite, elle aspira une gorgée de café, les yeux au loin.

Andy posa son Coca. Il bascula en avant, comme prêt à bondir.

— Ces taquineries sont inconvenantes, pardonne-moi. Tu te fais un sang d'encre et tu as tort. Je t'ai menti, il est vrai, mais si peu. Si peu. Je ne voulais pas t'effrayer, te perdre à nouveau après une si longue séparation. Maman, regarde-moi. Maman, je t'en prie.

Elle fit ce qu'il demandait, bien qu'il lui en coûtât. Ses yeux étaient du bleu le plus pur, le plus lumineux.

— Notre fête de ce soir n'a rien à voir avec le satanisme ; je ne l'aime pas, crois-moi, ni n'éprouve aucune vénération pour lui. On ne peut l'avoir côtoyé un tant soit peu sans le haïr, car l'infâme est à la hauteur de sa réputation. Il faut considérer cela… comme une sorte de divertissement, un rituel baroque avec lequel j'ai grandi, auquel je suis habitué. Pendant toute mon adolescence, ce cérémonial m'a tenu lieu de soirée récréative, presque de vacances, c'était le seul événement d'une vie dévorée par l'étude, l'ennui et la routine. De la sorcellerie ? Allons donc ! Nous ne sommes pas des imprécateurs, nous n'égorgeons pas de poulets, nous ne jetons nul maléfice. Minnie et Roman seraient consternés s'ils pouvaient assister à nos gamineries. Écoute…

Du menton, il désigna le fond de la pièce.

Les psalmodies avaient commencé, retransmises par un haut-parleur scellé dans le pan de mur compris entre les deux vestiaires, envoûtantes constellations vocales, traversées par des fulgurations insolites.

La tête à demi tournée, Rosemary écoutait. Andy l'observait à la dérobée.

— As-tu jamais, fût-ce une fois, participé…

— Jamais ! Les sons me parvenaient à travers la cloison du placard. Tu sais bien.

Il sourit. Le passage secret à travers les deux placards mitoyens lui avait laissé d'excellents souvenirs.

— Ce chant est différent, fit observer Rosemary. Ou bien est-ce ma mémoire qui me joue des tours ?

— C'est pourtant l'une des plus anciennes mélodies, à laquelle Hank a fait subir un traitement électronique. C'est sa grande passion, il ferait un excellent disc-jockey. Voilà exactement où je voulais en venir – un chœur enregistré sur bande magnétique, dont l'électronique révèle et transcende la beauté sauvage. Si Hank fait défiler l'enregistrement à l'envers, tu reconnaîtras un chant sacré.

Elle lui fit l'aumône d'un sourire, acheva son café, s'adossa, les bras le long des accoudoirs, le dos calé. Jambes croisées. Elle huma l'air, avec ostentation, agita la main en éventail devant son visage.

— En réalité, nous ne faisons rien d'autre que célébrer Noël à notre façon. À ma façon, plutôt, qu'ils ont adoptée par amitié, par intérêt véritable, comme la lubie d'un bonhomme qui se doit de baigner en permanence dans un bain de guimauve, débiter les lieux communs les plus éculés, incarner la bonté, l'optimisme à tous crins. Je suis le nouvel apôtre des lendemains qui chantent! J'avais l'intuition qu'ils marcheraient dans mon innocente combine de la nuit de Noël, pour telle ou telle raison, chacun la sienne.

Il se pencha davantage. Son ton se fit plus intime, plus pressant.

— Mes collaborateurs sont triés sur le volet. Ils sont tous hommes et femmes compétents, talentueux. Leur travail consiste à faire en sorte que nous vivions demain dans un monde meilleur. Ils prennent cette responsabilité très au sérieux et s'y consacrent avec ardeur. De temps à autre, ils rompent les amarres et s'accordent une récréation. Des satanistes, ces gens acharnés à faire le bien? Pas plus que toi. La moitié d'entre eux se rend régulièrement à l'église. Jay est l'un des ministres officiants de sa synagogue. (Andy posa la main sur le bras de sa mère.) Maman, ce ne sont pas des assassins. *Je ne leur ai pas donné l'ordre de commettre un crime sanglant.* Voilà pourquoi tu as perdu le sommeil, n'est-ce pas?

Elle soutint son regard sans sourciller.

— C'est exact.

Il se rejeta en arrière, fit valser ses cheveux d'ange.

— Je ne te comprends pas, Rosemary. Pourquoi aurais-je pris ce risque? Quel serait mon mobile? Judy, c'est entendu, avait eu l'intention de me trahir au cours de l'été. Elle n'en a rien fait, justement. Nous étions loin de nous douter de sa véritable identité.

191

— Nous avions rendez-vous. Il ne s'agissait pas, cette fois, d'une simple partie de Scrabble. Elle voulait me confier quelque chose.

Une expression douloureuse se peignit sur le visage d'Andy. Il détourna les yeux.

— T'annoncer notre rupture, sans aucun doute. À Dublin, cette décision est devenue inévitable… une certaine nuit, à Dublin. Tu sais de quoi je parle.

Rosemary l'observait avec curiosité. Physionomie irréprochable, regard limpide de l'homme en harmonie avec le monde comme avec sa propre conscience. À la moindre contrariété, l'âme disparaissait, le visage se transformait en un masque de méchanceté, parfois dans un unique petit mouvement de la tête, ou de la paupière.

— Elle voulait m'avertir de ce qui se trame ici même, en ce moment, murmura Rosemary.

— Maman, encore une fois, ce ne sont que des puérilités sans conséquence. Juges-en par toi-même, si tu le désires. Sa chasuble est accrochée dans sa loge, là où elle l'a laissée. Enfile-la, rabat le capuchon et personne ne te reconnaîtra. Les autres penseront que j'ai invité quelqu'un de l'extérieur, une nouvelle conquête. Cela m'est arrivé plus d'une fois, avant ma liaison avec Judy. Que verras-tu ? Une soirée entre intimes, agrémentée de prières druidiques, de danses venues d'un lointain passé et d'un excellent buffet aux mets exotiques. Peut-être seras-tu choquée par la couleur des cierges, noirs plutôt que verts, ou rouges, ou blancs. Peut-être l'odeur du tanin éveillera-t-elle en toi de fâcheux souvenirs… Quoi qu'il en soit, tu es la bienvenue.

— Merci bien. Sans façon.

— C'est ton droit. Il n'est pas question d'exercer sur toi la moindre contrainte.

— Non, répéta-t-elle. Même s'il s'agit de plaisirs aussi innocents que tu l'affirmes.

Il la dévisagea, tout enveloppé dans un sourire rusé.

— Ai-je parlé d'innocence ? Pas de satanisme, pas de contrainte, je n'ai rien promis d'autre. William devrait se permettre quelques privautés sur ta personne. En principe, il suffit d'une bonne tape sur la main pour le ramener à plus de civilités. Muhammed, en revanche, sait se montrer plus entreprenant.

— Soit, dit Rosemary. Admettons que Judy n'ait pas eu de révélations plus machiavéliques à faire. Pour autant, auriez-vous apprécié qu'elle alerte les médias sur l'organisation de surprises-parties pour le moins païennes dans les locaux de *GC*, le soir de Noël ? Quelle aubaine, pour vos ennemis ! Quel effet désastreux sur les larges masses, à la veille de l'Illumination, dont la réussite est si importante pour votre prestige… et vos finances !

Il froissa la boîte vide de Coca, la jeta dans une corbeille voisine. Alors seulement, il fit face à sa mère.

— Confidence embarrassante pour nous, je ne le nie pas. Et alors ? Je n'aurais pas touché à un cheveu de sa tête pour l'empêcher de faire son sale boulot. Je l'aimais, vois-tu. Pour des raisons en partie égoïstes, mais peu importe. Même après notre retour d'Irlande.

Entrée des percussions : un lent crescendo de vibrations dont les haut-parleurs, ici et ailleurs, répercutaient les échos en sourdes résonances. Rosemary ne put réprimer un frisson. Vieux réflexe.

— D'ailleurs, je reste convaincu qu'elle n'aurait pu se résoudre à sauter le pas, enchaîna-t-il. Elle prenait part à toutes nos activités et manifestations avec un enthousiasme égal à celui de ses petits camarades. Elle nous a même initiés à certaines techniques de yoga que la plupart d'entre nous ont adoptées avec profit. Andy s'assit en tailleur sur la moquette, aux pieds de sa mère. Laisse-toi tenter, maman, fais-le pour moi, pour nous deux. Quelques instants, est-ce trop demander ? Comment pourrions-nous jouir de nouveaux moments d'intimité, tels que notre promenade matinale, si la confiance ne règne plus entre nous ? Si tu restes convaincue que ton fils est un menteur impénitent, dans le meilleur des cas, et que nous éclaboussons l'amphithéâtre du sang de poulets décapités ?

Rosemary secoua la tête.

— Je n'imaginais rien d'aussi véniel.

— Qu'avais-tu en tête ? Parle, je m'attends au pire.

— Est-ce que je sais ? Je pensais que vous alliez célébrer une messe noire, ni plus ni moins.

Andy s'enferma quelques instants dans un silence consterné.

— Veux-tu savoir à qui tu me fais penser ? murmura-t-il enfin. À ces prélats, membres d'une commission de censure, grands pourfendeurs de films qu'ils n'ont pas vus et de livres qu'ils ne liront jamais.

— Bonté divine, Andy ! N'exagérons rien. Je t'accorde cinq minutes, pas une de plus. La journée a été longue, j'ai passé l'âge des surboums entre copains et je suis épuisée.

Sur ces mots, elle se leva. Il en fit autant et posa les mains sur ses épaules.

— Merci. Ta décision me comble de joie. En Irlande, tu me parlais de tes ancêtres, de leurs traditions. À mon tour, je vais te livrer une partie de moi-même. Des sons, des odeurs, des gestes constitutifs de ma culture personnelle.

Il lui baisa la joue. Caresse qu'elle accepta avec une moue de réticence, avant de poser les lèvres à la naissance de sa barbe.

Il la regarda s'éloigner en direction du vestiaire, elle et son reflet qui marchait la tête à l'envers. Au rythme profond des percussions. Il était heureux que Rosemary ne pût voir, à ce moment, l'expression de triomphe sur le visage de son fils.

16

Ils se tenaient main dans la main contre le mur du fond, à côté de l'estrade. Rien n'échappait au regard perçant de Rosemary à travers la pénombre fuligineuse des candélabres, poignardée par les éclats fugitifs des projecteurs. De loin en loin, on distinguait les veilleuses rouges des sorties de secours. À quelques pas, les longues silhouettes encagoulées, leurs manches jointes, se déplaçaient latéralement pour décrire un cercle suivant le sens contraire des aiguilles d'une montre. Les voix s'étiraient dans le sillage des points d'orgue électroniques, se conjuguaient avec la mélodie serpentine d'un unique instrument à vent, flûte ou fifre. En sourdine, la percussion assurait le rythme. Parmi les danseurs, tantôt ocre, tantôt bruns, une tache mauve sur laquelle Rosemary pouvait au moins mettre un nom.

Pas seulement, rectifia-t-elle. Le danseur ayant la plus petite taille devait être Jay. Et Kevin, l'athlète de la bande. Puis elle aperçut, au milieu du cercle, un grand siège de couleur sombre.

— N'est-ce pas le fauteuil roulant de Hank ? chuchota-t-elle.

— Non, fit Andy sur le même ton. Hank est avec les autres. Il danse, lui aussi.

Elle tourna la tête vers lui et, lâchant sa main, souleva un coin de sa cagoule afin de le dévisager.

Devinant sa surprise, il acquiesça.

— À cette occasion seulement, il est capable de se servir de ses jambes pendant plus de quelques minutes. Nous avons eu un bref entretien avant la cérémonie. Le croiras-tu ? J'ai su trouver les mots aptes à le galvaniser. Il lui décocha un sourire oblique. C'est justement à mon tour d'intervenir. Attends-moi là, veux-tu ? J'en ai pour une dizaine de minutes, tout au plus. Personne ne rompra le cercle.

Sitôt dit, sitôt fait. Il s'éloigna. La chasuble oscillait, exposant ses chevilles à chaque pas. Les participants levèrent les bras à l'unisson pour livrer passage à l'homme en noir. Les manches glissèrent. Rosemary eut la vision fugitive de deux poignets d'une minceur élégante dont le gauche s'ornait d'un large bracelet en argent.

Andy occupait à présent la place qui lui revenait, au centre, face à l'estrade. Les projecteurs nimbaient son front d'une auréole d'un rose crépusculaire. Le reste de sa personne n'était que ténèbres où faisaient tache ses cheveux, l'extrémité de sa barbe et sa main gauche, posée sur l'accoudoir. La chasuble violette quitta la ronde pour prendre place avec humilité devant lui, sur une escabelle. Cagoules affrontées, mains jointes, ils restèrent ainsi quelque temps pendant que les autres poursuivaient leurs simples et graves figures de danse suivant le tempo de la percussion. Les cagoules se touchèrent – le baiser de la paix, songea Rosemary – puis Diane se leva, prenant appui sur la main tendue d'Andy. D'un geste, il fit signe à quelqu'un d'autre d'approcher. Celui qui prit la suite de l'attachée de presse sur le petit siège était vêtu de brun. Diane s'intercala dans le cercle. Entre Andy et son nouveau vis-à-vis s'institua un manège identique : confession, absolution, baiser. Chants et musique s'entrelaçaient à l'infini.

Rosemary ondulait en cadence, les bras légèrement écartés du corps pour permettre les frôlements de la soie sur sa peau. Contact suave ! Tout en elle semblait exacerbé, la vue, l'odorat, le toucher… Fallait-il attribuer cet affolement des sens aux comprimés du petit pharmacien ? N'était-ce pas plutôt la faute du tanin, respiré à pleins poumons ? À moins que le rythme insinuant du combo, en l'imprégnant tout entière, ne procurât ce sentiment d'ivresse nostalgique.

Était-elle en danger ? Inquiétude vite évanouie. Tout en elle n'était que fraîcheur et jubilation, comme au temps béni de sa jeunesse avec Guy, le sacripant, quand ils passaient les nuits dans les discothèques. Plusieurs visages se tournèrent de son côté, dissimulés dans l'ombre des capuchons. Se sachant invisible, dérobée à tous les regards dans la zone d'ombre où elle se cantonnait, loin des candélabres, au-delà du rayonnement des projecteurs, elle leur adressa des sourires qui n'engageaient à rien.

Avait-on deviné son identité ou la prenait-on vraiment pour la dernière conquête d'Andy auquel on ne pouvait faire grief de tirer un trait si prompt sur la pauvre Judy, alors que son véritable ego étouffait derrière l'image officielle d'un nouveau Jésus ruisselant de bonté ?

Quelques-uns, de l'index, s'enhardirent à l'inviter dans la ronde. Elle secoua son capuchon, sans cesser d'osciller au gré des pulsations, sans cesser de sourire. Non, voyez-vous, jamais pendant la nuit de Noël.

La chorégraphie ne présentait aucune difficulté : deux pas en avant, un pas en arrière, avec une variation tous les quatre battements. Ginger Rogers n'aurait pas couru le risque de s'emmêler les pinceaux.

Elle s'y essaya sur la pointe des pieds, deux en avant, un en arrière, étonnée du simple plaisir de sentir le moelleux de la moquette sous ses orteils. Et Joe, quelle eût été sa réaction devant cette mascarade nocturne ? L'ancien flic aurait-il froncé les sourcils, estimant qu'il y avait là de quoi justifier une descente de la brigade des mœurs ? Ne serait-il pas plutôt allé décrocher sa propre chasuble pour se joindre aux apprentis sorciers ? Le sexagénaire vivait avec son temps. Rosemary appréciait en lui cette ouverture d'esprit, cette audace dont elle-même se sentait dépourvue. Ainsi en allait-il de la flambante Alfa Romeo.

Au diable les scrupules !

Ajustant la robe autour d'elle, renouant la cordelette, elle s'avança dans le souple déhanchement de sa menue personne, vers la ronde qui s'empressa de l'accueillir. Des mains chaleureuses se saisirent de la sienne.

Immédiatement derrière Rosemary venait un grand flandrin en chasuble brune, William ou Craig. Elle se cramponnait à lui avec fermeté pour décourager toute velléité entreprenante, au cas où il viendrait au lascar quelques idées polissonnes. Les yeux clos elle fredonnait, sans se soucier d'ânonner les paroles, emportée par la musique, lieu magique où se déployait l'harmonie à laquelle tous succombaient dans l'enchantement d'un élan primitif, grégaire, qui favorisait un mystérieux épanouissement des sens.

— Psst ! La main de Vanessa pressa la sienne. Andy te réclame.

Il lui faisait signe, en effet, du même geste qu'il avait eu pour appeler les autres. Elle fit comme ses prédécesseurs, prit place sur le petit tabouret noir aux contours presque indiscernables, et rassembla sa robe autour d'elle.

Une fois installée, elle lui tendit spontanément les mains.

197

Et lui, souriant sous sa cagoule.

— Depuis tout à l'heure, je vis dans l'espoir de ce moment.

— Menteur ! Croyais-tu vraiment que je pourrais résister ?

— Ma propre mère ? Quel scandale…

— Voyons, que leur dis-tu, quand tu les tiens à ta merci sur ce méchant escabeau ?

Son sourire s'évanouit, Andy la dévisagea avec solennité.

— Je les remercie du zèle qu'ils mettent à servir les intérêts de *God's Children* et de l'amitié qu'ils me témoignent. Je transmets la reconnaissance de leurs collègues. En retour, ils me disent ce qu'ils ont sur le cœur, ce qui leur passe par la tête. Quelques-uns se contentent d'exprimer leur satisfaction d'être parmi nous, d'autres reconnaissent une erreur commise, avouent une certaine déception. À l'époque de Roman, on lui jurait une fidélité indéfectible, ainsi qu'à Satan, puis le grand Mamamouchi se piquait l'extrémité du doigt, et tous de boire une goutte de son sang. Comprends-tu pourquoi je ne suis pas très pressé de suivre son exemple ?

Elle garda le silence.

— Je me contente de leur donner le baiser du pardon et de l'amitié, murmura-t-il, souriant à nouveau. Sur la bouche. Très chaste. À toi de décider si je le mérite.

— La chasteté ne m'a jamais rebutée, dit Rosemary.

À peine eut-elle posé ses lèvres sur les siennes qu'elle fut debout, dégagea ses mains et s'en retourna comme elle était venue, légère, sur la pointe des pieds. Il n'avait pas eu le temps de faire un geste, ni pour l'aider, ni pour la retenir.

À première vue, le « festin » annoncé, dressé sur le premier palier qui s'intercalait entre les travées semi-circulaires de l'amphithéâtre, n'avait pas de quoi inciter les participants au doux péché de gourmandise. Ce n'était que des reliquats montés des cuisines de l'hôtel, sandwiches rabougris et pâtés à l'air moribond.

Le punch, en revanche, présenté dans un superbe saladier en argent, était raide à souhait, relevé d'un trait de tanin. Il coulait dans la gorge comme un incendie qui s'éteint de lui-même. La dame en mauve, Diane depuis qu'elle avait laissé choir son capuchon, assurait le service. Elle avait les joues en feu, ses yeux brillaient sous la frange vaporeuse de ses cheveux, plus sombres qu'à l'ordinaire. Oublié, semblait-il, l'accès de sciatique qui l'avait clouée au lit quelques jours auparavant. À l'aide d'une louche du même précieux métal, elle remplissait les tasses, en argent elles aussi, que lui tendaient ses compagnons, tous à visage découvert. Hank avait retrouvé son fauteuil d'infirme. Très rouge, lui aussi, il riait à quelque confidence un peu leste dont le régalait l'incorrigible William. Assise à l'écart, dans l'ombre des degrés supérieurs, non loin de la porte donnant sur le foyer, Rosemary ne pouvait se résoudre à baisser son capuchon, bien que personne n'eût prêté attention à elle après que son fils l'eut escortée là-haut, à la fin de la danse. Il était allé se servir au buffet d'où il avait rapporté deux assiettes et deux tasses remplies du terrible tord-boyaux, ainsi qu'une bouteille d'eau minérale.

À présent, escaladant les marches quatre par quatre avec l'assurance d'un berger de montagne, il revenait avec une seconde tournée de punch. Il lui tendit une tasse, puis s'installa quelques degrés plus bas, non sans s'être assuré que sa posture n'avait rien d'indécent.

Les robes, en effet, ne craignaient pas de s'entrouvrir, ainsi que Rosemary s'en était rendu compte quand les danseurs avaient été entraînés dans un mouvement plus vif, libérés sans doute de leurs inhibitions par le « baiser de l'absolution » que chacun avait reçu.

— Ce capuchon n'a plus de raison d'être, dit-il. L'obscurité te protège, du reste tout le monde sait plus ou moins à quoi s'en tenir. Il eût semblé bien étrange que j'introduise au sein du groupe une nouvelle fiancée avant l'écoulement d'un certain délai d'usage. Qui pouvait être cette inconnue, par conséquent, sinon Rosemary? Vanessa n'a pas eu l'ombre d'une hésitation.

Si cela était vrai il ne servait à rien, en effet, de conserver l'anonymat, sinon à flatter un réflexe de pudeur un peu tardif. Le capuchon une fois repoussé, elle ébouriffa ses cheveux.

— Comment ont-ils réagi ? demanda-t-elle.

— Ta présence leur est très agréable. Ils comprennent, naturellement, que tu préfères garder tes distances. Tout en espérant que tu te joindras aux danses ultérieures, ils ne te tiendront pas rigueur de rester spectatrice.

Elle prit une nouvelle gorgée du breuvage ensorcelant.

— De quelles danses parles-tu ? Un autre soir, ou tout à l'heure ?

— Tout à l'heure, cette nuit. Nous danserons encore à deux ou trois reprises. L'inspiration sera chaque fois différente, tu verras.

— Hum.

— Veux-tu un comprimé pour t'aider à garder les yeux ouverts ?

— Ai-je donc l'air si vermoulue ? Je me sens très bien, au contraire.

— Tu te méfies encore. Ces comprimés sont inoffensifs. Al, le garçon du drugstore, me les a donnés.

— Andy ? Puis-je te parler un instant ?

Sandy s'était aventurée jusqu'au palier inférieur. La main en écran devant les yeux, elle fouillait la pénombre du regard. Elle semblait de fort méchante humeur.

Il posa sa tasse de punch et se leva en maugréant. Puis, se tournant vers sa mère :

— Je reviens dans une minute, *espérons-le.*

Il dégringola les marches, prenant garde de ne pas trébucher sur son ourlet.

Rosemary croisa et décroisa les jambes, cambra les reins, un peu endolorie par l'angle de la marche contre laquelle elle s'adossait, malgré l'épaisseur de la moquette. Ne trouvant rien de mieux à faire, elle vida le contenu de sa seconde tasse. Du coin de l'œil, elle enregistra la position des uns et des autres. Andy, arbitre du différend qui avait surgi entre Sandy et Diane, les entraîna toutes deux, une main sur chaque épaule, vers l'autre extrémité du plateau et le trio s'éclipsa par la porte conduisant vers les bureaux et les réserves.

200

Dans la lumière déclinante des projecteurs, Kevin et Craig soulevèrent la table au somptueux saladier d'argent (propriété de Diane ou de *GC*?) et la remisèrent dans un coin. Ils faisaient place nette pour le deuxième ballet.

Rythme plus soutenu, inspiration différente... Andy s'était montré très vague.

Jimmy Durante[1] avait trouvé les mots pour le dire : *N'avez-vous jamais ressenti le désir de décamper en quatrième vitesse alors même que vous creviez d'envie de rester ?*

Elle le revoyait en train de prononcer cette lapalissade et partit d'un rire qui se mua en divagation tranquille et satisfaite.

Rosemary, tu es saoule comme une jocasse. Tu as bu dans le chaudron des sorcières. Ce mélange détonant de vodka, de rhum, de tanin... Le tanin, surtout, l'enveloppait de toute part, elle en était imbibée au point de ne plus rien sentir. Pourtant des braseros installés aux angles du plateau s'élevaient en tournoyant en une lente fumée couleur de glycine.

Cette expérience n'était pas sans lui rappeler les cigarettes de hasch fumées en compagnie de Guy. La première fois, cette angoisse teintée d'incrédulité, puis dans l'engourdissement progressif de la conscience, des bouffées de félicité, comme si tous les sens étaient brûlés à la pointe de feu et la révélation confuse, éblouie : ça marche !

Cette nuit, cependant, sa lucidité était intacte, son esprit en alerte affûté comme un rasoir. Elle prit la tasse laissée par Andy, but à petites gorgées tranquilles. Le tanin n'était-il pas un cousin germain du cannabis ?

Une sombre silhouette masculine faisait l'ascension des gradins. L'homme s'arrêta deux marches en contrebas, inclina la tête dans un bref salut. Elle reconnut Yuriko.

— Pardonnez-moi, Rosemary, de troubler ainsi votre solitude. Je suis tellement heureux de vous voir parmi nous. Puis-je vous parler un instant en l'absence d'Andy ?

---

1. Acteur américain, surtout cabaret, music-hall, télévision. Comique extrêmement populaire dans les années trente. Peu vu au cinéma. Brève apparition dans *Un monde fou, fou, fou, fou*, précédemment cité *(N.d.T.)*.

Elle se redressa, soulagée de cette diversion, gratifia le visiteur de son plus charmant sourire.

— Bien sûr. Je vous en prie, asseyez-vous. J'espérais bien que l'occasion se présenterait de reprendre notre conversation de l'autre jour.

D'un geste prompt, elle resserra autour de ses jambes les pans de la chasuble. Yuriko plongea dans une seconde courbette.

Il s'installa sur la marche inférieure, un peu décalé sur la gauche par rapport à son interlocutrice. La douce lumière venue du plateau accusait le relief de ses admirables pommettes et la ligne pure de sa mâchoire. La séduction même, ce Yuriko. Quarante-neuf ans. Divorcé, deux enfants, tous deux mariés. Elle tenait ces précisions de Judy, qui les lui avait données à sa demande, le lendemain du cocktail improvisé dans le bureau d'Andy.

Elle avait vu *Hiroshima mon amour*[1] peu de temps auparavant (sa mémoire abusée en faisait, comme de tant d'autres vieilleries, un souvenir encore vivace). Le héros était architecte, comme Yuriko, qui avait conçu cet amphithéâtre, supervisait tous les programmes immobiliers de *GC* à travers le monde et trouvait le temps de diriger son propre cabinet, un des plus appréciés de ce côté-ci de l'Atlantique.

— Où en êtes-vous, dans votre initiation à l'informatique? demanda-t-il.

— Hélas! je n'ai pas encore reçu ma première leçon! C'est décidé, je commence dès le mois de janvier. Cette résolution compte parmi mes priorités pour l'année qui s'annonce.

— Pour ma part je n'ai qu'un souhait, celui de pouvoir mettre un frein à mes activités. Je vais avoir cinquante ans, le bel âge pour prendre un peu de recul par rapport à soi-même. *GC* n'a pas de projet important à me confier dans l'immédiat et mes associés, tous très compétents, sont capables de se passer de moi. Aussi ai-je décidé de m'octroyer une année sabbatique afin de profiter de la vie.

---

1. Film d'Alain Resnais, réalisé en 1959 d'après le roman éponyme de Marguerite Duras, avec Emmanuelle Riva et Eiji Okado.

Les mains croisées sur ses genoux, Rosemary le dévisageait avec toute la bienveillance dont elle était capable dans ces circonstances.

— Je vous approuve, dit-elle. Vous avez pris là une excellente décision.

De son côté, Yuriko l'observait avec attention.

— Ce soir, j'ai regardé à la télévision une partie de l'émission *All Holy-Days Special*. Je ne manque jamais de le faire, alors que je dispose de tous les enregistrements sur cassette. Ce n'est pas tout à fait la même chose, n'est-ce pas ? Comme à chacune des apparitions d'Andy, comme chaque fois qu'il invente quelque chose, j'ai le sentiment qu'il n'est pas tout à fait de ce monde, malgré tout le mal qu'il se donne pour paraître à nos yeux comme un simple mortel, un de nos semblables. Le rituel de cette nuit m'a conforté dans cette opinion. Il n'y a rien que je ne sois prêt à faire pour lui. Yuriko fit entendre un soupir. Une place l'attend parmi les immortels et l'Illumination, sa plus grande réussite, fera date dans l'histoire de l'humanité. C'est aussi une œuvre d'art, bien sûr, dont le caractère éphémère rehausse la beauté.

Rosemary se pencha vers lui, intriguée.

— À peu de choses près, ce sont les mots que j'ai employés pour tenter de vaincre le scepticisme d'Andy. Vous êtes de mon avis, voilà qui est réconfortant.

— Le fait que vous ayez accepté de participer à la réunion de ce soir fournit la preuve supplémentaire de votre nature surhumaine à tous les deux, enchaîna Yuriko. Seuls des êtres d'exception, mère et fils, pouvaient partager ces moments. Je le dis en toute sincérité, du fond du cœur. Votre passage parmi les hommes donnera naissance à un mythe. Les paroles que je prononce en ce moment ont-elles le moindre sens ?

Elle ouvrit de grands yeux rêveurs.

— Pas le moindre, j'en ai peur. Cela vaut mieux, d'une certaine façon. Vous en conviendriez, si vous aviez conscience de ce joli galimatias.

Il eut un charmant sourire d'autodérision.

— Ne m'en veuillez pas. Je débite des sornettes sous l'effet du tanin.

203

— Le tanin ?

Yuriko eut un vague geste en direction des braseros.

— L'encens si généreusement brûlé pour notre plaisir. Un dérivé d'une plante égyptienne apparentée au chanvre indien, cette drogue hallucinogène à partir de laquelle on prépare le haschisch.

— Je me sentais gagnée par une douce euphorie. C'est donc là l'explication.

— Nous sommes tous en train de planer, chère Rosemary. Pourtant, même quand j'ai la tête sur les épaules, je vous considère comme une créature céleste devant laquelle je m'incline humblement. Je vous baise les pieds.

Ce qu'il fit sur-le-champ, à la stupeur de l'intéressée. Un furtif coup d'œil alentour la rassura : l'hommage était passé inaperçu. Du reste, elle eût été malvenue de se plaindre d'un geste si spontané dont la pudeur semblait bien dans la manière orientale.

Il se leva, tendit la main.

— Voulez-vous être ma cavalière ? Cette fois, nous allons nous amuser.

Déjà, les danseurs reformaient le cercle dans la pénombre chatoyante. Le silence, à peine troublé par le murmure des apartés, vola en éclats sous l'effet des percussions «nouvelle manière», de nature franchement moins incantatoire que les précédentes. Ce fut le moment que choisit Andy pour surgir des coulisses en compagnie des deux querelleuses. Il regarda sa mère descendre l'escalier, prenant appui sur le bras de l'architecte.

Rosemary se retrouva à l'angle du plateau, noyée dans la polyphonie dansante qui s'épanchait des haut-parleurs. Comble de courtoisie, Yuriko la dépassait de quelques centimètres, tout au plus. Elle eut un sourire contrit.

— Je suis tentée, croyez-le bien, mais trop fatiguée pour faire honneur à un cavalier tel que vous. La journée a été terriblement longue, je n'aspire plus qu'au sommeil.

Le Japonais s'inclina ainsi qu'il savait si bien le faire, un peu plus bas qu'à l'accoutumée si bien que ses cheveux accompagnèrent le mouvement, noirs et drus comme un jet d'encre. Rosemary sentit contre le dos de sa main le frôlement du métal.

— Quel beau pendentif vous avez là ! fit-elle observer tandis qu'il se redressait.

— N'est-ce pas ? j'en suis très fier.

Il lui présenta le bijou au bout de sa chaîne. Un cercle d'argent emprisonnant la courbe d'une larme.

— Cette figure a-t-elle une valeur symbolique ? demanda Rosemary.

— J'ignore ce qu'a voulu représenter l'artiste. À mes yeux, ce motif suggère le principe de continuité, celle de la vie et de toutes choses dans ce monde et dans l'autre.

— Magnifique, murmura-t-elle.

Yuriko acquiesça dans un sourire serein.

— Je l'ai vu, je l'ai adopté. Depuis lors, on ne se quitte plus. Pour en revenir aux grandes résolutions, accepteriez-vous de dîner avec moi dans les premiers jours de l'année nouvelle ?

Rosemary éprouva un bizarre soulagement, quelque chose comme le sentiment de s'en tirer à bon compte. Elle lui rendit son sourire.

— Ma résolution est prise : j'accepte.

Plié en deux, il recula, afin de prendre place parmi ses petits camarades. Rosemary chercha Andy du regard. Point de chasuble noire. Cette danse, remarqua-t-elle, n'exigeait plus le port du capuchon. En revanche, chacun s'accrochait des deux mains à une corde de couleur verte qui était peut-être vivante, qui était peut-être une liane.

Elle attendit en vain. Le héros de la soirée demeurait invisible. Relayées par les accents jubilatoires de la flûte, les percussions accumulaient les décibels. Les danseurs évoluaient de plus en plus vite autour du cercle, dans le sens des aiguilles d'une montre.

Rosemary observa quelque temps, puis se dirigea vers la porte du foyer qu'elle franchit sans se retourner. Saisie de plein fouet par la lumière, elle cligna des yeux. Si l'amphithéâtre était un pandémonium, la pièce voisine n'en recevait qu'un écho affaibli, transmis par l'unique haut-parleur disposé dans le passage.

205

Affalé sur le canapé dans sa robe de démiurge, Andy semblait en pénitence. Sa mère l'aperçut enfin, se figea.

— Pourquoi fais-tu ainsi cavalier seul ?

Il haussa les épaules.

— Cette danse peut devenir tumultueuse et je ne me sens pas d'humeur à participer à une bacchanale. Diane a eu la main trop lourde sur le rhum, il me semble. J'étais sur le point d'aller te chercher quand je t'ai vue descendre l'escalier au bras de Yuriko… Il eut un geste évasif. Je ne savais trop ce que tu avais en tête, aussi ai-je décidé de rester bien tranquillement à l'écart et d'attendre.

Rosemary s'approcha du distributeur, fit choir une bouteille d'eau minérale. Après l'avoir décapsulée, elle but longuement à même le goulot, tout en rejoignant son fils. Andy lui fit une place. Elle s'assit, laissant entre eux l'espace d'une tierce personne.

— Savais-tu que le tanin était de la même famille que le cannabis ?

Andy demeurait impassible.

— En es-tu certaine ? fit-il d'une voix morose. Je tombe des nues, vraiment. Quelle horreur !

Sa mère lui décocha un coup d'œil perplexe.

— Il n'y a rien d'étonnant à ce que tu sois mordu de tout ce bazar, maugréa-t-elle. Je n'aurais jamais, jamais dû te laisser mettre le petit doigt dans l'engrenage. Tu te souviens, la première fois ? Ta première nuit chez Minnie et Roman ?

— Primo, je suis moins mordu que tu n'imagines. Secundo, à quoi bon t'adresser de vains reproches ? Tu n'avais pas le choix. Il tourna la tête vers elle, posa la main sur son épaule. La plupart des femmes auraient pris la tangente à la première occasion et m'auraient abandonné à mon triste sort.

Certaines, sans doute, soupira-t-elle.

Allons donc ! La plupart des femmes, la plupart des mères !

Il lui baisa la tempe. Ils échangèrent un sourire. Elle glissa la main sous la sienne, les yeux fixés sur le presse-papiers qui maintenait les brouillons de Sandy, ses petits papillons griffonnés.

« *Lousetrasm.* »

Rosemary secoua la tête, comme pour s'éclaircir les idées, disperser les papillons noirs de Sandy.

— Es-tu rassurée ? demanda-t-il. As-tu dépisté dans nos manières la moindre trace de satanisme ? Le petit rituel tient-il de la sorcellerie, a-t-on exercé sur toi la moindre pression ?

Elle se rencogna, bras croisés sur la poitrine.

— Pas réellement, si ce n'est par l'intermédiaire du brouet de Diana. Le haut-parleur dérouillait une cadence infernale. Cette déflagration, au-dessus de nos têtes, est-elle aussi l'œuvre de Hank ?

— Non. Il s'agit d'un groupe français, je crois bien.

Main dans la main, ils firent silence, noyés dans l'alchimie furieuse des sons. Parfois, ils se regardaient l'un l'autre. Andy passa un bras autour des épaules maternelles, baisa une joue, la commissure des lèvres…

— Andy…

— Quel mal y a-t-il dans un chaste baiser ?

Dans l'amphithéâtre, la pulsation sonore devait être à son comble. Elle reprit conscience au sein de cette apocalypse. Andy la tenait étroitement enlacée et lui dévorait le cou de baisers brûlants. Son genou pressant s'insinuait entre les cuisses de Rosemary. Sa chasuble s'était ouverte, ses muscles saillaient durement. La propre main de Rosemary, crispée dans les cheveux de son fils, était-elle en train de le repousser, de l'attirer plus près, encore plus près ? Entre deux halètements, un oiseau de paradis lança son cri sauvage. Elle se souvint du haut-parleur, chercha celui-ci du regard.

Son œil accrocha quelque chose. Un signe. Tout en elle se pétrifia.

À travers l'étendue du plafond miroir, au milieu de cette immensité verte, une unique tache bleue, zébrée par des caractères noirs.

À côté d'une boîte de Coca-Cola vide et froissée.

Une tache bleue prise dans le treillis d'une corbeille suspendue la tête en bas, ou plutôt le reflet d'une corbeille à papiers posée entre deux portes.

Elle se trouvait à plusieurs mètres de distance et les lettres réfléchies se lisaient de droite à gauche. Rosemary n'en déchiffra pas moins ce qui était écrit là-bas, dans un éclair de lucidité. La révélation s'opéra sur-le-champ, elle vit le lien entre le ravissant pendentif de Yuriko, les bracelets des unes et des autres, le saladier de Diana, la coupe dans laquelle elle-même avait bu, le presse-papiers. Un seul nom était écrit sur le papier bleu jeté dans la corbeille et, grâce à lui, tout devenait limpide. Le nom d'une boutique de luxe, installée neuf étages plus bas, dans la galerie : *TIFFANY & CO.*

Andy montra des yeux de bête sous ses cornes naissantes.

— Je pensais que tu étais prête, dit-il simplement, dans le fracas des tambours et des clameurs exotiques.

Elle fit non de la tête, mâchoires verrouillées, avec une énergie farouche. D'une main plaquée contre la poitrine de son fils, elle l'écartait de toutes ses forces. Andy se souleva, recula, reprit pied sur le sol. Il la dévisageait, le regard encore vitreux, le front presque lisse.

— Maintenant ! insista-t-il.

— Non, fit-elle encore.

Il acquiesça dans un soupir. Rajusta sa chasuble dont il resserra la ceinture d'un mouvement rageur.

— Comme il vous plaira, Miss Garbo. Vos désirs sont des ordres. Tu ne vas pas me faire faux bond à nouveau, disparaître dans la nature ?

— Pourquoi suis-je revenue ? Je reste avec toi, mais j'ai besoin de solitude, de réflexion. Tu demandes l'impossible ! Accorde-moi un délai.

Il gagna la porte sans mot dire, l'ouvrit quelques secondes sur la fantasia qui battait son plein de l'autre côté, la referma doucement. Rosemary se dressa sur-le-champ, se passa la main sur sa gorge, son visage, comme pour en effacer toute trace de souillure. Se saisissant du presse-papiers, elle le retourna afin d'en vérifier la marque, bien inutilement, le reposa dans la position où elle l'avait pris, de façon que *lousetrasm* fût encore visible.

208

Elle but quelques gorgées d'eau minérale et dut s'y prendre à deux reprises pour se mettre debout. La tête lui tournait. Chancelante, elle franchit la distance qui séparait le canapé de la corbeille, dégagea de l'armature métallique la feuille pliée en trois.

Du papier glacé, de la couleur d'un ciel printanier, barré par le nom prestigieux, *TIFFANY & CO.*

Au recto… Sa vue soudain défaillait, elle tint la lettre à bout de bras, peina pour décrypter les caractères en italique. On la félicitait d'avoir eu la main heureuse en faisant l'acquisition d'un briquet *Tiffany's.* On l'informait que le service après-vente se tenait à sa disposition s'il se présentait la moindre difficulté. Quelques photos alignaient différents modèles d'étuis à cigares et à cigarettes, en or et en argent.

William fumait des cigarettes, Craig préférait les cigares.

Elle entra dans le vestiaire des messieurs.

William avait opté pour une tenue classique, blazer et pantalon de flanelle gris. Le briquet en or se trouvait sur l'étagère, l'étui assorti était demeuré dans la poche intérieure de sa veste.

Sur l'étagère de Craig, un briquet jumeau, ainsi qu'un étui à cigares en argent. L'or devait être en rupture de stock ce jour-là. Pauvre Craig.

Tous deux avaient vidé le contenu de leurs poches. Au milieu des mouchoirs, des trousseaux de clés, des portefeuilles, etc., deux montres *Tiffany's* en or, à cadrans multiples. À côté de l'une d'elles, le mode d'emploi.

Rosemary retourna dans le foyer. Le haut-parleur dégageait une cacophonie barbare qui n'était pas sans rappeler la bande-son de *King-Kong.*

Cramponnée à son bout de papier bleu, elle poussa la porte du vestiaire voisin. Vivement, elle s'extirpa de la chasuble, enfila ses propres vêtements. Ses mains tremblaient lorsqu'elle glissa la feuille pliée dans sa poche, à côté de sa lampe.

Sur le chemin de la sortie, elle fit halte chez Diane pour examiner sa montre en or incrustée de pierreries. *Cartier.* Dieu merci, il y avait encore des francs-tireurs.

Ses espadrilles dévidèrent à toute allure les spirales noires de l'escalier. Le halo de lumière la guida le long du vestibule couleur d'émeraude ou de forêt, couleur d'espoir.

17

Le lendemain matin, jour de Noël, elle composa le numéro de Joe. Couchée à l'aube, elle s'éveillait avec une violente migraine. La rançon du péché. Pourraient-ils remettre leur rendez-vous de quelques heures ?

Désappointé, Joe n'en fit pas moins preuve de compassion. De son côté, le trajet de retour avait été interminable, ponctué de longues haltes. À quatre heures, il était de retour chez lui. Rosemary voulut savoir ensuite comment s'était passé ce réveillon en famille, le premier depuis de longues années.

— La dame est charmante, dit-il, mais je ne puis m'empêcher de flairer en elle une manipulatrice. De toute façon, sa différence d'âge avec Mary Elizabeth me paraît un obstacle insurmontable. Une aventure vouée à l'échec, j'en suis certain. Tout s'est bien passé à St. Patrick's ?

— Mais oui, ne vous inquiétez pas. À plus tard, je vous rappelle.

Elle eut moins de chance chez Andy. Un message enregistré lui répondit. Elle composa le numéro confidentiel. Nouveau répondeur auquel elle laissa son propre message.

Elle prit une tasse de café tout en parcourant la une du *Times*. La catastrophe advenue au Québec était à l'honneur. Soixante-cinq morts, annonçait la manchette. Les préparatifs en vue de l'Illumination à l'Hôtel de Ville et à la Maison Blanche se partageaient à égalité la partie inférieure de la page.

À la troisième sonnerie, elle décrocha le téléphone.

— Maman, avant que tu ne dises quoi que ce soit...

— Non, coupa-t-elle. Avant d'ajouter un seul mot, c'est toi qui vas m'écouter. Descends immédiatement, je te donne dix minutes. Inutile d'apporter un cadeau.

Neuf minutes plus tard, il frappait à la porte. Elle lui cria d'entrer. Rosemary se tenait bras croisés devant la table de Scrabble, sur fond de ciel cru et blanc, comme le sont soudain les matins chiffonnés des lendemains de fête. Elle portait le caftan bleu nuit de leurs retrouvailles au *Waldorf*, une éternité auparavant. À cette différence : l'insigne au petit cœur avait disparu.

Andy était, de la tête aux pieds, l'image du bon jeune homme ripoliné qui n'a même pas pris le temps de se passer un coup de séchoir, ainsi qu'en témoignaient ses cheveux encore humides de la douche. Il fixa sur sa mère des yeux couleur de miel. Admirable force de caractère, ce garçon. Tel père, tel fils, à n'en pas douter. Son regard avait aussitôt enregistré, posés l'un à côté de l'autre sur la table basse, la lettre de *Tiffany's* et l'ange de Della Robbia. Bleu contre bleu.

— Maman, en toute sincérité, n'as-tu pas l'impression d'en faire un peu trop ? Après tout, il ne s'est rien passé de terrifiant, n'est-il pas vrai ? Par bonheur, tu as retrouvé tes esprits avant que l'irréparable ne s'accomplisse. En outre, tu étais consentante, si je puis me permettre d'évoquer cette pénible évidence, nous étions tous deux embarqués dans la même galère. Il ébaucha un sourire d'affreuse connivence. Ne le prends donc pas de si haut avec moi, Rosemary. Nous avions respiré le tanin et bu le punch. Nous étions noirs, très noirs, hors de nous-mêmes. Nous étions méconnaissables.

Il haussa les épaules. Sa contenance se fit timide et embarrassée, il détourna les yeux.

— Le punch, en effet, dit sombrement Rosemary. Servi dans les tasses en argent de chez *Tiffany's*.

Une expression de totale incompréhension se peignit sur le visage de son fils. Pour un peu, elle s'y serait laissée prendre.

— Andy, les locaux de *GC* ressemblent à une annexe de la boutique. On ne peut faire un pas sans tomber sur des colifichets ramassés là-bas : bijoux, montres, briquets, accessoires divers, vaisselle…

Il porta la main à son front, dans le geste de quelqu'un qui vient de recevoir un choc et craint de succomber à un éblouissement.

— *Miséricorde*…

La sincérité de son désarroi ne faisait aucun doute. Il n'était au courant de rien, un abîme s'ouvrait sous ses pieds…

Sa mère fut devant lui, tout à coup. Elle le saisit par les épaules. Toute frêle et petite qu'elle fût, elle empoigna le gaillard et le secoua avec tant de force qu'il cessa de jouer la comédie pour agripper les poignets de Rosemary et la dévisager, perdu d'étonnement.

— C'est cela, dit-elle. Regarde-moi dans les yeux, avec tes yeux d'homme, et jure-moi que ta secte, ton gang, ta clique, tes complices ou ce que tu voudras, n'ont pas tué Judy.

Ils se mesurèrent, l'espace d'une longue minute. Dans les yeux du fils s'allumèrent des lueurs félines, la pupille réduite à une fente.

— Qu'attends-tu pour répondre ? ordonna-t-elle. Maman, ils sont innocents. D'autres ont commis ce forfait, des inconnus. Ils étaient cinq, cinq salauds dont je n'ai jamais entendu parler, ni d'Ève ni d'Adam. Qu'attends-tu ? C'est ta réplique.

Fixés sur Rosemary, les yeux du tigre n'exprimaient absolument rien. Ses lèvres remuèrent dans le vide.

Elle le secoua, prise de colère.

— Prononce ces paroles et je me donne à toi à l'instant même.

Du menton, crânement, elle indiqua la chambre à coucher. Il lui fit lâcher prise, s'écarta avec violence.

— *Ils sont coupables* ! Mais ce n'est pas de mon fait, je ne suis pas libre de mes décisions. Il s'arrêta, fit volte-face. Aurais-tu oublié mes commanditaires ? L'Illumination du 31 décembre représente pour eux un investissement colossal. Laissons de côté les unités de production et de distribution. Considère un instant le budget publicitaire de l'opération, non seulement le coût des spots ou des émissions spéciales, mais aussi celui des infrastructures qu'il a fallu mettre en place pour que tout le monde puisse en profiter, la terre entière. Terre entière, aussi bien les villages bantous isolés du Serengeti que les tribus nomades de Mongolie extérieure ! Sensible à ses propres arguments, il s'exaltait tout en parlant, se confortait dans son rôle de bienfaiteur. As-tu songé aux routes qu'il a fallu tracer, aux ponts qu'il a fallu jeter afin de permettre l'acheminement des générateurs ? Grâce à nous, le monde sera révélé à des hommes, à des femmes, à des enfants qui n'ont jamais vu la télévision de leur vie. Ce soutien financier se chiffre en milliards de dollars. Ils ont été pris d'une panique bien compréhensible. Ils n'ont pas voulu prendre le moindre risque.

Il s'arrêta, un peu essoufflé. Rosemary l'avait écouté dans un silence glacial.

— Andy, les choses ont changé depuis trente ans, je veux bien le croire, mais depuis quand les anges tirent-ils les ficelles ? Le patron, c'est toi. Le producteur, la vedette, toi, encore toi…

Il fit entendre un bref ricanement.

— Ma pauvre Rosemary, mes anges ont des figures sales. Ce sont des hommes d'affaires coriaces qui savent imposer de strictes limites à leur altruisme, surtout lorsqu'il s'agit d'assurer la rentabilité de leurs investissements.

Il revint près de sa mère, suivant une trajectoire oblique. Ses yeux brasillaient encore. Rosemary l'attendait sans paraître émue outre mesure.

— Ce qui est fait est fait, dit-il. Rien ne pourra ramener Judy à la vie. J'en étais malade, tu t'en souviendras peut-être. Crois-tu que je faisais semblant, au théâtre et dans la voiture ? Personne ne leur avait demandé d'immoler la malheureuse avec tant de cruauté. J'ai tout de suite reconnu la manière de Diane ! Après trente années passées au service de la Guilde du Théâtre, elle considère le monde comme une scène où son imagination macabre peut se donner libre cours. Craig lui obéit au doigt et à l'œil… et il tient les autres sous son autorité.

— Sans doute, mais l'ordre d'assassinat, qui l'a donné ? Tu les as conditionnés, de même que tu as donné à Hank l'impulsion nécessaire pour qu'il puisse se lever de son fauteuil d'infirme et danser toute la nuit.

Andy acquiesça, la mine farouche.

— Dans les deux cas, mon influence ne s'est pas exercée de la même façon, mais je suis à l'origine du processus qui a tout déclenché, il est vrai. Après un silence, il ajouta, je n'avais pas le choix.

Il s'approcha de la table basse devant laquelle il s'arrêta. Songeur, il considéra le prospectus de *Tiffany's* et le bas-relief angélique.

Rosemary croisa les bras sur la poitrine.

— Je retourne au *Waldorf*, annonça-t-elle.

— *Maman*, je t'en prie…

— Je ne resterai pas ici un jour de plus. Je vais contracter un emprunt jusqu'au lancement de mon émission, *les Yeux neufs*. Mon crédit auprès des banques de la place doit être au plus haut.

— J'en suis certain. Emprunte, si tu dois en passer par là pour assurer ton indépendance selon tes propres critères et te mettre en accord avec ta conscience. Rien ne t'empêche de rester ici.

— Il n'en est pas question. J'ignore ce que réservera l'enquête une fois qu'elle aura vraiment commencé. Je n'ose envisager mes réponses, lorsque mon tour viendra de faire une déposition. Quoi qu'il en soit, il me semble préférable de mettre un peu de distance entre nous.

Il hésita, fit la moue, hocha sombrement la tête.

— Soit. Comme tu voudras.

— Pas plus que tes bailleurs de fonds, je n'ai l'intention de mettre en péril le succès de l'Illumination, même si mon intérêt n'est pas de même nature, reprit-elle sur un ton radouci. Je ne tiens pas à soulever trop de questions embarrassantes alors que notre séjour en Irlande a donné de si bons résultats, alors que nos interventions télévisées bénéficient d'une audience exceptionnelle.

Andy la dévisagea, rasséréné. Ses yeux viraient au noisette ; tout rentrait dans l'ordre, au moins en apparence.

— J'attendrai donc jusqu'à samedi prochain, 1er janvier, pour déménager. En revanche, je ne veux plus avoir affaire à toi d'ici là. Hors de ma vue, jusqu'à ce que la situation ait retrouvé un cours normal, d'une manière ou d'une autre!

Le regard de son fils se faisait insistant. Elle se tourna face à la fenêtre.

— Me feras-tu au moins la grâce d'être avec moi, quand viendra le moment d'allumer nos bougies?

Elle prit son temps pour répondre. Puis :

— Où cela? Dans le parc?

— Ce serait une erreur, je le crains. Si nous descendions dans le parc, on nous reprocherait notre absence à Madison Square Garden, à l'église baptiste abyssinienne, ou de mille autres endroits. Le plus sage est de rester bien tranquillement là-haut, dans mon appartement sur le toit de l'immeuble. Joe sera là aussi, rassure-toi. Nous aurons la plus belle vue qui soit, celle de l'oiseau en plein vol. Tu imagines ce pullulement de petites flammes, noyées dans la fournaise des enseignes au néon? Je dispose également d'une salle entièrement consacrée à la télévision, dont tu connais peut-être l'existence. Sur ses écrans multiples, nous capterons des images envoyées par tous les réseaux de la planète. Quelle meilleure façon d'avoir une vue d'ensemble de l'événement?

— Je te ferai connaître ma réponse plus tard.

Il hocha la tête, fila vers le vestibule sans demander son reste.

— Débarrasse-moi du Della Robbia, dit-elle.

À ces mots, il fit volte-face, le visage altéré, pris dans une soudaine angoisse.

— Maman…

— Emporte-le. C'est eux qui l'ont acheté, n'est-ce pas? Je n'ai que faire de leurs cadeaux, ou des tiens.

L'ange fut escamoté en un clin d'œil. Andy prit la porte dans le plus grand silence.

Enfin seule, Rosemary reprit son souffle, haletante, comme libérée d'un cruel étouffement.

Elle prit un nouveau café, noir, sans sucre, dont l'amertume convenait à son humeur. Et d'arpenter à nouveau l'espace compris entre le vestibule et la table de Scrabble, à pas lents, soucieux, tenant sa tasse entre deux mains.

Que cachait le ricanement de sorcière à chat lorsqu'il avait fait allusion aux anges sinistres qui veillaient sur la fondation ? Drôles d'anges, en effet, que ces ploutocrates qui savaient si bien concilier sans état d'âme le meurtre et le service d'une noble cause. De ce point de vue, depuis trente ans il n'y avait rien de nouveau sous le soleil...

Tout de même... Comment *God's Children* avait-il découvert ces oiseaux rares, capables de débourser des *milliards* de dollars ? On aurait plutôt songé à un grand nombre de commanditaires aux contributions, disons, plus modestes. Mettons plusieurs centaines de donateurs qui auraient investi chacun quelques dizaines de millions. Toutes les combinaisons étaient possibles. Andy lui avait adressé un reproche fondé : elle ne s'était jamais livrée à la moindre estimation du coût de l'Illumination, pas plus qu'elle ne s'était interrogée sur le financement des autres projets de la fondation.

Rosemary arpentait et buvait son café.

Pourquoi ne lui avait-on jamais présenté un seul de ces mécènes fabuleux ? Elle avait rencontré, à New York, en Irlande, chez Mike Van Buren pendant le dîner de Thanksgiving, d'importants fournisseurs de capitaux. Rob Patterson et sa coterie de bigots s'étaient montrés généreux, elle le savait, mais de là à investir des sommes colossales... sans doute pas. Tout au plus quelques centaines de milliers de dollars, au cours des trois dernières années.

N'était-il pas étrange qu'aucun des principaux investisseurs n'eût souhaité faire sa connaissance ? Le cas échéant, Andy ne se serait-il pas fait un devoir de leur présenter sa mère ?

Par hasard, parce qu'elle avait pris l'initiative d'aller chercher son fils à l'aéroport, elle avait échangé une poignée de mains avec René, élégant Français d'un certain âge, flanqué d'un Japonais. Ses rapports avec les « anges aux figures sales », protecteurs avisés de *GC*, se limitaient à ces brèves civilités. Plus tard, faisant irruption sans y avoir été invitée dans le bureau d'Andy, elle avait surpris et mis un terme à d'âpres négociations au téléphone. René, de toute évidence, disposait d'intérêts assez considérables dans les activités de *GC* pour mener la vie dure à son fondateur, inspirateur, « démiurge ».

Rosemary resta en plan au milieu de la pièce. La sueur perlait sur son front. Elle ferma les yeux, respira profondément, ouvrit les yeux. Elle se dirigea vers la table basse sur laquelle elle posa son café. Ayant fait pivoter le *Times,* elle considéra longuement la première page, puis retourna devant le jeu de Scrabble, lentement, comme à son corps défendant.

Dans sa tête, les cloches s'étaient mises à carillonner.

Le soleil émergeait enfin des barbouillis qui l'avaient longtemps annoncé. Éblouie, Rosemary battit des paupières. Elle abaissa les yeux sur le fatras des jetons répandus.

Les dix étaient exclus.

Seul l'intéressait désormais le reste du troupeau, quatre-vingt-douze unités éparpillées, faces levées, telles qu'elle les avait laissées dans sa longue traque pour faire jaillir la sombre lumière de l'énigme posée par les dix proscrits.

De l'index, elle sélectionna un B.

Les cloches sonnaient à toute volée, suivant le rythme du vieux cantique, *Oh Little town of Beth-le-hem…*

Une seconde lettre, un I, rejoignit la première contre le rebord poli de la table… Elle leur accola un compagnon : le O.

Donne-moi un C…

Donne-moi un H…

Donne-moi un E, un M, un I…

Il lui fallait un autre C qu'elle ne vit pas sur-le-champ au milieu du fouillis et ne prit pas le temps de chercher.

Elle décrocha le téléphone.

— Joe?

— …

— Je vais mieux, merci, répondit-elle. Ne pourrions-nous déjeuner ensemble? Non, pas ici, j'en ai par-dessus la tête de cette tour arrogante qui empeste le luxe à tous les étages. Un restaurant chinois? Où cela? Pas de danger, aujourd'hui, nous serons presque seuls.

Après un silence, elle ajouta,

— Aucune importance. La cuisine est excellente? Allons-y.

— Ce n'est qu'une gargote, l'avait prévenue Joe Maffia. Derrière la Neuvième Avenue, un endroit glauque, grand comme un mouchoir de poche, vitrine de verre dépoli, ventilation au plafond, on se croirait chez Edward Hopper.

À peine installés en face l'un de l'autre dans une alcôve latérale, ils choquèrent leurs pintes de bière chinoise et se souhaitèrent tout le bonheur possible pour l'année nouvelle. La formalité de l'échange des cadeaux fut vite expédiée. Elle lui avait apporté un album luxueux, illustré de superbes photos et de maquettes, sur le thème des voitures italiennes de légende au nombre desquelles figurait son Alfa Romeo. Petite merveille trouvée dans une boutique de l'hôtel *Rizzoli*.

Joe manifesta l'enthousiasme d'un gamin découvrant son premier ours en peluche sous l'arbre de Noël.

Bello! Bellissimo! Un tel livre existait et je n'en savais rien! Merci mille fois!

Il se leva, se pencha par-dessus la table pour lui plaquer deux baisers sur les joues. Après quoi il sortit de sa poche un écrin contenant un insigne *I ♥ Andy* dont le cœur était un rubis. Van Cleef & Arpels.

Rosemary poussa un soupir. Elle se résigna à épingler le bijou sur son pull.

— Vous n'auriez pas dû, vraiment. C'est charmant, je suis ravie.

À son tour elle se leva, lui rendit ses baisers. La serveuse fit disparaître les emballages. Elle prit la commande que Joe passa sans même consulter le menu.

— Qu'est-ce qui vous tracasse? demanda-t-il quand la jeune fille eut tourné les talons.

— C'est grave, dit-elle. Très grave et je ne veux pas semer le trouble dans l'esprit d'Andy.

— Une menace?

— En quelque sorte. Rosemary gardait les yeux rivés sur ceux de son compagnon. Judy m'avait laissé entendre certaines choses, à mots couverts, mais ses allusions étaient restées lettre morte. J'étais très intriguée, cependant. Depuis que je connais sa véritable identité, mes réflexions se sont orientées dans une direction particulière. Les explosions destructrices de Hambourg et du Québec confirment mes plus horribles craintes. Il se pourrait que certains membres de sa bande se soient fait embaucher dans des centres de fabrication de bougies, sur le continent américain ou en Asie du Sud-Est, d'où provient je crois l'essentiel de la production, par l'intermédiaire de sympathisants, ou que sais-je encore! Dans le but évident de saboter le matériel. Joe, est-ce que vous me suivez?

Il serait tombé à la renverse s'il n'avait été assis. Il s'était adossé, ou plutôt s'était laissé choir contre le rude dossier. Il la dévisageait, les paupières papillotantes.

— Dans le but de saboter le matériel, répéta-t-il. Quel matériel? Les bougies, nos chères petites bougies de l'Illumination?

Elle acquiesça d'un signe de tête.

— Dans l'un ou l'autre cas, quelqu'un a pu allumer une bougie prématurément. À moins qu'un incendie ne se soit déclaré dans un dépôt, un point de vente quelconque.

Joe restait pantois.

— Deux accidents coup sur coup, murmura-t-il, alors que les bougies sont diffusées dans le monde entier depuis plusieurs mois?

Elle haussa les épaules.

— La biochimie m'est totalement étrangère, pourtant je suis certaine que nous touchons le cœur du problème. Les bougies, telles que Andy me les a décrites, se composent de deux parties, un foyer jaune, une enveloppe bleue. Peut-être n'y a-t-il là qu'un simple effet esthétique. Peut-être chaque bougie contient-elle une substance, un agent chimique destiné à la protéger, à prévenir l'allumage avant un certain délai? Qu'il y ait eu ou non sabotage, un petit nombre d'entre elles est défectueux. Ainsi, celles qui ont explosé à Hambourg et au Québec.

Ils échangèrent un long regard, puis tous deux cherchèrent le refuge de leur verre de bière. Joe eu un sourire hésitant.

— Rosemary, franchement, ne pourrait-on mettre ces élucubrations dramatiques sur le compte d'une nervosité bien compréhensible, à moins d'une semaine du jour J ? Vous êtes sa mère, vous cherchez la petite bête, vous êtes à l'affût de tout ce qui pourrait compromettre la réussite absolue de son grand projet.

— Peut-être avez-vous raison et je l'espère de tout mon cœur. Il se peut aussi que mon pressentiment comporte une part de vérité, c'est pourquoi nous ne pouvons rester les bras croisés, Joe. Il faut procéder à des vérifications, et vite, avant qu'il ne soit trop tard. Pas question, bien sûr, d'alerter les laboratoires de la police. L'idéal serait une enquête privée, confiée à un chimiste conseil, expert auprès des tribunaux et disposant d'un équipement ultramoderne. Vous sentez-vous capable de dénicher cet oiseau rare ?

— Dites-moi la vérité. Judy vous a-t-elle réellement mise sur la piste ou s'agit-il encore de l'une de ces intuitions fulgurantes dont vous avez le secret ?

Rosemary détourna les yeux, les ramena sur lui après un silence embarrassé.

— Il y a de ceci et de cela, murmura-t-elle.

La serveuse disposa sur la table quantité de petits plats à l'arôme délicat. Rosemary composa son assiette sur les conseils de Joe : un peu de ceci et de cela. Ils mangèrent, lui à l'aide de baguettes, avec une avidité quelque peu déconcertante ; elle, avec des couverts « à l'occidentale ».

— Délicieux, n'est-ce pas ?

— Mmm.

— C'est la pire période de l'année pour entrer en contact avec quelqu'un, fit observer Joe, peu après. Surtout lorsqu'on envisage une démarche aussi délicate, où la discrétion est de mise. La faculté de médecine est fermée, premier lieu auquel on pense pour trouver celui ou celle que nous cherchons. Je connais un professeur dont le garage est rempli d'automobiles de collection. S'il ne pouvait se charger lui-même de votre enquête, il vous orienterait vers quelqu'un de compétent. Il doit être en train de skier à Aspen ou dans quelque station huppée avec sa femme et ses enfants. Écoutez, Rosemary, compte tenu de la gravité de vos soupçons, nous devrions nous adresser directement au FBI. J'ai chez eux quelques relations, les laboratoires de Arlington nous fourniraient une réponse ultrarapide, sans le moindre risque d'erreur.

Elle secoua la tête.

— Je ne souhaite pas, pas encore, voir mon fils mêlé à une enquête de cette envergure, impliquant des services officiels…

Sa voix se brisa. Elle plaqua la main sur sa bouche, ses yeux s'emplirent de larmes.

— Allons, allons, de quoi avons-nous peur ? Rosemary, ma colombe…

Joe Maffia se leva derechef, lui tapota l'épaule, la joue. Elle sortit un mouchoir de son sac, se donna quelques petits coups ici et là, dans la crainte d'une débâcle esthétique. Encore un secret que Judy avait emporté dans la tombe, celui du maquillage qui résiste aux larmes.

— Oubliez le FBI, dit-elle. Ce ne sont peut-être que des fantasmes, ainsi que vous le laissiez entendre. Pour rien au monde je ne voudrais ouvrir la boîte de Pandore ! Je vous en prie.

Il se rassit, réfléchit, opina.

— Entendu. Je vais téléphoner à ce professeur dès que possible, aujourd'hui même. Cela tombe bien, la biochimie est plus ou moins son rayon. Le Dr George Stamos. Il avait une assistante charmante qui alimentait en substances illicites fabriquées sur place, au labo, les créateurs à la mode. C'était en 1994, avant qu'elle ne se fasse descendre par son fiancé. George est l'heureux propriétaire de deux Alfas. Aucune n'arrive à la cheville de la mienne.

Il lui passa un coup de fil peu après cinq heures. Les Stamos étaient absents jusqu'à lundi, selon le message laissé sur leur répondeur.

— Je n'ai pas précisé le motif de mon appel. Il va penser que je suis enfin disposé à lui vendre ma voiture et composera mon numéro avant même de défaire son sac de voyage. Il faut prendre patience, Rosie, mais vous pouviez difficilement espérer obtenir un quelconque résultat avant le début de la semaine prochaine. Plus je réfléchis à votre hypothèse, plus je la trouve délirante. En admettant que l'attentat de Hambourg n'eût été qu'un échantillon, vos terroristes se proposeraient ni plus ni moins d'effacer toute vie à la surface de la planète. Indépendamment des réserves que l'on peut formuler sur les capacités de l'espèce humaine à mettre un terme à sa frénésie autodestructrice, un tel projet n'aurait pu germer que chez un esprit profondément nihiliste, ayant touché le fond du désespoir.

Ces êtres-là sont seuls, ils n'ont pas les moyens de soulever les montagnes.

— Pourquoi vos propos raisonnables ne parviennent-ils qu'à me convaincre à moitié ? Elle ébaucha un triste sourire. Je vous remercie de vous donner tant de mal.

— Aucune importance. J'espère être très bientôt en mesure de vous rassurer définitivement.

Rosemary retourna à sa lecture. Un livre de poche acheté dans l'après-midi, intitulé *la Biochimie, une arme à double tranchant*. Elle était parvenue au chapitre concernant les gaz qui agissaient sur le système nerveux et les virus destructeurs du tissu musculaire.

Lundi matin, les Stamos étaient de retour de Zurich, tous sauf George, hospitalisé à la suite d'un accident de ski. Helen Stamos ne fit aucune difficulté pour communiquer le numéro de son mari. Toutefois, Joe dut attendre le lendemain pour appeler, en raison du décalage horaire. Il expliqua son affaire en termes choisis, sans plus de détails qu'il n'était nécessaire. George lui donna les coordonnées d'un collègue, associé dans la gestion d'un laboratoire de Syosset, qui avait eu l'occasion de collaborer avec la justice dans le cadre d'enquêtes criminelles. Joe se présenta comme un employé de *GC* souhaitant garder l'anonymat. Il avait eu vent de rumeurs alarmantes selon lesquelles les ennemis de la fondation se seraient livrés à des actes de sabotage sur les bougies. Pure folie, sans doute, mais une vérification s'imposait néanmoins, fût-ce pour avoir la conscience tranquille.

— Il va se procurer quelques bougies, achetées en des lieux différents et les analyser, annonça Joe à Rosemary, mardi en début d'après-midi. Demain, nous saurons si elles contiennent une substance toxique.

— Vous l'avez mis sur la piste d'un problème d'ordre bio-chimique ?

— Oui, soupira Joe Maffia. Mais vous ne me ferez jamais croire que les Athées Irréductibles, cette bande de Pieds Nickelés, a les moyens de monter une opération d'une telle envergure.

Elle crut trouver un dérivatif en regardant la télévision. Peine perdue. À intervalles réguliers, Andy ou sa charmante mère apparaissaient pour lui rappeler la dimension unificatrice de l'Illumination, cet « épanouissement sublime » dans lequel chacun trouverait la liberté spirituelle et la force morale. Andy lui adressa un clin d'œil. « Vous devez penser que je radote, n'est-ce pas ? » Son ricanement laissa Rosemary de marbre. « Vous avez mille fois raison, mais c'est pour la bonne cause. Je vous en conjure, faites en sorte que tout le monde autour de vous, famille, amis, voisins, allume sa petite bougie à l'heure dite. Faites-le pour moi. Je vous aime. »

L'idée lui vint, ou plutôt s'imposa après un long cheminement, que le saboteur était Andy lui-même. L'Illumination dissimulait un projet effroyable, un poison contre lequel Rosemary Reilly serait immunisée en raison des liens qui les unissaient. Si fou, si monstrueux soit-il, il lui répugnait de tuer sa mère. C'était à peine plus extravagant que l'existence d'un gaz capable de gélifier un être humain en l'espace d'un quart d'heure.

Joe avait obtenu deux billets pour la représentation en matinée du premier spectacle d'envergure de la nouvelle saison de Broadway. La reprise d'une comédie musicale qui avait fait un flop en 1965 et pour laquelle, comble d'ironie, Guy avait passé une audition du temps de l'heureuse insouciance d'avant le Bramford, quand ils habitaient un modeste studio, froid en hiver, chaud en été, dernier étage sans ascenseur. Rosemary avait alors été séduite par ce texte plein d'humour et de verve comme elle l'était aujourd'hui, bien qu'elle éprouvât quelque difficulté à concentrer son attention pendant toute la durée du premier acte.

Joe profita de l'entracte pour aller interroger son répondeur. Rosemary distribua quelques sourires et plusieurs autographes. Après quoi elle s'absorba dans la lecture de son programme jusqu'au lever de rideau.

Joe revint peu après, il dérangea ses voisins avec beaucoup de discrétion.

— Rien à signaler, chuchota-t-il, penché vers Rosemary.

Celle-ci se tourna vers lui, tout ouïe, toute oreille.

— Les bougies ne contiennent rien de suspect, pas même du parfum.

— Chchchcht! firent des impatients, derrière eux.

Rosemary ne vit et n'entendit pas grand-chose du second acte. Sa distraction ne l'empêcha nullement d'applaudir avec enthousiasme la troupe venue saluer à la fin de la représentation.

Ils s'engouffrèrent dans le bar le plus proche, trouvèrent dans un coin d'ombre une table grande comme un mouchoir de poche.

Il a tout analysé, murmura Joe. Cire, mèches, gobelets. Les examens ont porté sur quatre bougies, deux achetées à New York, une dans un État voisin, la dernière à l'étranger. Tout est normal.

— Lui avez-vous parlé?

— Il avait laissé un message enregistré. Un rapport écrit me parviendra demain ou après-demain.

— Ouf! dit Rosemary. Quel poids vous m'ôtez de la poitrine.

Joe la dévisagea, hésitant. Il haussa les épaules.

— Sans vouloir jouer les rabat-joie, Rosemary, force m'est de reconnaître que ces résultats ne sont guère concluants. Quatorze usines, pas moins, tournaient à plein régime. Une seule, ou même plusieurs d'entre elles peuvent être concernées par les opérations de sabotage, d'autres épargnées.

Rosemary restait songeuse. Elle secoua la tête.

— Non, murmura-t-elle. Si ma terrible intuition avait été la bonne, *toutes* les bougies auraient été contaminées, toutes sans exception.

— Toutes? répéta-t-il avec quelque chose comme un sourire moqueur aux coins des yeux, aux coins des lèvres. En provenance des quatorze unités de fabrication?

Rosemary le regarda bien en face, rieuse, elle aussi.

— Vous l'avez dit vous-même : ces angoisses enfantées par le trac ne se raisonnent pas.

Le serveur déposa devant elle un Gibson, devant lui un Glenlivet. Ils trinquèrent, burent quelques gorgées, les yeux mi-clos.

— Merci de vous être donné tout ce mal. Vous êtes un amour.

Premier baiser, taquin, sur la commissure de sa bouche. Il s'ébroua.

— Nos bougies, où les allumerons-nous? demanda-t-il.

— Chez Andy, sans doute. Nous sommes invités tous les deux, si cela vous convient.

— Bien sûr. Quel meilleur endroit pour avoir une vue d'ensemble et se sentir au cœur du phénomène? Joe lui jeta un regard en coulisse. Pour la seconde bougie, nous trouverons un cadre plus intime.

— Je vous fais confiance.

Second baiser. Baiser d'amoureuse.

— Puis-je passer vous prendre à six heures, et nous monterons ensemble?

— J'allais vous le proposer.

Rosemary n'avait rien exagéré : quand Joe lui avait rapporté la réponse du professeur, un déclic s'était opéré en elle, quelque chose comme l'abolition de cette terreur sourde qui lui bridait la poitrine, le sentiment indistinct que tout était à jamais perdu. Certes, Andy porterait pour toujours la responsabilité du meurtre atroce de Judy, il n'avait offert aucune résistance à la pusillanimité impitoyable de ses commanditaires, terrifiés à l'idée qu'un scandale puisse compromettre la réussite d'une opération «bienfaisante» qui promettait d'être aussi très lucrative. Pour ce crime, il n'y aurait ni oubli, ni pardon. Du moins Andy n'était-il pas l'instrument docile de son «géniteur», celui-ci se servant de lui pour imposer l'Armaggedon.

Une longue douche, suivie d'une bonne nuit de sommeil, la première depuis bien longtemps. Depuis le voyage en Irlande et la mort de Judy.

Pour se convaincre que le spectre du père était définitivement écarté et le moment venu de se réconcilier avec la morne évidence d'une réalité décevante et d'un fils imparfait, elle éprouva le besoin de se dorloter. Elle commanda un jus de fruit, un chocolat mousseux, une grande bouteille d'eau minérale, des petits-fours qu'elle grignota assise dans son lit, le dos calé contre les moelleux oreillers de satin, face à la télévision. Partout, le monde retenait son souffle dans l'attente de l'Illumination. Elle assista aux préparatifs dans une école argentine, parmi les cadets de l'Air Force, devant le mur des Lamentations, à bord d'une plate-forme pétrolière en mer du Nord.

Tandis qu'elle manœuvrait la télécommande une nouvelle inquiétude se fit jour, furtivement. Une petite voix s'insinua, celle qu'utilisait Andy pour appeler sa mère lorsqu'il était tout enfant, la tête prise entre les lattes du berceau, dans l'impossibilité même de crier.

Pour être silencieux, ce SOS n'en avait pas moins un caractère de grande urgence. Sur le point de décrocher le téléphone, Rosemary se contraignit à plus de rigueur morale. Ce rejeton indigne ne méritait pas tant de sollicitude. Elle laissa le combiné sur sa fourche et se blottit dans son nid douillet.

Piètre ruse inventée par son esprit aux abois. N'était-ce pas plutôt elle qui avait besoin de son fils et criait vers lui?

Il aurait mieux valu prendre une douche glacée.

Maman! À l'aide…

Un hurlement de détresse. Rosemary s'éveilla en sursaut. Le petit jour se faufilait par l'entrebâillement des rideaux.

Elle s'était dressée, aux aguets. La présence intérieure se faisait toujours sentir, quoique plus lointaine. La voix s'était tue.

À nouveau, Rosemary refusa de se laisser fléchir. Sitôt le petit déjeuner avalé, elle monta dans la salle de gymnastique où elle passa deux heures à pédaler, à sauter à la corde, à nager et à barboter dans la piscine aux parois vitrées, lieu sonore qui retentissait de tous ses éclaboussements. Les autres bruits, intempestifs, envahissants, troublants, s'en trouvaient étouffés.

Éreintée, heureuse de l'être, elle redescendit chez elle. L'effet bienfaisant de cette furieuse dépense d'énergie se dissipa lorsqu'elle fut installée devant un club sandwich, face à la télévision. Sous ses yeux, l'Illumination se libérait enfin de tous les fantasmes qu'elle avait suscités pour entrer dans la réalité. Les premières bougies étaient sur le point de s'allumer, une clarté inconnue allait se lever sur la planète comme une promesse de bonheur. L'événement dépasserait en beauté, en intensité, tout ce que Rosemary avait imaginé.

Sur toutes les chaînes, les programmes habituels avaient été suspendus. On n'entendait que le thème musical de l'Illumination, on ne voyait que le logo de *GC*, le compte à rebours égrenant les secondes en bas de l'écran : – 30 : 44 : 27. En tout lieu, les bougies bicolores s'alignaient sur les tables ou sur les comptoirs ; on hissait les bannières bleu et or.

Sur le campus de Princetown, par exemple, dans une prison de femmes à Hong-Kong, un casino du Connecticut, un hôpital tchadien, à bord du *Queen Elizabeth II*. Un grand magasin, à Oslo, une école maternelle de Salt Lake City.

Les journalistes brandissaient des micros, posaient aux gens des questions essentielles, toujours les mêmes, quel que fût le lieu. Une fabrique de souliers en Bolivie, un centre de prières de la communauté hassidique au nord de l'État de New York, une caserne de pompiers à Queensland, Australie. Une station de métro pékinoise, le parc de loisirs de Disneyland, Floride, avec Mickey et Minnie, agitant tous deux leurs bougies miniatures.

Là-haut dans son nid d'aigle, Andy devait être en train de regarder, lui aussi. Rosemary éprouva un pincement d'amertume. Quel gâchis, en l'espace de si peu de temps. Pourquoi n'étaient-ils pas tous deux, tranquillement assis devant leur petit écran, à échanger des commentaires enchantés ou caustiques, face à l'apothéose de l'œuvre entreprise par *God's Children* depuis sa création?

Elle passait d'une chaîne à l'autre tout en buvant son eau minérale au goulot, à la soudard, les pieds croisés sur le traité de biochimie. Kenya, Irak, Tibet, Yucatán... Tous les habitants de la terre allumeraient leurs bougies bleu et jaune, merveilleusement inoffensives!

Les Amish n'étaient pas hostiles à la télévision. Ils répondaient en toute simplicité aux questions posées, donnaient leurs avis enthousiastes sur les bienfaits supposés de cette manifestation d'œcuménisme mondial dont la philosophie profonde, affirmaient-ils, rejoignait celle de la vie aux champs qu'ils pratiquaient à longueur d'année.

Même les disjonctés de l'espace, déjà illuminés à leur façon, allumeraient leurs bougies avant de quitter leur bonne vieille planète d'origine dans un ovni spécialement affrété par les Martiens à leur intention. Ils auraient juste le temps, précisait une Californienne, responsable d'un contingent de trois cents élus. Nostradamus n'avait-il pas prévu qu'ils quitteraient ce monde au cours de la *seconde* minute de l'an 2000? La seconde, et non la première. La seconde minute de l'an 2000. Les «deux» font la paire.

6•6•6

Le lendemain matin, un vendredi, Rosemary estima raisonnable d'appeler son fils, ne fût-ce que pour spécifier l'heure de leur rendez-vous en début de soirée, pour lequel elle n'avait pas même donné sa réponse définitive. Les appels pathétiques, sans doute le fruit de son imagination, ne s'étaient pas renouvelés. Elle avait dormi comme une bienheureuse, savouré un petit déjeuner composé d'un demimelon, d'un croissant et de deux tasses de café. Maria, en lui apportant son plateau, avait montré une belle exaltation.

— Ce soir j'épouse le monde entier! s'était-elle exclamée.

Et d'ouvrir tout grand les rideaux sur un ciel plombé.

Rosemary pianota sur le clavier de son téléphone. La télévision s'était introduite dans les coulisses du Metropolitan Opera où les préparatifs, ici comme ailleurs, allaient bon train. Encore neuf heures, trente-sept minutes, dix-sept secondes.

— Andy? Je voudrais mettre au point notre rendez-vous de ce soir?

La scène se passait maintenant au Yankee Stadium.

Beep. Tonalité.

Elle composa le numéro privé. Bref dialogue avec la voix mécanique.

Après avoir raccroché, un calme nouveau l'envahit. Elle consulta les mots croisés du jour et ressentit un nouveau sujet de satisfaction. Le thème choisi, comme il fallait s'y attendre, n'était autre que l'Illumination. Rosemary elle-même y figurait « 1 horizontal, *Mère célèbre*, en huit lettres ». Pour le reste, à l'exception de « 6 vertical, *fils célèbre* en quatre lettres », toutes les définitions étaient opaques et coriaces. Il ne lui fallut pas moins de trois quarts d'heure pour venir à bout de la grille.

Andy ne s'était toujours pas manifesté.

Elle eut de nouveau recours au numéro confidentiel.

— Si vous souhaitez laisser un message, appuyez sur la touche 2, susurra la créature.

Rosemary s'exécuta.

— Veuillez laisser votre message après le bip sonore, lui conseilla la voix céleste.

Beep!

— Bonjour. Je voulais simplement mettre au point avec toi les détails de notre réunion de tout à l'heure. En principe, Joe passe me prendre à six heures, cela te convient-il? Peux-tu me rappeler très vite? J'ai rendez-vous chez le coiffeur à onze heures trente.

Elle resta quelques instants dans l'expectative. Puis :

— Merci, Rosemary. Andy prendra bientôt connaissance de votre message. Veuillez raccrocher.

Elle attendit le dernier moment pour partir. Aucune nouvelle.

À son retour, elle trouva deux messages numériques sur la ligne publique, un troisième sur la ligne intérieure. Diana.

— Où est passé votre fils, nom d'une pipe! Il a disparu depuis mardi et les appels arrivent de tous les côtés. Cette absence prolongée est injustifiable, surtout en ce moment. Pas plus que le pape ou le président, il ne peut se permettre une éclipse non programmée. On ne m'a même pas informée du lieu où vous avez prévu de participer à l'Illumination, l'un et l'autre. Le reste de l'équipe se retrouvera dans le parc, j'imagine. Dites-lui de m'appeler, je vous en prie. Mieux encore, ayez la bonté de me passer un coup de fil, dès que vous apprendrez quelque chose. J'en connais un qui passe ses heures de loisir à composer des haïkus à votre gloire. Devinez de qui il s'agit. À tout de suite, je l'espère.

Rosemary effaça le message.

Elle alluma la télévision. Le chronomètre indiquait 4 : 14 : 51.

Le valet de chambre avait laissé, suspendu à la patère entre deux placards, un portemanteau sous une housse de plastique. Ayant déchiré celle-ci, elle déplia sur le lit le tailleur pantalon de crêpe bleu ciel, la blouse de soie dorée, posa à côté les sandales dorées à hauts talons. Le plastique fut roulé en boule, fourré dans la corbeille à papier.

Elle se trouva désœuvrée, plantée au milieu de la chambre. Son regard effleura la garde-robe bizarrement étalée, dans l'attente du corps improbable qui l'investirait, de là fila sur l'écran de télévision où les participants à une table ronde donnaient l'image d'un sinistre consensus, puis vers la fenêtre et se perdit, ultime point de fuite, dans le ciel, le gris menaçant du ciel au-dessus des toits.

Après s'être assurée que la carte magnétique se trouvait bien dans la poche du pantalon, elle chaussa ses lunettes noires, noua son foulard. Cinq minutes plus tard, elle était dans le vestibule de l'hôtel, aussi envahi et bruyant qu'à l'accoutumée. Gardant la tête basse, elle se faufila promptement jusqu'à la porte RÉSERVÉE AUX PERSONNES AUTORISÉES qu'elle déverrouilla à l'aide de sa carte.

Celle-ci fit également coulisser devant elle la porte de l'Express de cuir rouge et de cuivre. L'engin diabolique était au rez-de-chaussée. Andy, par conséquent, se trouvait à l'extérieur, pour le travail ou pour son plaisir. Il n'avait pas succombé à une crise de remords ou de cafard, provoquée par le ressassement de ses crimes ou l'indifférence maternelle à ses appels réitérés.

Rosemary serra les dents, effleura la touche 52. Le bolide prit son envol et le cœur de la passagère lui manqua. Les yeux clos, elle compta les secondes. L'ascenseur le plus rapide du monde allait-il battre son propre record ? La décélération lui donna des sueurs froides. Le rectangle 52 s'était allumé, la porte s'ouvrit, Rosemary entra de plain-pied dans le repaire du fils maudit.

— Andy ?

L'Express se refermait dans son dos. Sur la gauche s'éleva une voix féminine dont le timbre lui était familier.

— ... le bouleversement de nos programmes entièrement consacrés à l'événement majeur de cette fin de millénaire, disait-elle. En ce qui concerne la côte est du continent américain, quatre heures nous séparent encore de la manifestation. À travers le monde, dans les zones délimitées par les fuseaux horaires, nous vivons des moments empreints d'une gravité, d'une ampleur, d'une solennité admirables.

Andy ?

Guidée par la voix, elle franchit une porte demeurée ouverte, s'arrêta sur le seuil d'une pièce remplie d'une pénombre fluctuante dont une paroi était tapissée d'écrans de télévision, certains de très grande taille, presque tous allumés, le son baissé à l'exception d'un seul sur lequel on voyait à présent de jeunes écoliers dans une salle de classe.

Andy ?

Elle ouvrit la porte en grand, regarda de l'autre côté. Il était là, crucifié contre un mur sombre. Crucifié, au sens propre : les bras étendus, retenus par ses paumes ensanglantées que traversaient de grands clous, la tête pendante.

Il était vêtu d'un tee-shirt sale et d'un vieux jean, la partie inférieure de son corps dissimulée derrière un canapé de cuir noir que l'on avait poussé contre lui.

Rosemary ferma ses paupières, serra très fort. Chancelante, elle se cramponna à la porte. Quand elle ouvrit à nouveau les yeux, dans la lumière vacillante diffusée par les écrans, la folle vision ne s'était pas dissipée. Elle lui apparut même dans tous ses horribles détails, ainsi les cheveux collés par la sueur et le sang, entre lesquels se dressaient deux cornes pâles, de part et d'autre du front souillé. Ainsi l'expression de souffrance extrême du visage sur lequel rien ne bougeait.

Elle partit comme une flèche, se jeta sur le canapé et vivement appliqua une main sur la poitrine de son fils. Tant bien que mal elle se hissa sur ses pieds, chercha le cou du crucifié, éprouva la tiédeur, sentit une infime pulsation.

Vivant.

D'abord vint l'étourdissement, puis une immense houle de soulagement, enfin la terreur. Elle regarda, à droite et à gauche, les mains aux ongles longs comme des griffes, dans lesquelles un forcené avait planté d'énormes clous, véritables chevilles, épaisses comme des crayons. Le sang avait longuement dégouliné sur la paroi. Les pieds avaient-ils subi le même sort? Rosemary se tordit le cou afin de distinguer le bas du corps dans l'intervalle obscur compris entre le mur et le canapé. Elle ne vit rien, mais raisonna que son fils semblait avoir les pieds posés sur le sol à en juger par sa taille (il n'était pas plus grand qu'à l'ordinaire) et la faible tension exercée sur ses bras. La poitrine du crucifié se souleva.

— Andy? murmura-t-elle.

Sa voix lui parvenait depuis le poste allumé. Il expliquait quels grands espoirs *God's Children* avait placés dans l'Illumination. Il tourna la tête vers sa mère. Les cornes incurvées avaient un joli mouvement de lyre, les yeux du tigre suppliaient. Rosemary ne ressentait rien, qu'une profonde tendresse désenchantée, une tristesse à l'échelle de l'Univers. Du bout des doigts, elle lui toucha la joue.

— Je t'ai entendu et je ne suis pas venue, certaine que mon imagination me jouait des tours. Pardonne-moi.

Les lèvres balbutiantes quémandaient quelque chose. De l'eau, bien sûr. Rosemary avisa une table basse non loin du canapé, sur laquelle une bouteille de champagne prenait le frais dans un seau à glace. Se saisissant d'un glaçon elle humecta la bouche, puis la langue. Il lui léchait les doigts avec avidité.

— Un peu de patience, je vais te délivrer. Je te sauverai, j'en trouverai le moyen… Bois, mon ange. Qui a pu commettre un acte aussi barbare ? Quel monstre…

Sur le visage creusé, parcheminé, sans lumière et sans Dieu, sous les cornes du diable, passa un frémissement d'épouvante.

— Lui. Lui, mon père.

Rosemary refoula ses larmes.

— Il était là ? fit-elle dans un souffle. Il est venu ? Il t'a crucifié ? Lui ? Lui ?

— Il *est* là. *Il n'a jamais cessé d'être là.*

Andy ferma les yeux. Sa tête cornue s'affaissa.

Hallucination ? Mensonge ? D'un autre côté, qui d'autre aurait pu soumettre ainsi un homme tel que Andy, lui-même doué de pouvoirs considérables ? La punition infligée par le père. Pour avoir trahi son plan, *in extremis* ? La vengeance de l'affront que représentaient les bougies, en fin de compte inoffensives ?

Satan ne l'attendait pas derrière la porte de la cuisine, pas plus qu'il ne bondît hors du réfrigérateur lorsqu'elle ouvrit celui-ci. Rosemary emporta un des bacs à glace dans la salle de bains attenante à la chambre. Les deux pièces, soit dit en passant, étaient dans un désordre accablant. *Ultramesso.* Non sans mal, elle trouva quelques serviettes d'une propreté relative, puis une paire de ciseaux, une bouteille d'alcool à 90°. De retour dans la chambre, elle décrocha au passage deux cravates suspendues derrière la porte grande ouverte d'un placard…

Debout sur le canapé, elle appliqua sur la main droite du supplicié une serviette remplie de cubes de glace, dans l'es-

233

poir que le métal se contracterait sous l'effet du froid et que l'action anesthésiante soulagerait un tant soit peu le pauvre Andy.

Il lui fallut attendre dans cette position malaisée, fouillant du regard le visage de son fils, qui portait jusque dans l'évanouissement les traces de la souffrance et de la peur. La dimension des cornes ne s'était-elle pas réduite? Simple illusion d'optique, soupira Rosemary. Je commence à m'habituer.

Elle frissonna lorsqu'il entrouvrit les yeux, deux fournaises dont l'éclat lui était apparu brièvement l'autre nuit, quand il lui livrait un assaut brutal sur le divan du foyer, les disciples formant alentour un cercle lointain, néanmoins très attentif. Le regard flamboyant du tigre, avait-elle décidé naguère, alors que son fils était encore au berceau, offrant une solution intermédiaire entre les prunelles infernales de son père et l'azur maternel. Pourquoi, se demandait-elle à présent, n'en serait-il pas de même s'agissant de certains attributs et traits de caractère moins séduisants du fiston, tels que sa propension à mentir à tous propos, la facilité avec laquelle il bernait les gens et se jouait de leur confiance? Aurait-il hérité ces travers de sa mère, tout au moins pour partie d'entre eux? Son esprit grondait et se rebellait à cette pensée. Elle avait la main gelée, il était temps de se mettre au travail.

Le torchon et son contenu de glace furent jetés dans le seau à champagne. Après s'être essuyée les mains sur son pantalon, Rosemary poussa le canapé sur la droite. À première vue, les pieds reposaient sur le sol, comme elle l'avait espéré. Elle se baissa, tâtonna dans la pénombre. Andy était en chaussettes, sans souliers ni pantoufles. Pas de clous.

S'étant redressée, elle se tourna et prit position contre le crucifié, son épaule logée sous le bras droit. Une serviette sèche fut enveloppée autour de la partie saillante du clou. Elle s'arc-bouta, tira de toutes ses forces.

— Sors de là! ordonna-t-elle. Sacré bout de métal planté dans la chair de mon fils, vas-tu sortir?

Andy poussa un gémissement, le sang s'épancha de la blessure ravivée.

— Un autre mauvais moment à passer, dit Rosemary. Je n'ai pas le choix.

Ses efforts firent jouer le clou. Il s'extirpa lentement, douze bons centimètres de mauvaiseté opiniâtre dont elle triompha par la ruse et par l'acharnement. Il fallait tirer, tout en secouant avec douceur afin de ne pas trop maltraiter la main qu'elle tint plaquée quelques instants contre le mur, puis ceignit d'un autre linge maintenu à l'aide de la cravate. Quant au clou, elle le jeta derrière elle.

Alors seulement, avec le bras ballant du supplicié passé sur son épaule, Rosemary pivota et se demanda comment diable elle allait s'y prendre pour immobiliser cette grande carcasse tandis qu'elle s'occuperait de l'autre main. Sensible à son désarroi, Andy prit l'initiative. Son bras inerte s'anima et, dans un grand geste d'automate, balaya la tête de sa mère qui n'eut que le temps de se baisser. La main tout juste libérée, emmaillotée d'un pansement déjà taché de sang, se saisit de l'autre clou et l'arracha. Rosemary détourna vivement les yeux. La boiserie se déchira, Andy poussa un grand cri et tomba en avant, s'affala contre sa mère prête à s'écrouler sous son poids. Le clou voltigea, rebondit contre la table. Rosemary traîna son fils, plus qu'elle ne le porta, jusqu'au canapé, le fit choir par-dessus le dossier. Il bascula, les membres pêle-mêle, sa main gauche laissant partout de brillantes traînées de sang.

Elle le fit s'allonger sur le dos, les pieds installés sur l'accoudoir pour permettre le rétablissement plus prompt de la circulation. Elle ôta les chaussettes, se livra à quelques frictions et massages vigoureux. Enfin, non sans jeter un furtif coup d'œil sur le compte à rebours inscrit dans le coin inférieur droit de tous les écrans allumés (3 : 16 : 04), elle reprit le chemin de la salle de bains et de la cuisine.

Elle en revint avec un plateau chargé d'un savon, d'une cuvette d'eau chaude. La main droite fut débarrassée du pansement provisoire, toutes deux furent nettoyées, les blessures désinfectées à l'alcool, traitement que le blessé reçut sans une plainte. Après quoi elle fit deux bandages serrés, fixés à l'aide de sparadrap dont elle avait péniblement déni-

ché ce rouleau presque vide au fond d'un tiroir en grand
désordre. Elle déplia une vieille couverture de laine aux
teintes passées, un ouvrage au crochet qui provenait du
salon des Castevet, Rosemary en était presque certaine. Elle
emmitoufla son fils dans cette vieillerie.

Il avait besoin, dans les plus brefs délais, d'une injection
de sérum antitétanique et d'une intervention chirurgicale.
Quel hôpital accepterait d'accueillir un patient nanti de
griffes et de cornes, dont les yeux lançaient des éclairs
insoutenables?

Rosemary plaçait tous ses espoirs en Joe. Elle allait devoir
lui révéler la vérité, l'identité du géniteur d'Andy. Peut-être,
au nombre de ses nombreuses relations, se trouverait-il un
médecin de confiance, ou quelqu'un dont le silence pourrait être acheté. L'idéal serait une clinique privée, dans un
endroit discret.

Elle lava le visage de son fils. En ouvrant une raie dans sa
chevelure poisseuse, elle découvrit un renflement de
quelques centimètres sur lequel s'était formée une croûte
de sang qu'elle tamponna sans trop insister à l'aide d'un
coton imbibé d'alcool.

Ensuite, elle rapporta le tout dans la cuisine. Après s'être
débarbouillée elle passa, bien inutilement, un peu d'eau
sur son chandail taché de sang. Le bac à glace, à nouveau
rempli, fut rangé dans son compartiment. Ayant trouvé de
l'eau minérale dans le réfrigérateur, elle remplit un grand
verre qu'elle but d'un trait.

Elle prit un plateau, posa dessus la bouteille et deux
verres, retourna auprès d'Andy. Il était toujours allongé, les
paupières bistre, l'air nauséeux. Elle lui toucha le front, le
trouva à peine tiède. De l'index, elle éprouva la pointe
d'une corne. La couleur et la dureté de l'ivoire.

Assise sur le sol elle s'adossa contre le canapé, la tête
posée sur l'accoudoir, à quelques centimètres de celle de
son fils. Un muezzin entonna son appel à la prière, relayé
par le soliste d'un service religieux dont la voix de ténor
lyrique convenait mal à la gravité du cantique interprété.

Plus tard, Rosemary ouvrit les yeux, tourna vaguement la

tête en direction des six écrans allumés sur lesquels se déroulaient quatre scènes distinctes – deux temples jumeaux, un stade bordé d'enseignes publicitaires en caractères arabes, l'escalier monumental du *Queen Elizabeth II*, enfin deux vues panoramiques de Central Park où s'entassait une foule nombreuse. Le compte à rebours indiquait – 1 : 32 : 54. Sur la table, un réveil à quartz donnait l'heure en chiffres rouges ; 5 : 29.

Le temps avait filé sans qu'elle s'en rendît compte. Joe devait déjà être en route, inutile de l'appeler. Rosemary ne viendrait pas répondre à son coup de sonnette, il en conclurait qu'elle n'avait pu résister à la tentation de rejoindre son fils plus tôt que prévu.

Entrée en scène du *Mormon Tabernacle Choir*. Andy s'éveilla. La clarté bleuâtre des écrans se réfléchissait dans les prunelles étincelantes.

— Te voilà enfin, soupira-t-elle. Je suis soulagée d'avoir de la compagnie. Comme il gardait le silence, elle interrogea : As-tu soif ?

Un borborygme lui répondit.

Rosemary s'agenouilla, lui souleva la tête pendant qu'il aspirait l'eau à petites gorgées précipitées.

Elle reposa le verre. Andy s'affaissa de nouveau, Rosemary reprit place contre l'accoudoir. L'espace d'un long moment, ils ne firent rien d'autre que de regarder et d'écouter, dans une sorte d'apathie, comme s'ils étaient à la fois spectateurs et partie prenante de la marche du monde, comme s'ils étaient tous deux perdus au centre du temps, la mère et le fils, et Rosemary se demanda pourquoi cette paix factice, ce semblant de répit, ne pourrait pas durer éternellement.

— Tout se passe divinement bien, comme je l'avais imaginé, murmura-t-elle.

Et lui :

— Trois minutes après avoir été allumées, les bougies diffusent un gaz toxique dont les particules se condensent pour former un nuage en suspension. Celui-ci se répand…

Rosemary s'était dressée d'un coup de rein.

— Plusieurs bougies ont été analysées par un laboratoire. Ils n'ont rien trouvé de suspect…

— C'est que les recherches n'ont pas été conduites avec tout le sérieux nécessaire. Pourquoi m'aurait-on cloué contre ce mur sinon pour m'empêcher de te révéler la vérité quand il était encore temps d'alerter les autorités ? Ma décision était prise. Il dévisagea sa mère, passa la langue sur ses lèvres fiévreuses. La culpabilité était trop forte, dit-il. James, le petit James, le gamin aux mitaines, t'en souviens-tu ? Je le voyais sans cesse.

— *Rosie ? Où êtes-vous ?*

— Joe ? Restez où vous êtes, attendez-moi. J'arrive.

Elle voulut se lever, mais les mains bandées de son fils se cramponnaient. Ses yeux félins s'emplirent de larmes.

— Je suis un salaud, maman. Je t'ai menti au sujet de l'Illumination, je t'ai menti à *son* sujet… Qu'il serait doux d'être mort !

Joe s'encadra dans la porte, très grand, très impressionnant, habit noir et haut-de-forme. D'une main gantée de blanc, il portait un ballot de soie bleu et or qu'il posa sur une chaise, de l'autre un panier de pique-nique.

— Comme c'est étrange, dit-il. Songeant à ce moment, je l'avais toujours imaginé comme une occasion de réjouissances. Et maintenant, nous y sommes, c'est la gravité qui semble le mieux définir la situation. Hmmmm. Le chapeau fut perché à l'envers sur la table, le panier abandonné à côté. Hommé de peu, reprit-il, un doigt blanc pointé sur Andy, estime-toi heureux d'avoir une mère si aimante. S'il n'avait tenu qu'à moi, ton supplice aurait continué jusqu'à la fin des temps.

Rosemary s'était agenouillée. La stupeur, sur son visage, le disputait encore à l'effroi.

— Joe ? fit-elle d'une voix indécise.

— Bonsoir, ma jolie. Il lui adressa une œillade proprement incendiaire. Notre nuit, enfin, rien que toi et moi.

Andy, derrière elle, émettait des marmottements incompréhensibles.

238

Rosemary se leva, face à l'ennemi, engourdie de la tête aux pieds, les yeux seuls encore capables de pousser un cri.

Il ôta un gant, puis l'autre, les laissa tomber dans le chapeau. Il souriait avec impudence.

— Ma présence était indispensable, n'est-ce pas ? Comment faire confiance à une créature à demi humaine dans l'exécution de notre grand projet ? Impossible de m'en remettre à un rejeton susceptible de s'attendrir au dernier moment, l'enjeu était trop vaste. L'avenir l'aura prouvé : ma méfiance était totalement justifiée.

Rosemary fixait sur lui ses yeux immenses.

— Le destin du dentiste était scellé, reprit Joe tout en rajustant son nœud papillon. Aplati contre la façade d'un théâtre par un taxi en délire, ça ou autre chose. La pensée qui travaille, là-haut, j'en connais tous les rouages, depuis le temps que nous poursuivons notre éternelle partie d'échecs. Il joue avec les blancs, je joue avec les noirs. Bombant le torse, il eut un terrible sourire de crocodile. Son ouverture m'avait placé dans une position délicate mais, aujourd'hui, j'ai joué en maître et repris l'avantage. J'ai ratiboisé ses pions, ses chevaliers, ses fous et même son roi. Quant à sa reine, avec votre permission, ma chère, je la garde en guise de butin. Cette victoire éclatante mérite sa récompense. Tout s'est déroulé comme prévu. En toute logique, il devait se servir de vous pour mettre au pas le jeune nigaud que voici. Aussi ai-je dépêché sur place Joe Maffia, afin de veiller au grain.

Elle le dévisageait toujours, fascinée. Aucune force au monde n'aurait pu dévier son regard, comme si ce face-à-face était la seule garantie dont elle disposait, comme si rien ne pouvait lui arriver, rien de pire, aussi longtemps qu'il parlerait.

— Quel individu serait le mieux placé pour tirer une honnête femme de l'embarras qu'un ex-flic ayant conservé de bonnes relations avec la pègre ? Vers qui se tournerait-elle le plus volontiers pour s'offrir les services d'un professeur de chimie expert auprès des tribunaux ? Trouver à la dernière minute des fauteuils d'orchestre pour une première à Broadway, un prie-Dieu à St. Patrick's le soir de

Noël ? Au fait, Mary Elizabeth et sa corruptrice vous transmettent leurs meilleurs vœux. Il lui fit un clin d'œil filou. Si je m'avisais, moi, d'entrer dans une église, les infarctus se compteraient par dizaines ! En voilà assez de ce grand étalage d'habileté machiavélique. Quand donc cesserai-je de me jeter des fleurs ? Hélas ! la vanité est mon moindre défaut.

Saisissant le ballot de bleu et d'or, il le dénoua, déplia le costume pantalon et le chemisier, souleva les sandales par la bride et lui tendit le tout.

— Allez vous changer. Profitez-en pour vous ravaler un peu la façade. Vous trouverez la panoplie complète de Elizabeth Arden dans la salle de bains attenante à la chambre d'amis, derrière l'ascenseur.

Elle n'eut même pas un battement de cils.

— Réveillez-vous, sapristi ! Il lui adressa un nouveau sourire encourageant. Laissez-vous toucher par la lumière, comme le dit si bien fiston dans ses messages publicitaires. Nous danserons. Rien de tel pour se réchauffer, et que l'on ne me parle plus de ces misérables bougies. Il y a une piste de danse, à côté, un parquet du tonnerre ! C'est là que je lui ai enseigné la valse. De vous à moi, Rosie, quoi de plus agréable à regarder qu'une belle salle de bal ? Les humains peuvent au moins se féliciter d'avoir inventé ça. Une modeste réussite, au milieu d'un grand désastre.

Rosemary reprit son souffle.

— Plutôt mourir, murmura-t-elle. Je le pense vraiment.

Il laissa retomber ses bras.

— Cela ne m'étonne guère, soupira-t-il. La mort, vous autres créatures, vous avez ça dans le sang. Et là-dessus, la calamité d'une éducation catholique ! Pauvre Rosemary…

Dans sa chute, un des clous sanglants avait atterri non loin de la table. Joe braqua sur lui des yeux féroces. L'objet s'éleva dans l'air, sa vitesse augmenta, sa tête alla se coller contre le plafond, à la verticale du visage d'Andy. Toujours allongé sur le canapé, celui-ci se contenta de contempler cette nouvelle menace, sans un mouvement pour s'y soustraire.

— Quel œil? demanda plaisamment Joe Maffia, alias Satan.

Rosemary lui présenta ses mains. Elle reçut les vêtements, s'éloigna sans un mot.

— Détendez-vous, comme l'autre soir. Laissez-vous conduire.

Ils valsèrent sur les lattes noires du grand salon, devant le panorama en cinémascope – East Side, Whitestone Bridge, Queens – sur lequel roulaient des nuages enrobés de lumière.

Il fredonnait sur les paroles qu'enchantaient Fred Astaire «*Before the fiddlers have fled, before they ask us to pay the bill, and while we still have the chance…*» Enlaçant plus étroitement sa cavalière, il lui vint une humeur badine.

— Navré pour la démonstration de force à laquelle j'ai dû me livrer, chuchota-t-il. Cette nuit est ma nuit, comprenez-vous, je l'attends depuis toujours, pour ainsi dire. Personne ne se dresse contre ma volonté, jamais. Si ce n'est cet imbécile dont j'ai supporté trop de caprices ces derniers temps.

— Voilà donc pourquoi vous l'avez crucifié contre le mur, pour lui rappeler qui était le maître.

Ils dansaient, guidés par les arabesques du piano qui folâtrait autour de l'orchestre, suivant sa logique propre.

— Voyons, à quoi bon me faire plus noir que je ne suis? J'aurais pu laisser la secte prendre à votre égard des mesures définitives, je n'en ai rien fait. Un paisible coma dans un lieu agréable, tous frais payés. Cette nuit-là, nous avons échangé un long, un vrai regard, et ne prétendez pas l'avoir oublié, ajouta-t-il comme elle détournait les yeux avec répulsion. Souvenir odieux en ce qui vous concerne, l'heure la plus éprouvante de votre vie, je n'en doute pas. Pour moi, il en fut tout autrement. Beauté, exaltation, tels sont les mots que je choisirais pour définir cette expérience inouïe, ce bonheur qui fut l'affaire d'un instant. Ému, je le suis encore en y songeant. Il n'est pas en mon pouvoir de vous contraindre à partager ces impressions toutes personnelles. Il la renversa en arrière, ployée sur son bras comme une liane, la souleva. Qui sait? Peut-être caressais-je dans quelque recoin de ma conscience obscure la conviction, tout au moins l'espoir, que si vous ressuscitiez quand viendrait le temps pour Andy d'accomplir sa mission, nous pourrions nous regarder l'un l'autre comme le feraient deux êtres civilisés, prêts à renouer le fil d'une ancienne liaison.

Elle le dévisagea, pas encore horrifiée, simplement stupéfaite. Il eut un sourire suave.

— N'avais-je pas raison? Nous dansons, les yeux dans les yeux. Vous trouvez du charme aux prunelles ardentes de votre fils? Qu'à cela ne tienne, je puis me faire tigre. Ses yeux s'embrasèrent. Vous rêvez d'être dans les bras de Clark Gable? insinua Clark Gable, gouailleur. Scarlett, ma petite fille, je serai ton Rhett Butler jusqu'à la fin des temps.

Gable lui fit son rictus de marlou indomptable.

— Avec moi, tu graviras l'escalier jusqu'au septième ciel, et sans défaillance. Clin d'œil appuyé de cinéphile. Les effets spéciaux, c'est mon rayon!

Elle rejeta son visage en arrière, la tête de côté, les yeux fermés très fort, dans l'attitude du refus, de la révolte, du dégoût. La grande main enveloppante lui creusa les reins, elle fut rejetée contre lui, emportée dans un tourbillon irrésistible.

« *There may be teardrops to shed…* », chantait Fred Astaire.

— Nous en arrivons à l'aspect réconfortant de mon programme, susurra Joe Maffia. Dans l'hypothèse où vous n'auriez pas saisi ce que vous réservait l'avenir… La Jeunesse Éternelle, Rosie, voilà mon premier cadeau. L'âge de votre choix. Vingt-trois, vingt-quatre ans? Dès maintenant et à jamais. Vous seront épargnés les rhumatismes, ainsi que toutes les souffrances, laideurs, infirmités qui accompagnent l'automne de la vie humaine, à commencer par l'apparition de ces vilaines petites taches brunes sur le dos de la main. De haut en bas, ma petite Rosie restera une mécanique bien huilée, aussi docile et ronronnante qu'un moteur de Rolls.

Elle ramena sur lui un regard impassible, inconsciente des figures savantes décrites par ses pieds, insensible au vertige qui faisait tourner, valser devant ses yeux les murs noirs, puis les splendeurs de la ville, puis les murs noirs… Il opina, l'air bonhomme.

— Une promesse que j'ai mille fois faite, rarement tenue. Vous êtes en âge d'apprécier la valeur de mon offre, il me semble, toutes les années perdues, ajoutées à celles qui vous attendent encore. Une vie de lys et de rose dans un environnement idéal, à côté de quoi cette tour infernale et ses prétentions de service haut de gamme seraient ravalées au rang d'un vulgaire garni.

Rosemary retrouva l'usage de la parole. Elle écouta, surprise, le son de sa propre voix dont le timbre lui parut étonnamment normal.

— Si je vous en priais, auriez-vous le pouvoir d'arrêter l'Illumination?

— De grâce, ne m'imposez pas ces jérémiades. Non, je n'en ferai rien. Du reste, il est trop tard, personne n'est plus en mesure d'interrompre le processus en cours. Vous voici devant une alternative très simple, Rosemary : la Jeunesse Éternelle avec moi, ou la mort si vous choisissez de quitter cet appartement pour redescendre. Plus lourd que l'air, le gaz se condense à basse altitude. Au cinquante-deuxième étage, nous sommes hors d'atteinte.

Saisie d'une nouvelle angoisse, Rosemary recula afin de regarder bien en face celui qui avait l'apparence de Joe Maffia, comme elle l'eût fait dans une situation normale, pour poser à son cavalier une question cruciale.

— Que va devenir Andy?

— Il reste. À quoi bon m'encombrer d'un individu dont je n'ai plus l'utilité, en qui je ne puis avoir confiance, surtout s'agissant de sa mère? Réfléchissez bien, Rosemary. Nous aurons d'autres enfants, autant qu'il vous plaira, c'est l'un des avantages d'une jeunesse sans fin. La décision n'est pas facile à prendre, je m'en doute, compte tenu des circonstances un peu… rocambolesques, et du lourd passif de vos traditions familiales, ce boulet que vous n'en finissez pas de traîner. Je vous fais confiance. Vous êtes intelligente, capable de faire l'analyse pertinente d'une situation. Je vous ai vue à l'œuvre avec Judy. Quelle virtuosité! J'en avais des sueurs froides.

Ils dansèrent, joue contre joue. Fred Astaire était de tout cœur avec eux :

« *Heaven, I'm in heaven, and my heart beats so I can hardly speak…* »

Rosemary était assise dans le bleu papillotant des tubes cathodiques. Ou plutôt recroquevillée sur une chaise, les épaules misérables, la tête vaincue. Andy, l'estropié, le cornu, le félin, buvait son Coca à l'aide d'une paille.

Joe/Satan avait envoyé promener ses escarpins. En chaussettes de soie, il dégustait son caviar en se servant d'une minuscule cuillère en argent. Il consulta sa montre aux multiples cadrans.

— Sacrebleu, plus que trois minutes et douze secondes. Le type sur les marches, ne le perdez pas de vue, et cette femme, là… Le point de chute de la bougie, l'avez-vous remarqué ? Il secoua la tête, admiratif. Incroyable, la précision avec laquelle ils arrivent à chronométrer un phénomène aussi complexe. Il prit une gorgée de champagne. Les organisateurs de cette émission sont des as. Où allez-vous ?

Rosemary quitta la pièce.

Elle traversa le salon, s'approcha de la baie vitrée contre laquelle elle posa le front.

Cinquante-deux étages plus bas, une poussière d'étoiles s'étendait sur la ville, aussi loin que portait son regard, une brume d'or plus ou moins dense, trouée ici et là de plaques sombres.

La moitié des habitants de la capitale avait dû se donner rendez-vous au pied de l'immeuble, sous les arbres dénudés du parc, à l'abri de ce griffonnage d'encre noir dressé contre le ciel. Un choix dicté par la lointaine réminiscence des forêts druidiques ?

Le long des façades de la Cinquième Avenue, deux fenêtres étaient en flammes. À la verticale de Queens, les nuages se coloraient d'un rougeoiement d'incendie.

À la faveur d'une échappée de ciel étoilé, Rosemary vit passer les feux de position d'un avion, un des rares vols internationaux dont les horaires n'avaient pu être différés. Sa participation à la fête n'était pas perdue pour autant puisque le commandant de bord avait dû quitter son poste afin de se rendre dans la carlingue où il avait allumé à l'heure dite une bougie symbolique au nom de tous les passagers et des membres de l'équipage. À peine débarqués, les uns et les autres recommenceraient l'opération pour leur compte personnel.

Tandis que son regard suivait la courbe de Central Park Sud, Rosemary vit un cheval que la distance rendait minuscule, le premier de la colonne, s'écrouler, entraînant la calèche dans sa chute. La circulation s'était immobilisée au milieu d'une nuée de particules scintillantes.

Elle versa des larmes amères.

Que serait-il advenu si mercredi soir elle avait répondu à l'appel de son fils, au lieu de laisser l'orgueil brouiller les frontières entre l'amour maternel et la culpabilité?

Un frisson lui secoua les épaules. Elle compta six fenêtres transformées en brasier le long de la Cinquième Avenue. À Queens également, plusieurs incendies s'étaient déclarés.

Un bruit de pas derrière elle. *Éloigne-toi, Satan.*

— Je reste avec lui, déclara-t-elle.

— Et moi qui te prenais pour une personne de bon sens!

Elle pivota face à Andy. Dans les yeux du tigre se lisait à présent une lumière nouvelle, une nuance de douceur, comme une promesse de paix.

— Va, dit-il.

— Comment le *pourrais-je*? plaida-t-elle. Qu'ai-je fait pour mériter la vie éternelle? Pourquoi me serait-il accordé un seul jour de plus à compter de *maintenant*?

— Va, répéta-t-il. D'ailleurs, tu n'as pas le choix. Tout ira bien, je t'assure.

Rosemary, des larmes plein les yeux, dévisageait celui qui venait de prononcer ces paroles inouïes.

— *Bien*? Tout ira bien alors que l'humanité aura cessé de vivre, alors que mon fils aura cessé de vivre? Tout ira bien, quand je me retrouverai seule avec *lui*? As-tu perdu la tête? La souffrance, la peur, la faim t'auront rendu fou!

245

— Regarde-moi, dit-il.

Elle obéit, fixa les yeux sur ses yeux de bête avec plus d'intensité encore.

— Cette fois, dit-il, tu peux me faire confiance.

Rosemary aiguisa son regard, scruta, fouilla, la mort dans l'âme.

— Je le peux *vraiment*? murmura-t-elle.

Un sourire venu de très loin mit une lueur d'enfance sur le visage d'Andy.

— Un mensonge, dans un moment pareil?

Le sourire du garnement. En face de lui, Rosemary sentit fondre sa résistance, tout en elle n'était plus qu'abandon, confiance désespérée. À son tour, elle sourit. Un instant, elle appuya la tête contre la poitrine de son fils, ferma les yeux très fort.

Ils échangèrent un chaste baiser. Puis Andy fit un pas de côté.

Il s'effaça pour l'inviter à rejoindre, d'un geste de sa main entortillée dans un linge sanglant, Joe Maffia, superbe dans son habit noir, Satan qui attendait tenant son gibus, sur le seuil de l'Express. Une dernière hésitation… Le déclic s'opéra, Rosemary s'avança dans le rythme ondulant de son tailleur de crêpe, le cliquetis de ses talons sur le plancher noir, cette «piste du tonnerre» sur laquelle il faisait si bon danser.

Il entra à sa suite dans l'ascenseur. Elle n'eut que le temps de se retourner pour apercevoir Andy, son geste d'adieu, Andy silhouetté contre la ville étincelante sous la marée des nuages. La porte à peine refermée, la cabine exiguë devint un lieu maudit, irrespirable. Tout son corps livré à l'odieuse promiscuité elle éprouva, plus vivement encore qu'à l'ordinaire, le vertige de la chute.

Il la coiffa de son haut-de-forme, l'inclina, ramena quelques mèches sur l'oreille.

— Charmant. Coquin.

Elle haussa le regard, jusqu'au niveau de la cravate blanche. Une cravate authentique, faite pour les grandes occasions, rien à voir avec ces faux-semblants prêts à l'emploi, ces accrochez-moi-ça qu'il suffit de fixer derrière le col.

— Comment traverserons-nous la zone contaminée ? demanda-t-elle.

— Ne vous faites aucun souci.

Elle considéra, au-dessus du visage obstinément jovial, la valse étourdissante des chiffres successivement allumés 10-9-8..., puis les lettres clignotèrent, L-B-G1-G2 [1]. Ils descendaient toujours, de plus en plus vite. La température augmentait sensiblement.

La sueur baignait le corps de Rosemary, due à la chaleur, à l'effroi.

— J'ai hâte d'être débarrassé de ces oripeaux de singe, dit-il. Et je ne parle pas seulement des vêtements, mais de cette apparence grotesque dans laquelle je suis enfermé depuis trois ans.

Ses ongles s'étaient mués en de terribles griffes. Il s'en servit pour crocheter son col et l'arracher, mettre en pièces l'habit de gala et sous le frac la défroque, celle du pauvre Joe Maffia lui-même et tout cela, drap, soie, boutons de nacre, peau, chair, muscles, tendons... fut projeté contre les parois de la cabine. Rosemary reçut sa part d'éclaboussures. Elle leva les mains pour se protéger, ses lèvres s'ouvrirent mais tandis que lui était révélé le torse couvert d'écailles aux nuances de noir et de vert, son hurlement s'étrangla net. Sous les grandes cornes « lyriformes » (quel trophée elles feraient dans le salon d'un chasseur, entre des massacres de buffles et d'antilopes !), les yeux ardents restaient fixés sur les siens.

— Est-ce en enfer que vous me conduisez ? Vous n'en aviez rien dit !

— Rosemary, mon oiseau des îles...

L'être squameux s'extirpait peu à peu des derniers vestiges de son apparence humaine. Il darda une langue vorace, énorme dont il laboura le visage de l'infortunée. Elle ferma les yeux, se rejeta en arrière, l'horreur lui mit enfin un cri écla-

---

1. *Lobby, Basement, Garage 1 & 2.*

tant dans la bouche. Cependant il s'exaltait, tout fanfaron de surgir tel qu'en lui-même sous les lambeaux sanglants de Joe Maffia, un monstre mi-bouc, mi-saurien dont les yeux lançaient feu et flammes, dont l'haleine exhalait le soufre. Il la serra contre lui, couvrit sa tête de baisers empoisonnés.

— Rosie, ma perle, J'AI MENTI. *Je t'ai menée en bateau, ma bien-aimée, comme si tu ne t'en doutais pas !* Tout ira bien, tu verras. L'enfer ? Il n'y a pas de quoi fouetter un chat ! Tout doux, tout doux…

Elle ouvrit les yeux, haletante, suffocante, une main crispée sur sa veste de pyjama, écartant de l'autre la longue mèche de cheveux auburn qui lui tombait sur le visage.

L'aube s'infiltrait dans la chambre, touchait de sa lueur pâle et mélancolique les affiches montrant les ponts de Paris et ceux de Vérone, le placard publicitaire pleine page annonçant la reprise de *Luther,* avec un nom entouré au Bic rouge, parmi les derniers de la distribution.

— Quel cauchemar, Guy ! Interminable…

Il la tenait étroitement enlacée, lui baisait le front, la naissance des cheveux.

— C'est ta punition pour t'être endormie en lisant *Dracula,* le chef-d'œuvre de Bram Stoker !

Vivement elle se désenchevêtra, chercha des yeux le livre de poche, le trouva sur la descente de lit.

— Bram Stoker ! s'exclama-t-elle. Bon sang, mais c'est bien sûr… ! Elle se pelotonna derechef contre le cher Guy, curieux d'entendre la suite. Par le plus grand des hasards se présentait pour nous l'occasion d'habiter le *Bram,* un vieil immeuble très cossu, style gothique de pacotille d'abord situé en plein centre-ville, puis le long de Central Park Ouest. Noir, dans un premier temps, noir de suie, hérissé de gargouilles, puis ravalé, débarrassé de ses diableries médiévales. Imagine le Dakota, couleur pastel, placé sous la protection de la bannière étoilée… Le Dakota, pourvu d'un système de location.

Il se renversa sur le lit, soudain rêveur, glissa une main sous l'élastique de son pyjama, se gratouilla le nombril avec passion.

— Tu nous vois, installés comme des coqs en pâte au Dakota? Ce serait épatant!

Elle le martela de coups de poings.

— En échange de vagues promesses concernant ta carrière, vil personnage, tu n'hésitais pas à me livrer en pâture à une tribu de satanistes.

— Jamais! s'écria-t-il. Jamais jamais!

Riant aux éclats, il emprisonna les petits poings, interrogea la jeune femme d'un regard moqueur.

— Ils arrivaient à leurs fins, puisque Satan était bel et bien le père de mon enfant. Par ta faute!

Une lueur lubrique s'alluma dans l'œil de Guy.

— Uh-oh! S'il s'agit de mettre en route un polichinelle, j'en fais mon affaire.

Rosemary fut renversée sur le lit d'une poigne virile; il lui sauta dessus et mima la gymnastique assez brutale par laquelle il fallait en passer pour mériter le doux nom de papa-maman.

Vite lassé de ce jeu, il retourna dans la salle de bains dont il ferma à demi la porte derrière lui. À genoux sur le lit face au miroir encadré d'or, Rosemary contemplait son reflet sans pouvoir s'en rassasier, le visage lisse, les yeux brillants, la libre chute des cheveux souples, sans un fil de blanc! Elle inspecta ses mains, vierges de taches suspectes, les glissa sous sa veste, les mit en coupe autour du galbe ferme des seins, rejeta la tête en arrière pour jouir de la courbe impeccable de son cou…

— J'avais *cinquante-huit ans,* se lamenta-t-elle. Bien conservée, mais tout de même. Quelle horreur! Je ressemblais à Tante Peg.

— De quoi te plains-tu? C'est la moins vilaine du lot.

— Je ne dis pas le contraire, malgré tout… Rosemary salua son image d'un sifflement admiratif… quel soulagement d'être jeune à nouveau! Ce cauchemar était d'un réalisme saisissant. Brusquement soucieuse, elle s'assit sur ses talons. Nous étions en 1999. Un monde étrange d'une certaine façon, mon fils et moi nous étions comme Marie et Jésus… à condition de ne pas y regarder de trop près.

Rosemary secoua la tête. Elle s'agenouilla de nouveau. Le nez collé contre le miroir, elle scruta son visage à la loupe.

— Belle ossature, peau fragile… Je l'ai trop négligée, jusqu'à présent.

— Grâce à toi, me voilà levé de bonne heure, lança Guy depuis la salle de bains. Tant mieux, je vais pouvoir tenter ma chance aux séances d'audition de *Drat! The Cat!*

— En 1999, la reprise faisait un tabac, murmura Rosemary tout à l'examen de sa paupière gauche.

— Je le dirai aux copains, ils seront enchantés. Quel accueil ils vont me faire lorsque j'annoncerai avec une gravité de circonstance, messieurs, sachez que vous tenez là un véritable succès, que dis-je un triomphe! Ma femme est un peu voyante, la nuit dernière, elle a rêvé que votre pièce, reprise en 1999, se jouait à guichets fermés.

Rosemary fronça les sourcils, sans quitter des yeux le miroir où elle faisait des essais de coiffure, cheveux courts à hauteur du maxillaire, pointes recourbées à l'intérieur ou à l'extérieur.

— Voyante, moi? Et depuis quand?

— Ne sois donc pas si susceptible! Veux-tu faire du show-business, oui ou non?

— Les patins à roulettes avaient leurs quatre roues alignées, ajouta-t-elle, songeuse.

Guy s'esclaffa.

— Un détail qu'il vaut mieux garder entre nous, tu ne penses pas?

Rosemary n'écoutait plus. Des images, ou plutôt leurs souvenirs, leurs «empreintes» la traversaient et la retraversaient. Celle-ci, par exemple :

— À Columbus Circus se dressait une immense tour étincelante. Dans la seconde partie de mon rêve, quand je devenais une vieille dame, c'était là que je vivais.

— Et moi, dans toute cette histoire?

Elle haussa les épaules.

— Mort, ou inconnu.

— C'est la même chose.

Cette boutade la fit sourire.

250

— Je demanderais volontiers à Ernie une petite coupe. Avec dix centimètres de cheveux en moins, je me sentirais plus légère.

La sonnerie du téléphone la fit sursauter. Elle regarda de droite et de gauche, tâtonna, se jeta à plat ventre et trouva le combiné noir sous le lit, non loin du chef-d'œuvre de Bram Stoker. Elle décrocha.

— Allô?

— Hullo, ma petite fée, je ne te réveille pas, au moins?

— Hutch!

Rosemary avait laissé s'échapper une joyeuse exclamation. Elle s'allongea, tirant de l'autre main sur le fil.

— Hutch, je suis ravie de t'entendre, tu n'imagines pas à quel point. J'ai eu un rêve, un rêve atroce. Une bande de méchants sorciers t'avait jeté un sort.

— Tu ne crois pas si bien dire, petite rouée. Dans quel triste état n'ai-je pas ouvert les yeux ce matin, après une nuit de débauche! Je suis au *Racquet Club*, dans l'espoir de me remettre les idées en place. Gerald Reynolds est ici. Au fait, tes recherches et celles de Guy ont-elles porté leur fruit? Avez-vous un nouveau point de chute en vue?

Rosemary se dressa subitement, croisa les jambes en tailleur. L'angoisse creusa sur le jeune visage son cheminement éphémère.

— Rien encore, et nous sommes aux abois. Notre bail expire à la fin du mois. Il va nous mettre dehors, c'est sûr.

— Dans ce cas, tu pardonneras au vieil Hutch d'être si matinal quand tu connaîtras les raisons de son appel. Te souviens-tu de mes descriptions de l'appartement de Gerald, une jungle cisaillée par la clameur des perroquets? Ces merveilles logées sous les lambris du Dakota?

Rosemary ressentit un léger vertige. Elle porta la main à son front.

— Nous étions justement en train d'en parler… non pas de nos problèmes de logement, nous parlions du Dakota. Guy et moi étions précisément en train de parler du Dakota.

Son regard se perdit droit devant elle, se figea.

— Gerald cherche quelqu'un qui serait disposé à s'installer dans les lieux et prendre soin de sa faune et de sa flore. Il retourne en Angleterre afin de collaborer au prochain film de David Lean[1]. Son absence devrait se prolonger plus d'un an. En principe, il part après-demain. Une cousine était sur le point d'emménager; hier, la malheureuse passe sous un taxi et se retrouve à l'hôpital pour six mois.

Guy se pencha par la porte entrouverte de la salle de bains; il montra un visage à demi barbouillé de mousse à raser.

— Qu'est-ce que j'entends? On nous propose un *appartement*?

Rosemary acquiesça d'un signe de tête.

— Tu es toujours là? questionna Hutch.

— Mais oui, murmura-t-elle.

Guy venait de la rejoindre. Couché sur le lit, son rasoir à la main, il approcha sa tête de la sienne. Rosemary changea l'écouteur d'oreille pour lui permettre de saisir les paroles de Hutch.

— Aucun loyer, mon ange! Un quatre-pièces au Dakota, avec vue sur le parc... pour rien! Un cadeau fabuleux. Vos futurs voisins? Des stars. Leonard Bernstein, Lauren Bacall... Aux dernières nouvelles, un des Beatles serait en train de négocier le privilège de pouvoir s'établir sur le même palier que vous.

Ils échangèrent un long regard. Rosemary détourna le sien, sa main se crispa sur une poignée de cheveux.

— Veux-tu prendre le temps d'en discuter avec Guy? Mais discuter de quoi, au juste? L'occasion est miraculeuse, petite, ne la laisse pas s'échapper. Un autre candidat est sur les rangs, il piaffe d'impatience. J'ai un peu de monnaie dans ma poche, suffisamment pour me cramponner au téléphone encore un instant, mais quel regard furibond me jette cet individu! Au fait, avant que je n'oublie, la solution

---

1. Nous sommes alors, ne l'oublions pas, en 1967. Le film en question pourrait bien être *la Fille de Ryan*, sorti sur les écrans en 1970 *(N.d.T.)*.

de *Roast Mules*? Cela m'a pris trois minutes et douze secondes, montre en main.

Rosemary baissa le combiné, elle dévisagea son mari.

— Rosy, tu n'as pas l'intention de refuser sous le prétexte d'un cauchemar? Quatre pièces au Dakota, gratuitement? Ce serait de la folie!

Elle ne répondit pas. Elle regardait ailleurs, au loin.

REMERCIEMENTS

Qu'il me soit d'abord permis d'exprimer ma reconnaissance envers Alan Ladd Jr et Andrew Wald ; tous deux ont
su trouver les mots capables de me ramener devant ma
table de travail. Quant aux personnes suivantes, toutes ont
mérité ma gratitude en raison de leur avis judicieux, de leur
patience ou de leur amitié, chacune d'entre elles m'ayant
fait profiter de deux de ces bienfaits sur trois, au moins :
Adam et Tara Levin-Delson, Jed et Suzanne Levin, Nicholas
Levin, Phyllis Westberg, Michaela Hamilton, Howard Rosens-
tone, Wendy Schmalz, Patricia Powell, Herbert E. Kaplan,
Peter L. Felcher, Julius Medwin, Ellie et Joe Busman.

Roast Mules est entré dans ma vie il y a sept ans, à l'occasion d'un mariage. Ce cadeau empoisonné me fut offert
par un homme dont je ne savais rien, sinon qu'il était le
père de l'actrice Bebe Neuwirth. Je l'ai longtemps maudit
(avec modération, toutefois : pensez donc, le père d'une
fille si accomplie !), mais voici venu le temps d'ajouter son
nom à la liste de mes créanciers. La solution de cette anagramme est plaisante, vous ne serez pas déçu. Ne vous donnez pas la peine de m'envoyer vos réponses.

New York, 1997

5866

Composition Chesteroc International Graphics
Achevé d'imprimer en Europe (France)
par Brodard et Taupin à La Flèche (Sarthe)
le 28 mai 2001. 7699
Dépôt légal mai 2001. ISBN 2-290-31064-6

Éditions J'ai lu
84, rue de Grenelle, 75007 Paris
Diffusion France et étranger : Flammarion